巨大な石造の頭蓋骨にぽっかり開いた眼窩，歯を模した狭間胸壁，両脇には双塔の耳。ライン河畔に聳える奇怪な髑髏城の胸壁から，ある夜，炎に包まれて落下したのは，対岸に別荘を構える著名な俳優アリソンだった。十七年前には，城の元所有者でアリソンの友人でもあった魔術師マリーガーが走行中の列車から忽然と姿を消し，数日後，死体で発見される事件も起きていた。関係者の依頼を受けて現地に乗り込んだアンリ・バンコランと，ベルリン警察のフォン・アルンハイム男爵，仏独の名探偵が事件解決に火花を散らす。バンコラン・シリーズ第三作。

登場人物

ジェローム・ドネイ　「眠りを殺し」、伝説のクロイソス王ばりの巨富を築いた男。ただし籠の鳥には逃げられた
バンコラン　非凡な探偵。ドイツの切り札を制するフランスのジョーカー
ジェフ・マール　いいように翻弄される助手
マリーガー　秀逸きわまるトリックで有終の美を飾った戦慄魔術の巨匠
マイロン・アリソン　胸板に三発食らって髑髏の上で踊り、灯油にまみれて炎上
ブライアン・ギャリヴァン　幽霊出没を追って生計を立て、愉楽を追って幽霊よろしくビアガーデンに出没
サリー・レイニー　威勢はいいが男運は悪い
ホフマン　ライン河畔のアリソン邸執事
「公爵夫人」アガサ・アリソン　型破りな城の型破りな女城主。葉巻とポーカーをたしなむ
イゾベル・ドネイ　夫がしおれるほどに咲き誇る花

サー・マーシャル・ダンスタン　バッカスとヴィーナスに心を寄せ、良心
　との格闘に日々いそしむ男
エミール・ルヴァスール　主人炎上にヴァイオリンで華を添えた客人
コンラート判事　ベルリン警察の折り紙つき、実はとんだ不調法者
フォン・アルンハイム男爵　軍人かたぎの古狐

髑髏城

ジョン・ディクスン・カー
和爾桃子訳

創元推理文庫

CASTLE SKULL

by

John Dickson Carr

1931

目次

エドワード・コールマン・デラフィールド・ジュニア
および
ウィリアム・オニール・ケネディに
本書を捧ぐ
「日《ひ》次《つぎ》のなべて麗《うらら》かなれば……」

髑髏城

1　ライン川に死す

ドネイの話は、殺人と城と魔法だった。

話した場所はシャンゼリゼの隠れ家レストラン《ローラン》、蔦《つた》の茂る壁際の席だった。樹木に囲まれ、星明かりの夜空にひらけた客席にはピンクシェードの卓上ランプがまたたく。遅いので晩餐《ばんさん》客はまばらだ。椰子《やし》の葉陰のオーケストラは、風薫る五月ともなればパリがこぞって口ずさむ、おしとやかな〝リゼット〟、笑顔の〝ミニョネット〟、愛嬌者の〝ジュゼット〟をそれぞれの調べにのせて奏でていた。

さし向かいはジェローム・ドネイだった。飲み物はヴィシーのミネラルウォーターで通し、グラスの脚をたえずもてあそぶ。せわしないその指はおよそわきまえがなく、際限なく物をいじり、テーブルクロスにスプーンでメモの所作をしていなくては間がもたない。なごやかな夜の席に目障りなほど落ち着きがなかった。ドネイはずんぐりした小男で──ただし世界でも十指に入ろうかという大富豪で──居心地が悪くなるほど据わった、冷たい青い目をしていた。

ばかに大きな才槌頭《さいづち》に貼りつけたような黒っぽい薄毛、太い鼻の両脇にかっきりと法令線を刻み、よく回るせいでぎょっとするほど伸縮自在になったとおぼしい口をとりまくしわも深い。

ドネイの言いぐさはこうだった。「ムッシュウ・バンコラン、これから君に頼む事件については、この世ならぬ怪異と思いこむ連中もいるだろう。ただし、あらかじめ調べさせてもらったんだが、君ならば怪奇現象のせいにしたり、難事件だからといって二の足を踏むようなまねはしないはずだ」

思い返すにつけてもわからないのだが、ジェローム・ドネイはいったいどんな虫のいたずらで、あの一件にバンコランを引き入れる気を起こしたのやら。こうしてすべてが終わってみると、そつのない文面でいやおうなく晩餐に呼びつけられたそもそもの始めから、派手なスカーフの覆いをかぶせられてじっと動かぬエナメル靴の無惨な終幕までをくまなく思い出せる。それでいて、あのベルギー人銀行家には解明しきれぬ謎がいまなお残るのだ。髑髏《どくろ》城の蠟燭の灯の下で笑いかけるあの姿に遭ってはむろん、いかな強心臓もひとたまりもなかったが――心臓をやられただけで、肝《きも》っ玉はびくともしなかったのだ。ただならぬ予感はその席上からしていたものの、（おそらく読者もご賢察の通り）私にはとうてい思いもよらなかった。まさかバンコランとともに、あんな陰惨な事件に巻き込まれるとは……。

ドネイはごくりとヴィシーを飲み、ひとり合点の話を続けた。

「ずばり言おう。君はパリの公務員だね、ムッシュウ・バンコラン。うん、よし。ひとつ、君にやらせたい仕事がある」

バンコランは思案顔で片眉をひねり、コアントローのグラスをつくづくと灯に透かしていた。かの男の風貌は他の事件録でも再三申し上げてきたし、パリをご存じの向きなら、セーヌ河畔庁舎の名物予審判事《ジユージユ・ダンストラクシオン》を覚えておいでだろう。一対の角《つの》もどきにねじってまとめた、まんなか分けの黒髪。切れ長の謎めいた目、くの字にはねた眉。高い頬骨にするどい鷲鼻。小さな口ひげと黒い山羊ひげのはざまで笑みを含む唇。そのすべてはパリの往来でも、新聞の風刺画でもおなじみだ……。くるりとグラスを回す手の指輪がいくつか、礼装シャツのまばゆい白さをはじいてきらめいた。

「やらせたい仕事、ですか――」おうむ返しに応じる。

「君のことは調べたよ。相手によらず、下調べはするのでね。うん、よし。欧州警察きっての凄腕だ。おまけに資産もあり、現職は金で買った――」

「やめてください!」

「ああ、だからって引け目には及ばんよ!」ドネイは片手を振ってみせた。「野暮を言う気はないさ、実績はちゃんとあるんだ。道楽が嵩《こう》じて(金の力で)仕事に直しただけだろう」

バンコランはごくかすかに額にしわを寄せた。対するドネイはぶっきらぼうな物言いの陰で、さも興味津々の目つきだ。

「なにかと内情に通じておられるらしい。それで?」

「仕事には最高の成果を求めるのでね。だから、君のような斯界《しかい》の第一人者に対し、報酬などと口にして礼を失するつもりはない。

目下の君は休暇中だな。うん、よし。おれの事件を受けてくれ。無報酬だ、一スーたりと出さん。ただし君のことだ、話の大筋を聞いたが最後、すすんで受けてくれるだろうよ。なぜってこれまで手がけたうちでも、これほどの怪事件はふたつとあるまいからな」

動きのない魚めいた目をバンコランに据えて身を乗り出し、持ち前の気迫で単刀直入にたたみかけると、テーブルの端を叩いて迫った。「で、どうなんだ、ムッシュウ！」

バンコランはしばらく黙っていたが、やがて忍び笑いを洩らした。

「ムッシュウ・ドネイ、あなたという人はひねった攻略法を心得ておられる。癪《しゃく》ですが、まあよしとしましょう」笑いを含んだ目で、相手の必死な顔を一瞥《いちべつ》する。「いいでしょう。こちらもずばりお答えしますよ。気を惹くだけのものがあれば、確かにお受けしましょう――ですが、このすこぶる結構なおもてなしにはジェフも呼ばれていますね。どんな役を割り振るおつもりですか？」

「ああ、そのことか！」ドネイが臆面もない目を向けてくる。「マールさんは探偵って柄《がら》じゃない。こう言ってはなんだが、知力がずば抜けているとも思えん。とはいえ助手なしでは君が困るだろうし、これから引き合わせる連中の所へ警視庁《シュルテ》のもっさりした警部なんぞを連れてこられてはたまらん。民主主義に悖《もと》る？　だから何だね！　そこへいくとこの人なら、君と組んだことは何度もある。今度も間に合うだろうし、作法などに不調法もなかろう」

私はずんぐりした小男を睨みつけ、ものには切り出しようがあるだろうと言ってやりたくなった。無礼にもほどがある。それでも、相手に他意がないのはその時点で見てとれた。ドネイは自分のほしいものをちゃんと心得ており、言い訳や挨拶を抜きにして大きな手でそれをわしづかみしたに過ぎない。だから、こちらはもっとましな対応に出た。笑い飛ばしたのだ。

「ぼくからもお祝い申し上げますよ、ムッシュウ・ドネイ。実にいい買い物をなさいましたね。金など払わんと真顔で約束して探偵ひとりをつかまえ、さらに、ろくな頭じゃないと太鼓判を押してもうひとりとは」

どうやらドネイには蛙の面《つら》に水だったとみえ、焦《じ》れた手振りで早々にあしらわれた。

「いいから、ムッシュウ！　どうなんだ？」

「答えでしたら」と私が応じた。「イエスですよ。乗ろうじゃありませんか——その身もふたもないお誘いに」

「ああ！　うん、よし。これであとは、君らが食指を動かしそうな話をしてやればすむ……」

バンコランが私へうなずく。ドネイのほうは話の断片をしかるべき形に組み立てようと椅子に深くかけ直し、唐突にこう尋ねてきた。

「魔術師《マジシャン》のマリーガーだが、もちろん話に聞いたことはあるな？」

こいつは面白くなってきたぞ。マリーガーか、もちろん。私の世代でさえ、誰知らぬ者はない。が、なんといっても全盛期は戦前だ。死後は、往時の舞台を劇場で見た者らが逸話のかずを語り継いで今に至る。かのサラ・ベルナールでさえ、あれほどの芝居気はなかった。ドネイの背後の闇に、私はじっと見入った……。

子供時代にひときわ鮮やかなのは、父に連れられてワシントンの旧ポリス劇場で観たマリーガーの全米興行だ。あとで夜っぴてうなされた。マリーガーは後年に登場した、にこやかで人当たりよい手品師とはおよそ別物だったから。強烈な禍々《まがまが》しさを凝らした服装とたたずまいには、舞台幻術を超えた境地へと観客を誘いこむものがあった。指でも鳴らしてみせようものなら、地割れから〝黒き者〟らを召喚して炎と雷《いかづち》を司る、かのスペンサー描く魔術師その人があらわれ出たと刷りこまれかねなかった。

　確か、かぶりつきの席だったと記憶している。悪鬼とまごう姿が久しく頭に焼きつき、忘れようにも忘れられない。黒く射抜く凶眼と、大きな頭に伸び放題の赤毛を振り乱し、何の飾りもない真っ黒な舞台の中央にたたずむ。ばねのきいた体に大時代な襟飾りのついた風変わりな衣装をまとい、邪悪な指を大きく広げてテーブルについていた。そして、おぞましい哄笑を放って両手をかかげるや、首だけが胴を離れて笑いながら客席上空を飛び回る……。九歳の子供にはいささかどぎつすぎたし、もっと年上の観客にも同感の人は少なくなかった。

　ふと気づけば、ドネイがこんなことをしゃべっていた。

「――そういう次第だから、あの男のことをいくらか話しておきたい。やつとは懇意でね。ことによると誰よりも親しくしていた。意外か？　まあな、だが事実だ。わからんのは、ただの嫌味なこけおどしだったのか、それとも……」

　話すかたわら、パンくずをつまんで丸める。

「それでもひとかどの名を成した。出身国？　知らん。ありとあらゆる言葉をしゃべれたから、母語がどれだったか見当もつかんよ。途方もない金持ちだったのも知っているな？」

「話には聞いています」バンコランがうなずいた。

「ダイヤモンドだよ」ドネイが言う。「あの男の年齢は――くそ！　やはりわからん。わかっているのは一八九一年にキンバリー平原のダイヤモンド鉱にいて、当時も若くなかったということだけだ。おれと知り合ったのはその後だ。当時、ベルギー政府の仕事をしていたんでね……」

「では、舞台で食べていたわけではない？」

「君の仕事と同じさ、ムッシュウ」ドネイがやれやれと手を広げてみせた。「察しはつくはずだぞ。まあ、芸人として売れたのはだいぶ後だが。あれほど異彩を放つやつなら目立たずにいるほうが無理だね。思い出してもみるがいい、不気味な衣装に、窓という窓をふさいだ黒い大型車、阿片にちょいと浸した愛用の煙草、高価ながらくたのコレクション――な？　身辺つねに異風づくし、演目はどれもこれも怖気《おぞけ》もの。だが、それだけの男じゃなかった。なにしろ世界の三都を熱狂させたんだからな……。

　さて、いよいよ本題だ。だいたい一九一二年頃、あいつは家を構えたくなった。それで買ったのが、かの〝されこうべの城館《シュロス・シャデル》〟、コブレンツの数マイル先でライン川を見下ろす髑髏城だよ。あれほど似合いの家はない。松林の岩山のいただきに載っかり、真下は両岸迫るラインきっての急流……。見たことは？」

　バンコランはかぶりを振った。

「でも、これから見てもらうよ」ドネイは言った。「同行先だからな。あいつは一年かけて、あの風変わりな廃墟を悪夢の巣に変えた。あそこの秘密はあまり知らんし、知らぬが花だと思っている。言わずと知れた、例のあれ——を信じているからじゃない。が、やつの天才と創意を凝らした仕掛けからくりは、どれをとっても並みの男を錯乱させるに足る恐怖だ。

当然お祭しのように、友人はろくになかった。おれなんかは最後までもったほうさ。他にマイロン・アリソン、英国の俳優がいた——むろん、知っとるだろう？」

バンコランの細眉が目の上に引きおろされ、鼻孔がわずかにふくらんだ。手にした蒸留酒のことも忘れて全身を耳にしている。背後でオーケストラのワルツがそこはかとなく渦巻く……。

「マイロン・アリソンはむろん存じておりますよ。ですが、なぜ〝いた〟と過去形をお使いですか？」

もてなしの主人役はかなり勢いこんでうなずいた。

「それだよ、そこがまさに事件なんだ。アリソンは殺された。火だるまで髑髏城の胸壁を駆け回る姿を目撃されている」

「それは」とバンコラン。「ふむ、いささか誇張が——」

「すべて事実だよ。やつは底なしに近い生命力の持ち主だった。胸に三発の弾を食らっても死なず、犯人に灯油をぶっかけて放火されるまでは生きていたんだから。そこから本当に自力で立ちあがってよろよろと炎から逃れようとし、胸壁を横切っていって転落した」

座が静まり返った。ドネイはそれまで押さえこんでいた不安をふとのぞかせ、ヴィシーで口を湿すと続けた。

「だが、まずは話を続けよう。いまも言いかけたが、おれとアリソンはどちらもマリーガーと友人づきあいで、アリソンは髑髏城の対岸に夏別荘を構えて何年も過ごしていた。かくいうおれは——そう、あの二人と知り合った頃から芽が出て、どんどん出世していった。

マリーガーの死んだ時期や死にざまについては、ご記憶かもしれん。あいつはひとりでマインツ発コブレンツ行きの列車に乗った。一等客車のコンパートメントはがらがらの貸し切り状態だった。でだ、コブレンツ駅に城の送迎車を待たせておいたのに、降りてこなかった。ライン川から死体があがったのは数日後だ」

ドネイはひとしきり考えこんだあげくにバンコランへ目をみはり、肩をすくめた。「言うまでもなく、線路は何マイルもおおむね川に沿っていた。客車から落っこちようものなら、たちどころに斜面を転がって川へぽちゃんだ。夜だしな。誰も気づかず、悲鳴を聞いた者もない。泳げなかったんじゃないかな。だが、どうもおかしい」長々と息を吸いこんだ。

「不自然にもほどがある」考えながら続けた。「あの男が途中で助かりもせずに、あっさりおだぶつなんて、どうもなあ。線路から川っぷちまでは間があるし……草木も生えてる……覚悟の自殺ならばともかく。あれほど華々しく生きたあげくに、自らそんなしょぼくれた幕引きをする？　話にならんよ、ムッシュウ！　ついでながら他殺の可能性もない。乗ったのは最後尾車両で、終点まで誰も出入りしなかったと車掌が言い切っている。かくいう当人がやつの動静から目を離さなかった。有名人マリーガーだと知って、折あらばもっと見たくてたまらなかったんだよ。おれなりに、こうじゃないかという推理はむろんある。だが、ここはひとまず先へ行かせてくれ。マリーガーの遺産相続人は——これも君たちには意外だろう——マイロン・アリソンと、誰あろうこのおれだった。さらに遺言書があって、売却抑止合意をとりつけた上で髑髏城をおれたちに譲るという。税金や維持費をまかなう基金までごていねいに添えてあったよ。あとは、他の品々を処分するにあたっていろんな変わった付帯条件をつけていたが、そっちは当面の本筋と関係ない。まあとにかく——」

「アリソン殺しにマリーガーの死がじかに結びついている、と匂わせておいでですか?」バンコランがさえぎった。

「いやでもそうなるだろう。だが、まあ待て。ひととおり話さんことには始まらん。医者に言われたよ、おれは神経衰弱だと。ハハッ、何を言うやら! 神経衰弱などであるものか。だが——ああいう医者ってものは——白を黒と言いくるめる連中だ。無理押しは百も承知なんだよ」軽蔑したように手を一振りする。「大事をとれ、だとさ。へたすればこじらせますよときた! ま、このところの市場は凪《なぎ》だ、数週間ぐらいデュラックに任せておいても問題ない。アリソンのやつにはラインへ来いと誘われてもいたしな。

骨休めにだと——ヘッ、笑わせる! あの別荘でおちおち休めるもんか! 留守居役はアリソンの妹、通称は公爵夫人だ。いわれのない呼び名だよ、爵位なんぞ持ってないんだから。正味の話、これが箸にも棒にもかからん女でな、葉巻はふかす、悪態はつく、徹夜ポーカーも辞さん玉だ。うちの家内なんか、かえって活を入れてもらえそうじゃないか? あのうちは有象無象がのべつ出入りするんで片時も気が休まらん。が、家そのものは大きな石造りで快適だし、ラインを一望する広いベランダもあって、みんなで腰をおろして月待ちの夕涼みができるんだよ。そうすると、川向こうのぎざぎざした松林の上に巨大な髑髏城がぬっとあらわれ、こっちを睨みおろしてくるんだ。

ムッシュウ、誇張でもなんでもないよ。髑髏城の名はだてじゃない。気色悪い建築の粋《すい》を凝らした館の正面は、眼窩《がんか》や鼻や乱杭歯の顎骨にいたるまで巨大な髑髏そのままなんだ。しかも塔を両脇にひとつずつあしらい、一対の大耳になかなかうまく似せてある。さしずめ聞き耳立てて笑う悪魔ってとこかな。そいつがひときわ高い崖に陣取り、黒い松林をかきわけてぬっと顔を出す。下はたぎりたつ暴れ川だ。

ことは日没後に起きた。八日前の……」

「待った！」バンコランがさえぎった。

独演会をぶった切られたドネイのほうは、《ローラン》の静かな店内へ戻るのもひと苦労とみえて目を白黒させている。

「今はそれ以上聞かせないでいただきたい。いいですとも、その件お受けしましょう！――ですが、今のご説明では無用の混乱を呼びますね。アリソンの別荘にいた人たちは、引き続き逗留中という理解でよろしいですか？」

「ああ、そうだとも。間違いないよ、ムッシュウ！」

「それで、私の役目はアリソン殺害犯の特定ですね？」

「そうだ」

「なるほど。ふむ、そういうことでしたら、現場へ出向くまでは証言をうかがうのは極力控えたいと思います。さもないと先入観が生じてしまいますから。ときに、所轄は?」

「コブレンツ市警だ。ベルリンから助っ人を呼ぶとかなんとか。今頃はもう来ていてもおかしくない」

バンコランはテーブルに頬杖をつき、自分のこめかみを軽く叩いていた。下まぶたのたるんだ目で見るともなくグラスを見ながら、山羊ひげに隠れたあごにだんだん力をこめている。終始、無言で……。

「じゃ、決まりだな」ドネイが宣言した。「白状すると、なんで聞きたくないのか、おれにはわからん——ま、もうおれの手は離れたんだ! あとは任せたぞ。さてと、朝になったらアリソンの別荘へ出かけられそうか?」

「何ですって?」バンコランが考えごとからわれに返った。「ああ……いいですよ。そうしましょう」と言ったきり、またしても底なしの物思いに沈みこんでしまった。

「で、君はどうだ、マールさん?」

あいにくスケジュールが合わなくて、そう言ってやった。ちょうど著作の手直し中で、翌日いっぱいに脱稿してロンドンへ送らないと間に合わなかったのだ。ドネイには子供じみただだをこねられたが、翌々日には間違いなく後を追いかけ、到着時刻を打電するからと約束した。

そうして席を立つ間際になって、ようやくバンコランが口を開いた。

「ぜひ、うかがっておきたいことがあります。アリソン殺しでなく、マリーガーの死の件ですが……」

ドネイの薄青い目に、好奇心と緊張がちらついた。

「川から上がった死体をご覧になりましたか？」バンコランが重ねて質《ただ》した。「たしかにマリーガーの死体でしたか？」

ドネイは音がするほど両手をこすりあわせた。

「ああ。おれの推理と同じ道筋をなぞってるのか？　よしよし！」テーブルをどんと叩いた。「いや、たしかじゃない。急流にもまれて見分けがつかないほど変わり果てていてな、請け合いかねる。死体からは愛用の時計や鍵、肌身離さなかった小さな護符、さらに風変わりな指輪も見つかった。なにかの呪《まじな》いで、指から外したためしが一度もなかった品だ。それさえあれば運は続くと話していたが――」

「そうですか」と、バンコランはつぶやいた……。

ワルツや卓上ランプを置き去りに、そのレストランを出る。ドネイは別れ際の握手もそこそこにお抱えリムジンの昇降台に足をかけていた。バンコランには同乗の誘いを固辞されたものの、話にはうまいこと乗せてやってしめしめという顔で、大きな頭に角ばった山高帽を妙なあみだにかしげてかぶった。

テールライトがシャンゼリゼの先でざわめく暗い木立へ吸いこまれるまで、バンコランはじっと見送った。

「今回は断れなかったよ、ジェフ。いやな事件だ、それに尽きる。おおかたの予想よりたちが悪いぞ。マリーガーの死体の話を聞いただろう――何か思いつくかね？」

「わかりやすい筋書でいくと、マリーガー自身が仕組んだ狂言かな」

「ああ」直立不動を保ったまま、車の後を目で追う。「そんな一筋縄ですめば、どんなにいいか。いや、違う。それよりいやな話だと思うぞ、ジェフ。もっと外道な、悪魔のやり口だ。まさしく悪魔の業だよ……」

2　踊る死体の噂

むくれた雲が不穏にわだかまる空の下、蒸気船でラインをくだる。船旅は列車より遅いとはいえつねに風情があるし、吹けば飛ぶようなこんな船でも、かほどの急流ならば飛ぶように速い。川幅広がるビンゲンではその昔《かみ》のニーベルング戦士の危うい黄昏に立ち返り、心なしか翳りが増したようだ。濃緑は黒に迫り、色味なき岩場変じて葡萄畑の丘陵地帯に畳みこまれる。そこへにわかに細くなったオリーブグリーンの川が身をくねらせ、がしがしと泡を噛んで幽世《かくりよ》へとなだれこんでいく。

私は白塗りデッキの手すり際におさまり、特大の瓶ビールをすえて、グラスを傾けていた。細かいしぶきがまともに吹きつけ、ぎざぎざの黒雲が丘陵地帯の奥からしだいに這い寄る。デッキの客はほんの数名だった。そろって大きな旅行かばんをさげ、赤ら顔に口ひげのがっちりしたドイツ人がおおかたで、飽きずにサンドイッチをぱくついては陽気に歌うが、たえまない激流にかき消されていっそ静かなほどだ。ラインシュタイン城の灰色の輪郭が、左岸はるか上の岩場をさっと飛び去ってゆく。みな、それまで百回は見ているはずなのに、われがちに手すりへ鈴なりになって首を伸ばし、てんでに声をあげた……。

私はまた腰をおろし、しぶきを含んだ神秘の風を面《おもて》に受けて幻想世界に浸った。鉄道のマインツ駅で買っておいた本だ。『ラインの伝説』と銘打った英語の本で、ブライアン・ギャリヴァンなる著者だった。本の表紙画は、川中でライン乙女の群れに小舟のはたへ熱くすがりつかれ、レスラーじみた体格に翼つき兜の男が驚く構図だ。中身はクリスマスツリーの陰からそっと見る子供さながらの好事家精神にあふれ、素朴なゆかしさでラインの故事伝説への愛をうかがわせた。ドラッヘンフェルス山と騎士ローラン、〝反目する兄弟〟の城、賢帝シャルルマーニュ、ケルン大聖堂と（この手の素朴な民話では定番の）紳士に化けた悪魔の話……。

「それ、気に入ったかい？」英語で尋ねられた。

目を上げれば、トレンチコートの痩せっぽちが相席につこうとしていた。冴えない帽子のつばをおろして片目を隠している。ユーモアを解する大きな口の端に、火のついていない煙草をくわえていた。ぬうっと長い顔にごついあごと高い鷲鼻が道化人形のパンチネロを思わせる。総じて陰気になりがちな造作を、やぶにらみの陽気な灰色の目が和らげていた。

「いきなりで悪いな」と謝る。「でも、誰かと話したくてさ。構わんかい？――それ読んでるのを見かけちゃったもんでね。書いたのはおれなんだ、な？　お粗末だけど。ギャリヴァン――ブライアン・ギャリヴァンだよ」

握手をすませてビールの相伴に誘うと二つ返事で乗ってきたので、尋ねてみた。「アメリカの人？」

「まあね、ただし所属はイヴニング・スタンダード紙。つまりはロンドンだよ、な？」帽子を上げて煙草をつけ、煙越しに私の手中の本へ目をすがめた。「いやあ、参った！　今年になって在庫がはけたのはそいつが絶対初めてだね。だが、ネタはお手のものだよ。おれ、特集記事担当なんだ」

「あれは君が？」

「まあね」なんとなく照れたようだ。「いつものことさ。ヨーロッパ中の幽霊古城へやられて最新の心霊ネタを取ってくる。変な仕事だろ？　署名記事の肩書はいつも、〝ごぞんじ幽霊記者　ブライアン・ギャリヴァン〟。だがね、そういうのがお好みなら絶対面白いぜ」

そこへビール瓶がきた。しばらく相手は無言になり、忍びよる黄昏に飛び去る丘陵へと目を凝らしつつ、手すり越しに煙草の灰をはたくと、風でたちどころに私のビールへかかる。やつはどこ吹く風で首を伸ばして川を満喫するかたわら、こんなことを言いだした。

「ちょうど、甲冑《かっちゅう》なんぞをフランクフルトでちょいと楽しく調べてたんだ。ここんとこ調子があがってた……ところへデスクが電報をよこして、再び線路の上さ。なあ、髑髏城って聞いたことある？」

「あるよ」ちょっと不安になって答えた。

「そこで、なんかあったんだね。幽霊じゃない、殺人に伝説のおまけがついた日曜版向きネタだ。今ごろはもうサツの調べがすっかりついて、あとはおいらの腕次第ってわけ。ところが、現場に入れてくれるかどうかも怪しくてね。あそこは立入厳禁らしいしさ」

「へえ……じゃあ、幽霊は出ないんだ？」

そろそろローレライの大岩の曲がりだ。茜《あかね》の光が鈍色《にびいろ》の雲を裂き、広がる川のほとりをなぞって大小ふぞろいな黒い木々を照らしだし、謎を封じた川のおもてを不吉に騒がせた。行く手に入日《いりひ》を受けたローレライの威容がそびえ立つ。われらが小さな船はまさに風前の灯だ。乗客は一様に声をのんだ。船首に砕ける波がしらに続いて、蒸気エンジンのかぼそい悲鳴。そこで、急行列車が丘のトンネルを出て巨岩の陰にひょいとあらわれた。ちゃちな音をたてて白煙を吐くおもちゃが猪突猛進し、またしても岩のかなたに吸いこまれてゆく……。

低い歌声がデッキに漂い、しだいに深みを帯びて薄明の合唱となった。数秒してようやく合点したのだが、手すりに群がる乗客たちは『ローレライの歌』を低く口ずさんでいた。この世のものならぬ旋律が輪郭をあらわす。船室に灯がまたたき、歌声もかすむほどに船鐘が鳴り響く。そして、私はラインの妙《たえ》なる磁力にひきこまれていった……。

「いつものお約束だがね」ギャリヴァンの声が耳に入った。「いつ聞いても、ぞくっとするよなあ、あの歌声。まあ聞いてみなよ！」

それまでしばし手すりにもたれていたが、また座ってビールをあおった。

「ええ、くそ！　想像しちまう……その本のもろもろとか、な？　あの歌声だ。それとも、変なのはおれのおつむのほうか？　まあとにかく、なんだっけ。髑髏城に〝出る〟かって？　うーん、知る限りじゃ今んとこ、実話の目撃談はないね。ただし普通の怪談なら……その本に書いたやつかな。もう読んだかい？」

いや。城名でなく都市名ごとのくくりなので、つい見落としてしまっていた。

「ああ、じゃあ後で読んどきなよ」と言われた。「十五世紀にあいつを建てた男は、妖術師だってんで火刑になっちまったんだ。そしたら今度はマリーガーって箔《はく》がついてさ。だから主筆のお声がかりで、おれが現地へやられるってわけ。あんた、マリーガーって聞いたことある？ほれ——あの奇術師の？」

「ああ、それはもう。知り合いだったのかい？」

ギャリヴァンは飲みかけのビールに荒い鼻息を浴びせた。「知り合いかって？　最後の二年ばかし、あのおやじの広報担当をつとめてたんだぜ。ああ、そうとも。べつに広報なんか要りもしなかったが、気心は知れてた——だからさ！　だから、なにも今更現場に入れなくたって、でっちあげをやらかすまでもないんだよ。ああ、そうとも。おまけにマイロン・アリソンとも知り合いだった。あの殺されたやつさ。やっぱりなかなかの男だったぜ」と、しみじみ思い返して口をぬぐった。

そこからしばらく、相手が話題を変えてしゃべりつづける間に、こちらは胸算用した。この奇遇が裏目に出る可能性は少ないし、捜査の助けになりそうだ。

「実は」おもむろに切り出した。「事情通とお見受けするが、よかったらこの件で力を貸してもらえないかな。ぼくはこれからアリソン邸へ行くことになっていて——警察の助手役で、あの殺人事件を捜査するんだよ」

そして、こうも話した。私は事情に疎《うと》く、アリソン邸にまったく知人がないので、自分ひとりの裁量では記者を同行できない。ただしコブレンツに逗留するつもりなら連絡先の住所電話番号をもらっていき、なるべく早めに当局の許可をとりつけよう。電話したらすぐ来てくれ。さらに、マリーガーの死にまったく納得していない人がいることを言ってやったら、それまでじろじろ見ながら「おいおいマジかよ！」などとつぶやく一方だった相手が、とたんに飛び上がらんばかりに大興奮した。

「そうなんだよ！」大声を出す。「まったくだぜ！　マールさん、そいつはおれが前からずうっと言い続けてたんだ。あのおやじともあろう玉が、あんなふうに窓から転げ落ちたりするわきゃねえだろ。かりに百歩譲ったとして、砂利やら木立にもひっかからずに転がってって、川へドボンでおだぶつ？　絶対おかしいって。けど、ならどうなる？」

「自殺かな？」

ギャリヴァンがもどかしげに却下する。「他殺だよ、他殺」

「ぼくの知る限りでは」しいて異議をはさんでみた。「車掌の証言によると、客車は貸し切り状態、さらにマリーガーに近づく者は終始皆無だったそうだが」

「ああ、らしいな。そこが妙なんだ」相手がふさぎこむ。「うそはなかった。事実だったよ。あの男の証言にも立ち会ったし、身元はくまなく洗った。でだ！　やつは乗車した御大を見かけて大はしゃぎ、マリーガーだけ後回しにして全員の切符を集めた。そのあとも近くをうろついて、あわよくば話すきっかけをつかもうって魂胆だったのさ。で、つかみあぐねた。だからマリーガーの切符を回収後もずっと通路に居残り、客車のドアから終始目を離さなかった。コブレンツ駅のすぐ手前でなにかありませんかと入ってみれば――まさに大あり！　いなくなってたんだ。その言い分、おれは信じるね」

「へえ？　じゃあまるで――」

「殺されたんだよ、さっきも言ったろ」言い募るかたわら、煙草はないかと不器用にほうぼうのポケットをまさぐる。私のを一本やったら、わななく手でつけた。薄暗くても目立つほど血の気をなくしている。「手口は聞かないでくれよ、マールさん。まるで、見えない誰かの手で客室からつまみ出され、外へぶん投げられたみたいだからよ――」

「ばかを言いたまえ！」

「そう早まるなって。火だるまのアリソンがころがり回った胸壁に人影がいたって話は聞いてるだろ？　なに、聞いてない？　おいおい！　どんな探偵だよ！　手がける事件の事実関係も知らんのか？」

そう言われて不安が兆《きざ》し、それにもまして内心うろたえた。

「まあまあ、お平らに！　ぼくは助手に過ぎないし、お世辞にも腕利きじゃない。新聞は読んでこなかった。上の言いつけ通りにするだけの役回りなんだ」

いきなりギャリヴァンが両手をついてテーブルに乗り出し、私の背後をにらむ。そうしながら小声で、「そら。あれだよ、マールさん。髑髏城だ」

まだだいぶ先だが、船足の速さたるや信じがたいほどらしい。まずは右岸の松林のはるか上に細い双塔にはさまれたドーム屋根が浮きだし、日没後の照り返しで虹色にゆらめきたつ。川はもう漆黒の水だ。背景の淡い残光をぬぐいとってやろうと雷をはらんだ暗雲がにじり寄り、左岸の光が黒インクの川面を千々に刻む。だいぶ蒸してきた……。

どうやらまだ遠そうな場所から、髑髏城がはやばやと顔をつきだしてきた。なだらかな山腹にかぶさる狭間胸壁付きの城壁、高さ百フィートはありそうだ。手すり越しにうんと首を伸ばせば、城壁の中ほどでされこうべの歯をかたどる中央胸壁の奥に巨大な石造の頭骨が控えている。なにぶん暗かったが、おおよその見分けはついた。髑髏の眼窩ふたつ。両脇におぞましい双塔の耳。風雨に黒ずんだ怪異な細面の全容が、ゆるゆる頭上を通過しながら見てとれた。

川幅ゆたかな左岸の小高い丘から、モーゼル川との合流点を見おろす夜景のコブレンツと、頼りなくふらつく船橋の灯を目にするまで、どちらも口をきかなかった。やがて船室へひっこみ、めいめい荷物をまとめる。

ギャリヴァンが名刺をくれた。「ほら」と、滞在先をさらさらと書きつける。「ライン街《シュトラーセ》のホテル・トラウベだ。船着場からそう遠くない。だからさ、くれぐれも忘れずに頼むぜ、マールさん？　あんたに連絡もらうまで、どこへも出ずに、犬みたいにじーっとホテルでおりこうにしてるからさ」

蒸気船はつつがなく入港し、がりがりこすれて小さな船だまりへ横づけした。船鐘を合図に荷がどさっと降ろされ、埠頭の群衆が白い灯に照らしだされた。サージに白フランネルの上下を着たヨット帽の若者が、渡し板の手前で下船の顔ぶれを確かめている。こちらへ近づいてきた。「マール様でいらっしゃいますか」完璧な英語だ。「ミス・アリソンに申しつかってお迎えにあがりました。こちらへおいでいただけますか？」

渡し場のポーターになにやら早口で指示し、私のかばんを持たせて露払いをさせた。灯下に居残り組のギャリヴァンは、帽子で片目を隠して両手をポケットにつっこみ、やせっぽちの体を街灯柱の広告にあずけてパンチネロばりの笑みでわれわれ一行を見送った。ライン街の白い沿道では、窓という窓に明かりがまたたく。人声の潮がひとまず引けた暮色濃い遊歩道、どこかのレストランのテラスにオーケストラが入っている。主桟橋のちょっと先の階段から川っぷちへおりれば、すんなりしたモーターボートがつながれて水際に揺れていた。

咳きこみ気味のエンジンがしだいに調子を上げ、やがて腹に響く咆哮《ほうこう》を発し、半円を描いて猛然と方向転換すると、私は船尾席のクッションに身をあずけた。向かい風を浴びて、スピードとパワーを体感するあの気分！　またたく灯が川面に溶けて流れ、虚空へ押し出されていく。へさきのサーチライトビームがはるか行く手を照らしだし、ライン街の遊歩道で明滅する灯にいよいよ別れを告げてしまえば、波を切るへさきで白光を放つ隻眼を除いては、暑い夜のとばりにすべてくるみこまれてしまった。エンジンの轟音をおさえて雷鳴がとどろく。ボートの操舵手が上を向いた拍子に、白い制帽のいただきがひらめいた。

さっきの川筋を引き返して数十分もたたずに、右側にまたもや照明つきの階段口があらわれた。細い石段がだらだら続く先には、はるか上の森に建つアリソン邸のベランダがある。迎え役の若者にかばん持ちを任せて階段を上がっていった。屋敷正面の端から端まで、赤タイルを敷きつめた広大な露天のベランダがひらけている。照明は——何やらグロテスクな感じの——針金にずらりとさげた中国提灯だった。ポーチへ影を落とす高窓の奥に、ほんのり灯がともっている。周囲の巨木のざわめきが感じとれた。

ベランダでは若い女が籐《とう》椅子の腕もたれに両脚をひっかけてくつろいでいた。定規で計ったような黒い断髪、地味顔に派手な化粧をほどこし、斜めぐわえの長いシガレットホルダーを口から外すや、ぶしつけにじろじろ見てくる。

「なんなのよ、もう！」そう口走ると投げやりに、「あーあ、また警察が増えちゃった！　こんちはもう、おまわりで足の踏み場もないわ。あんたたち、いっそミュージカル喜劇でも仕立てたらどうよ。男声コーラスで、『警官どたばたストンプ』とか『山高帽と私』とかさ」

と、空っぽのシガレットホルダーをわざとふかすまねをしたので、お互いニヤッと笑ってみせた。口撃を受け流して、まずはどこへ行けばいいか――もちろん埋葬の前にだが――を尋ねてみた。

「夕食は逃したわね……。そんな嫌なむくれ面しないでよ。あんた知ってるわよ、ジェフリー・マールさんでしょ。前に本を読んだことあるの。元気をもらえるような人だといいけど」妖精じみた小作りな顔から活気がうせ、無理な姿勢で両膝を抱えこんだ。「ここんちはかなりひどいことになってるの。公爵夫人たら、絶対帰らせてくれないんだもの。マイロンはあっちで死体になっちゃうし……。なかに入って、あの人たちに会った方がいいんじゃないかな。ところであたしはサリー・レイニー。絵描きよ。それと、はっきり言っとくけど、マイロンを殺したのはあたしじゃないからね」

私は色めき立った。「じゃあ、誰かここの人がやったと思われ――」

「何をいまさら！　だいたいマイロンを自家用モーターボートで川向こうへ渡しといて、一人で戻ってくる謎の悪漢なんてどこにいるの？　そのうちわかるでしょ。まあ、どうせあんなスピードが出るもの、あたしの手には負えないし」

そこでふと気づいたのだが、ぶしつけなこのお嬢さんはわっと泣き出す寸前だった。そうなれば、黒いまつげのマスカラは涙で流れてしまうだろう。彼女はしし っ鼻にしわを寄せ、顔をそむけた。屋敷の奥に控える松林を荒れ狂う風に飛ばされて、葉っぱがひとひら、あたたかみのある光を放つ中国提灯の前をひらひら舞い落ちてゆく。風立つベランダに女をひとまず放っておき、川っぷちの崖下をのぞきこんでみた。

モーターボートで迎えにきたあの若者が、童顔のはげ頭にタキシードを着こんだ執事と玄関口で話し合っていた。執事が癖の強い英語で私に挨拶し、こんな但し書きの口上つきで招き入れた。「もし不都合でなければ、ミス・アリソンの応接間ですぐお目にかかりたいとバンコラン様が仰せです。ご案内申し上げます」

薄暗い邸内には音がまったくなかった。豪奢な玄関ホールは野趣と無頓着がはばをきかせている。床には厚い虎皮や熊皮を敷き、高みに掲げた金ぴかタペストリーを編笠ランタン二つが照らし出した。だが、奥まった肖像画がちらりとのぞくや、吹きすさぶ川面と屋内の静寂ごしに伸びてきた死神の手に、ここにきてわしづかみされた思いがした。ハムレットに扮したマイロン・アリソンの等身大の肖像画だったのだ。なにやら自虐気分に駆られた何者かが、肖像画の上に照明をしつらえていた。おかげで、絵の人物が生きた人間のような存在感をそなえて、薄暗い踊り場を見渡していた……。

うつむきかげんで剣に手をかけて舞台を闊歩するハムレット、には違いない。すらりとした体を黒衣に包み、すばらしい灰色の瞳、ふさふさした濃い髪に文句なしの横顔。ただし屈託を抱えた凄みのあるハムレットとなって睨みおろし、狂気と紙一重のゆがみを口もとに出している。それでもあの肖像画を描かせた時のマイロン・アリソンは五十五歳をくだらなかったはずだ。階段を上がっていく私を、その目がじっと追いかけた。

正面の閉じたドアの奥から人声が聞こえた。というか、断固たる声が傍若無人に響きわたっていた。執事にドアを開けてもらうと、声の主は女だと判明した。

声の主はこちら向きに窓辺のゆったりした椅子にかけ、カードテーブルについていた。白レースをまとった恰幅のいい女性がマッターホルン峰さながら氷壁のいただきから睨みおろしている。座席で身じろぎすると、黒リボンつき鼻眼鏡の上縁ごしにうかがい見てきた。煙灰色の髪を凝った形に結い——誓って言うが——労働者風の黒い葉巻をさもうまそうに吸っていた。だが、そんなおっかない顔で葉巻をくゆらしているのに、感じは決して悪くなかった。笑いじわのとりまく目、顔立ちはたるんでいるがマイロン・アリソンとよく似ている。

「よう！」開口一番に言われた。「お入り！　お入り！　よく来たね！」とりわけ猛烈なひと睨みをきかせておいて相好を崩し、葉巻を持つ手で示す。「アガサ・アリソンよ。けど、公爵夫人って呼んでね。みんなそう言うから。ま、おかけな」

窓枠にもたれていたバンコランが、手を振ってきた。

「やあ、ジェフ！　ドネイや私と一緒でなくてよかったな。車が人里からたっぷり二十マイル離れた路上で大破したんだよ。おかげで一日遅れた……。いや、けが人はない。どうぞお話の続きを、ミス・アリソン」

ミス・アリソンの鼻眼鏡がぽろりと落ち、「こんちくしょう！」と、煙を吹いてかけ直した。それからさもおいしそうに何度か葉巻をふかすと、話を続けた。

「そうなのよ、この午後来たばかりさ。ええと――マールさん、でいいんだっけ？　ジェローム・ドネイはまだ本調子じゃないんだよ。ほら、車の大破で動転しちまってね。運転手はじきじきにお払い箱さ……ふむ。

で、さっきも言いかけたように、ことが起きたのはお客の群れがやってきた翌日よ。内訳はドネイと奥さんでしょ、ルヴァスール――そら、あの有名なヴァイオリニストの――あとサリー・レイニーね。同じ日にダンスタンの若様が来てくれたんで、ぜひ泊まってけってあたしたちが勧めたの。ふむ。

マイロンときたら」平然と続ける。「サリー・レイニーを絶対ものにしようとムキになっちゃってさ、いい年こいてねえ。まあとにかく、晩餐の後でね。マイロンたら、あのモーターボートでサリーを向こう岸へ連れてって月明かりの髑髏城を見せてあげるとか何とか――いかにも兄貴のやりそうなことよ――でも、まず確実にあの子は乗り気じゃなかったね。あんな上まで、暗い階段をえっちらおっちら上がってくなんて。だからマイロンには、ここで後からあたしや小間使いとポーカーをするって無理やり約束させといたの。生きてた頃はたいしたポーカーの名人だったんでね」思い出しながら認めた。「それに、うちの小間使いも名人級なんだよ……」

目の前のカードテーブルのひと組をとってしげしげ眺め、卓上に戻した。しわがふちどる灰色の目には、ジャックのワンペアを作りそびれた程度の悔いしか浮かんでいない。青い小花模様のカーテンを風がなぶり、手近な丘の向こうに落ちた雷のとどろきが長く尾を引いた。

「おっつけ耳に入るだろうけど、モーターボートが出てく音を聞いた覚えはあっても、時間は覚えてないんだよ。あの晩はずいぶんあったかで、月が出てた。だからフリーダ——小間使いね——とあたしは窓辺のここに陣取って、二人きりのポーカー勝負をやろうとしてみたの。無理だったね。他のみんなはどこにいたか知らないよ。あ、そうそう、ルヴァスールならわかるけど。あのうっとうしいヴァイオリンが階下でずうっと鳴ってたのは覚えてる。一日の半分がた稽古してんだよ。たぶんジェロームは自室で寝てたし、あとのみんなは思い思いに家のすぐ近くにばらけてたはずだよ」窓の外を一瞥した。「今は暗くて見えないけど、月でも出りゃ、ここからあの城がかなりよく見えるんでね」

木々がうなりをあげたが、窓辺へ寄っていく者はない。外をちらりとうかがえば、はげの執事が赤タイル張りのポーチにあたふた出てきて、支柱の中国提灯を外しにかかるのが見えた。

アガサ・アリソンがまた続けた。「あのときの時間だけは覚えてる。だって、マイロンの野郎があらわれなかったんでずっと時計を見てたからさ。十時十分ってとこだった。フリーダとあたしはもうとことん行き詰まり、ルヴァスールのヴァイオリンはずっと聞こえてたわ。ちょうどメヌエットだかなんだかの『アマリリス』とかいう曲だったよ……」

と、メロディ数小節をひょいひょいと口笛で吹いてみせた。

「銃声が聞こえたって言いだす連中も、後になって出てきた。あたしは聞こえなかったけどね、フリーダも。だけど、それこそ魂消《たまぎ》る悲鳴が向こう岸の――あっちで聞こえてさ。それで窓へ向けばあの大髑髏だろ、折からの月が高みから髑髏のてっぺんを照らしだしてね、あすこの窓が両眼と欠け鼻の穴ってわけ。

そしたらいきなり、炎に包まれたものがダーッと髑髏の歯並びへ走り出てきた。あんだけ遠くでうんと小さかったけど、どうやら火だるまになった男らしくてすごい声を上げてた。あの悲鳴なら川向こうへも届くよ。で、そいつが下あごの胸壁沿いにめちゃくちゃに走りだして、それから、ああ、ちくしょう！　このさき忘れようにも忘れられないよ、まるであの『アマリリス』に合わせて燃えながら踊ってるみたいだった。やがて胸壁の一つから転がり落ち、倒れて動かなくなった、燃えながらね。ふむ」

女の目が冷たくなった。紫煙もろともおぞましい記憶を払いのけようとしたのか、手もとのカードひと組を所在なく上げおろしする。葉巻の火は消え、めっきり老けこんだ顔つきになった。それでも口を開けば、空恐ろしいほどあっけらかんとこう言い放ってみせた。

「もちろん見分けなんかつかなかったけどさ、その男がマイロンだったのよ」

3　たいまつと月光

バンコランは椅子にかけてこの独白をずっと聞いていたが、小手で目をかばうと自分の靴に目を落とし、いろんな模様を絨毯にもぞもぞ描き散らす爪先をじっと見つめた。

「で、どうなりました？」

「あたしは廊下へ飛び出し、フリーダをやってホフマンと——さっきの執事よ——モーターボートのお抱え運転手フリッツを呼ばせたの。あの二人に、川向こうの城で何があったか確かめてくるようにって……」

バンコランが椅子にもたれた。たるんだ目の下のくまがきつい照明で際立ち、くの字眉をひそめている。

「ちょっといいですか」と、さえぎった。「理解した限りでは、城は施錠されていなかったとみなしてよろしい？　ムッシュウ・ドネイによると、前の城主が亡くなった当座はこまめに修繕なさっていたようですが」

「へっ！」女主人は鼻息を荒らげ、目をぎょろつかせてマッチを探しにかかった。「あのさ、あんなだだっ広いとこをずっと元のままにしとくなんて、できっこないでしょ！　むりむり。

そりゃあ、部屋には鍵はつけてるよ。管理人がいたんだから。けどねえ、あんた！　見回って掃除するだけで幾部屋あると思ってんのよ。そこまで手が回るわけないでしょ！」

「〝いた〟とはまたしても過去形ですか、ミス・アリソン？」

「消えちゃったのよ、あいつ」と言いながら、葉巻をつけ直す。

バンコランは渋い顔をした……。

「そんでさ、あんた、業界一の腕っこきってふれこみなんだろ？」と突っ込まれた。「なんなら今からでも降りちゃえば。でも、これだけは言っとくよ。マイロンはあんまりいいやつじゃなかったけど、血を分けた兄貴は兄貴さ」太く大きな手でテーブルをばしんとやった。「だから、殺したやつは吊るし首にしてやる。聞いてんのかい？」

「おっしゃる通り、誰かが絞首刑になるでしょうな」そつなく調子を合わせながらも、バンコランは冷やかすような薄目になっていた。「どうぞお続けください」

「でさ！　さっき言いかけたように、ホフマンとフリッツを調べにやったの。二人がいざ船着場へ出てみると、モーターボートは影も形もなかったんで、二人して手漕ぎ舟をせっせと漕いでった。で、対岸へ漕ぎついて舟をつなぎにかかると、あのモーターボートがあったんだとさ——空っぽでね。二人は城めざして登りだした。前も言ったけど、胸突き八丁のしんどい坂でね。坂の途中まできてモーターボートのエンジン音が聞こえ、何者かが戻ってく気配がしたってわけ……」

バンコランが座り直した。

「……でも、乗ってたやつまではちょっとわかんないねえ。だって、あのボートはいっつも誰かしらが勝手に乗り回してるから、たとえこっちでエンジン音を聞きつけたにせよ、誰だろうなんてわざわざ船着場までのぞきに出たりしないよ。なんでわざわざそんな？　まさか、マイロンの身になんかあったなんて知らなかったし。おかげで、誰にも見とがめられずにあのボートで往復したやつが誰かいるわけよ、ふむ。ま、そういうこと……。けど、さっき途中まで話したように、ホフマンとフリッツの二人が向こうへ着いたら――」

「お待ちを」バンコランが止めた。「あとは私がじかに訊ねます。なにより先に犯行現場をぜひとも見せていただきたい。そうです――犯行現場を――」

集中力の切れたバンコランを見たのはこれが初めてだが、思い当たるふしはなかった。通りいっぺんでは絶対に悟らせないとはいえ、私の目はごまかせない。いつもの彼は万事にそつなく冷静沈着だ。小ぎれいなひげの陰に鄭重な笑みをおさめ、焦点を合わせない目で部屋の四隅に絶えず探りをかけている。そんな彼一流の確固たる主導権を、まったく唐突に手放した感じだった。ミス・アリソンの独演会に探りを入れようともしないのだから。光がまぶしい、なんてはずはないし……。

「警察の担当者は？」

「へっ！」アガサ・アリソンが言った。「コブレンツのコンラート判事よ。その辺を散らかして回るのが関の山さね。けど、牛耳ってんのはこのあたしさ。はっきり一件落着するまで、みんなをこの屋敷に足止めするつもりかって言ってやった。そしたら、違法ですって。だから言ってやったのよ、合法の範囲内でやれるんなら異存はないけどねって……。そしたらジェロームが、見つかる限りで最高の探偵を探してくる、どうでも応援を呼ぶって。で、好きにさせといた。ついでながらコンラートはずいぶん気を悪くしたみたいね。けさがた言われたよ、ベルリンへ腕っこきをよこせと要請したって。まあ行きがかり上、かなりの異例につぐ異例ってとこかねえ……」

バンコランは手を伸ばして窓を閉め、「なるほど」とつぶやいた。「そうですか。ところでジェフ」――いきなりこちらを向いて、「何か食べてきたのか?」

女主人が声を上げ、たるんだ顔いっぱいにすまなそうな表情を浮かべて膝を打った。「やだ！　ごめんなさいよ、あたしとしたことが！　なんせ、この件ですっかり余裕をなくしちまって――なんにも食べてないの?　それにあんたもだね、ムッシュウ・バンコラン！」私に向いて説明した。「晩餐は早めに出したの。ほんとの話、お友達のほうがあんたより早かったとはいっても、たかだか二時間ぐらいのもんよ！」

「事故のせいですか?」私が言った。

「そうそう。で、ジェロームのほうは薬をのんで寝ちゃった――しょうもない！」と切って捨てた。「でも、ちょっとだけ時間をちょうだい、ちゃんとやるから。ホーフマーアアン！」と、やぶからぼうにこちらが飛び上がるほどの馬鹿声を張り上げた。打てば響くように、あの執事の海坊主面がぬっと入口に出てくる。ありあわせの冷肉で結構だとバンコランが言ってやると、ミス・アリソンの心づくしでビールが添えられた。ごめんをこうむって二人で退室する……。

廊下へ出るやバンコランはぴたりと止まり、執事が階段を降りてしまうまでずっとそうしていた。その場はランプがひとつ燃えているだけで、足音はすべて絨毯に吸い取られてしまう。ひっそりとこう洩らした。

「ジェフ、あの大破は事故などではなかった。ドネイが私を運転手もろとも始末しようとはかったんだ」

またしても近づく悪の気配、得体が知れないばかりか支離滅裂ではないか！　熱気をはらむ嵐さながらに、この館をゆるやかに包みこもうとしている。そこでドネイの冷たい碧眼と、せわしない手つきがふっと頭に蘇ってきて、しどろもどろになってしまった。「で、でも、運転はあの――」

「運転はドネイが自分でしていた。後部座席に運転手を乗せたままでな。見た当初から、どうもおかしいと思っていたよ。車は同じリムジンだったんだ……。やがて、岩だらけの谷底が口を開けた高さ八十フィートの断崖にさしかかってね。ミラーにドネイの目がうつった。誓って言うが――正気の目ではなかった。かがみこんで急に加速すると同時に左のドアを開けようとしてね。おそらくは自分ひとりだけ脱出する魂胆だったんだろう……」肩をすくめてみせた。

「崖の安全柵へつっこむ寸前に私がハンドルを奪った。ついでにあやうくやつの両腕をへし折るところだったよ。車体が横滑りし、片車輪で崖っぷちを回る音を聞いたときはもうだめかと思った。それから反対側の土手へ正面衝突して……」

握ったり開いたりを繰り返す右手を見るともなく見ているうちに、じわりと満足の笑いじわがバンコランの目をとりまいた……。

「いやはや、酔狂な展開だね！ まもなくそのへんの農家で落ち着かせてもらい、ホットミルクをあてがわれながら、自分が運転していた事実はくれぐれもご内聞にと頼みこんできたよ。曰く、神経症の発作持ちなので——医者に休養を勧められた理由はそれだ。たまに筋肉が言うことをきかなくなるので車の運転はきつく止められている。もしも家内に知れようものなら——」

「よくもまあ！」

「ああ、そうだ。だが、なんとかごまかし通したよ、ジェフ！ 説得ならお手の物の御仁だからね。そうでなければ、もしかすると本当にそんな発作持ちなのかもしれん……。ま、それはさておき、ひとまず運転手の過失で通そうと衆議一決した……」

「でも」私が反論した。「ことのなりゆきを疑っているのは、確実に向こうにもわかっているんだろう？」

バンコランが肩をすくめた。「自己過信だよ、ジェフ。今の彼を彼たらしめている無敵ぶりは半ば以上がそのおかげだ。ひとたび失えば世界全体が瓦解する。その時も、ミラーでとらえた例の目つきになっていたよ。無敵の自己過信を、束の間とはいえ持てなかったのだと思う。なぜかというと——」

「なぜかというと？」

バンコランの小さな口ひげを越えて、あごひげに届くほど深い法令線が刻まれた。ほの暗い廊下にそびえ立つ巨人となり、両肩をそびやかす。

「《ローラン》で話し合った時、ふとした発言をきっかけにあの男への疑念が湧いた。さらに、あの椿事でだしぬけに頭の中で開いたドアがあった」と、かるく手振りで示し、「これという根拠はないが、複雑怪奇な恐ろしい事件の特徴がくっきり照らし出された。マリーガーの死の真相は読めたと思う。いうなれば幻にすぎないが、やつの見たものが以心伝心でこちらの頭に届いたのかもしれん」

「ずいぶん謎めかすんだな」そこでふと浮かんだのはライン下りの蒸気船と、見えない手にマリーガーを投げ殺されたようだったというブライアン・ギャリヴァンの黄昏語りだった。ただしギャリヴァンの話をそこで持ち出すのは控え、連れだって階段へ向かう。と、ひときわ大きな雷の音が邸内をまっぷたつに裂いて天のかなたへ尾を引き、窓という窓をがたつかせた。

一階の野趣あふれる玄関ホールは無人で、例の照明つき肖像画の目が追いすがるばかりだ。奥のダイニングルームを探しあて、冷肉料理を出し終えたばかりのホフマンに行き会った。雰囲気ある室内は、奥にまだいくつか部屋があり、その先にはさらに「見えざる手の王国」でも控えていそうなたたずまいだった。ダイニングルームはどっしりした暗色の布で覆われ、ずらりと料理の並ぶ食卓の中央には長蠟燭七本立ての銀の大燭台がともり、闇にとけこんだフィレンツェ産オークの重厚な彫刻家具を照らし出している。冷菜といっても、キャビアからローストビーフまでそろった豪勢なものだった。ホフマンの手ですでにビール、ポートワイン、氷入りのワインクーラーにシャンパンまで用意されている。

「ちょっといいかな、ホフマン」遠慮なくサンドイッチに手をのばしながら、バンコランが声をかけた。ドイツ語だったが、その言葉をごくごく初歩しか知らない私に配慮して、英語に切り替えてくれた。「ちょっといいかな、ホフマン。いくつか聞かせてほしいんだが……」

「はい、どうぞ」なにか悪さでもしたように、執事は固太りの身をすくめてかしこまり、つるつる頭をちょっとかしげた。突き出たおでこに薄色の眉とつぶらな青い目、あるかなきかの鼻、ちょっと口角が垂れた半開きの口とくれば、まるでキューピー人形の中年版だ。その中年キューピーが腹に響くバスの声を出し、目をぱちぱちさせた。「はい、どうぞ。シャンパンをお開けいたしましょうか？」

「ぜひそうしてくれ。アリソン氏に仕えて長いのかね、ホフマン？」

「ご奉公して三年になります。ご引退後からです」説明のかたわら、シャンパンボトルをそっと扱って開けにかかる。

「ふむ、なるほど。だが、この屋敷は引退のだいぶ前から持っておられたそうだが？」

「はい、そのはずでございます。お持ちになって何年にもなります」ホフマンが慣れた手つきでボトルの向きを変えつつ、こちらを盗み見ている。

「いいご主人かね？」

「ええ！《アッハ》　とても——とても気前のいいお方で」

「お仕えしやすいご主人だったかな？」

「ええ《アッハ》！」また言うと、言外にどうだかと匂わせて口をつぐんだ。ポン、と音がして淡いワインにきめ細かい泡がほんのり立ったところで、チューリップグラス二つへ手際よく注ぐ。「それはですね、旦那様《マインヘレン》！　在りし日の主人のように芸術家肌ですと、ご癇癪の度合いもちっとやそっとではございませんよ。お察しくださいませ。頭から湯気をたてて激怒なさることも、時たまございました。以前ほどファンレターがどっさり来ないとおかんむりでして。お髪《ぐし》もね――」ホフマンが自分の頭をつるりとしてみせ、さも言いにくそうに、「あと、恰幅もだいぶよろしくなられて。運動はなさっておられましたけれども」

　肖像画のハムレットが、そんな……。

「向こうの城には、足しげく？」

「ああ、はい！　夜、あちらの城壁をそぞろ歩いて詩の暗誦をなさるのがお気に入りでした。ですが、ご自分抜きでの立ち入りはお気に召さず、絶対お許しになりませんでした。よそ者はただ外から見るだけにしろと、ね？」

　グラスを中途半端に上げかけたバンコランが眉をひそめ、わざとおろした。ややあって、

「城を管理する役目の番人がいたはずだが？」

「はい、さようで。バウワーも気の毒に！」執事がぽつりと洩らし、目をしばたたいた。「おつむのネジがちょっとゆるんでおりましたが、人に何かするようなやつではございません。住みこみの門番をつとめておりました。外へはめったに出て参りませんで。夜な夜なランタンをさげて城壁沿いに見回る姿がこちらから見えておりました。欠かさず毎晩です。ただし、〝あ

の晩〟は別でございます」

「なるほど……。よかったら、あの晩に見かけた不幸な一部始終をきちんと話してもらえないか？」

ホフマンは口を開きかけて肩越しに振り返り、また口をつぐんだ。ダイニングルームへ入ってきたのは小柄な女性で、むざんな重傷を負ったはずではなかったか、という意外そうな顔でバンコランを見た。顔立ちはまずまず、ほんのわずかな彩りで美人になれそうだ。濃茶の目、自然にふわりと垂らした髪は黄系の枯れた曖昧色。だが、唇は顔と同じくらい色をなくし、茶色い目に動揺が走っている。ゆったりした青いドレス——色はそこだけだった。そのドレスさえ、近づくにつれてちぐはぐな感じがする。この女のたたずまいから思いつく言葉は他でもない。「不足」だ。

「おじゃまして申し訳ございません」かぼそい声は、外国訛りのきわだつ英語だった。「パリからいらした捜査の方はあなたさまですね？　英語はお話しになります？」

「ほんの少々です、マダム」バンコランが人をそらさぬ笑顔で応じると、相手の目の生硬さが少しとれた。「あいにく、まだご面識を得ておりませんが」

「恐れ入ります。イゾベル・ドネイと申します」

挨拶しながら、薬指の結婚指輪をしきりにねじって上げ下げしている。この女か、ドネイの妻は！——亭主が巨万の富を築こうとおかまいなしに買い物かごをさげて市場通いする、ベルギーの堅実なおばさんを想像していたのに。そして、この件でマダム・イゾベルはさぞ嫌な思

いをしているのだろうと内心思いやった。女が続けて、

「事故の話を聞きまして、心からお気の毒に存じます。わたくし――あの――ひどいおけががないとよろしいのですけど？」

「まったくございません、マダム。お気遣いいたみいります」そこでバンコランに引き合わされて私と挨拶をすませると、夫人はちょっと言いよどんだ。

「可哀相に、ジェロームはすっかり参ってしまいまして。ただいまは寝《やす》んでおります。なぜ、こんなことになったのか本当にわかりません。チャールズは、いつもあんなによく気をつけて運転しておりますのに」口調はほとんど棒読みのおざなりな挨拶だったが、しっかり見すえた茶色の目であれこれ問いかけてくる。さりげなくかまをかけて、「チャールズを街へ戻らせたのは、たぶんあなたさまのご采配ですわね？」

「あの運転手のことですか？　そうです。あとはご主人と鉄道で参りました」

問いのあれこれには答えずじまいだ。ちょっと意外そうなバンコランの表情は、運転手の件などより、手に持ったサンドイッチのほうが目下の急務だと物語っていた。

「ええ、そうでしたわね」夫人がにっこりしてみせ、声の調子をなるべく軽くしようとする。

「その、わた――わたくし、今回の恐ろしい事件をじきじきに解決してくださるよう心から願っております。みんなそろってとても辛い時を過ごしましたの。たぶん、あらためて全員に質問なさりたいと思っておいでですわね？」

さりげない愛嬌の域を越えて色気を出そうとがんばっていたが、赤みのうせた唇や、緊張た

だならぬ茶色い目ではいかんせんうまくいかない。会釈しても、まともに相手の顔を見ようともしないのだから。

「省くわけにも参りませんのでね、マダム・ドネイ」

「あら、もう慣れましたわ！　コブレンツから来たあの無粋な男に、それぞれの行動を逐一言わされましたもの」ぼそっとこぼすとまたにこやかになって、「わたくし、ミス・レイニーやサー・マーシャル・ダンスタンとご一緒に図書室におります。ご用がある時にそなえて、いちおう念のために申し上げておきますわね……」

色っぽいかすれ声が途中でとぎれる。私は童話に出てくる紙人形の踊り子を思い出した。その踊り子が人形の家の前に立っていると、すきま風にさらわれ、あっという間にストーブにくべられてしまうのだ。夫人がそのまま行ってしまうのを見届けて、バンコランがまたホフマンに向いた。

「さて、それでは！　あの殺人の晩に何があったのだね？」

「その件でございますが、私自身が関わったこと以外はあまり存じません」相手が答えた。「食後のコーヒーとリキュールは図書室でお出ししました。それがすむと、食卓の片づけを監督しにまいりまして、あとはパントリー室へ下がってずっと出ませんでした。勘定書に目を通しますと、腰をおろしてルヴァスール様のヴァイオリンをずっと聴いておりました。あの方も芸術家でございますよ！　ええ、さようでございますとも。有名なお方で」

「ルヴァスールさんはどこにいた？」

「音楽室でございました。屋敷の反対側でございますが、音はすこぶるはっきり聞こえました。そのときどきで大曲を演奏なさるかと思えば、ご自身の興のおもむくまま何か軽い曲を弾かれることもおありで。あの『アマリリス』がまさにそうでした。ご演奏を聴いておりましたら、途中からミス・アリソンのお呼びがかかり、フリーダが走って呼びにおりて参りました。フリッツを呼んで、一緒に見てくるようにと……。フリッツは台所でした」

「で、船着場へ出てみれば、モーターボートが消えていた？」

ホフマンは喉のつかえを飲みくだし、つのる興奮にキューピー顔を紅潮させた。「はい、さようです。それで私どもは、あの――手漕ぎ舟を……」

「待て！　船は何隻あるんだ？」

「二隻だけでございます、モーターボートと手漕ぎ舟だけです。それでフリッツに、わ、わた、私はこう命じました。『死ぬ気で漕げ、フリッツ！』城壁の上にひとが倒れているのが目に入ったからでございます。あの防壁の向こうで燃えておりました。一大事《ドンネルヴエッテル》です！　月明かりでよくぞ川を漕いで渡ったものです！　そうしていざ対岸へ出てみれば、おかしなことが――」

「ふむ、それで？」バンコランにせっつかれ、執事は眉をひそめた。

「そのときは気がつきませんでした。ですが、後から思い出しました。あのモーターボートが小さな船だまりにつないであったんです、そうですとも。ですが――おわかりでしょう？――ここの川はなにぶんの急流でございます。ですから、私どもではいつも桟橋の右手に船をつないでおります。そうすれば埠頭の石垣に水流が阻まれ、ひとりでに船がさらわれる心配はございません。ですが、このときは桟橋の真正面につながれ、もやい綱がぴいんと張っておりました。そんなやり方、ございませんよ！

　私どもはモーターボートの反対側に乗り入れ、坂を登りにかかりました。あそこの坂は急でございます。あの道はいつも気がかりでした。道がよろしくございません――なんと申しましたか？――補強がうまくいっていないのです。増水したライン川にあの土台を持っていかれてしまえば、いずれは――

　ですが、話の途中でございました」打つ手なし、とホフマンが両手を広げてみせた。「中ほどで息が切れてしまい、危うく倒れかけました。それで手近な茂みにつかまって見上げました。高い高い！　あの大きな城壁が頭上はるかな森の上に立つのを見ておりますと、目がくらくらして参ります。下を見ればまっくらではありますが、月の光が木々の枝越しに川へ届いております。青白い光でございました。ごつごつした石壁と狭間胸壁はご覧になりましたでしょう。燃える男の片手が防壁ごしに突き出ているのが見えて、吐きそうになりました。

　ですが、それだけではございません！　その横に、何か別のものがほんの一瞬だけ見えました。大きな影絵のようなものです。白む空に映る影絵のような。男の姿をして、片手に燃えるたいまつを持ち、狭間胸壁から見おろしておりました。そして、じっと見守るうちにかき消えました」

4　「狼男出現という気が――」

執事はそこで一呼吸置いて続けた。

「坂の上までだいぶかかりました。その間にあの男は外へ出て、その――私どもをこっそりやりすごして木立を抜けたのです。なぜかと申しますと、登りきる前にモーターボートのエンジン音が聞こえたからでございます」

「で、それから？」気分の悪さを笑みに紛らしてホフマンが言葉を切ったとたん、すかさずバンコランに促された。

「土手むこうの森へ出る門はどれも閉じておりますが、鍵はかかっておりませんので、どれでも開きます。バウワーを呼んでもあらわれず、どこへ行ったかと思いました。城の大手門のさきにはかなりな長さの舗装道路が城壁を貫通して何フィートも伸びております。中ほどに、あのたいまつがつけっぱなしで放り捨ててありました。あたふた中庭を抜けて狭間胸壁への階段を登り、アーチをくぐって髑髏の歯に出ると、そこで目にしたのが――

フリッツが自分の上着を脱ぎ――」ホフマンが身震いした。「両手を火傷しましたが、あらかた火を消し止めました。フリッツは度胸のある男です。もちろん、一命をとりとめるには至りませんでしたが。ですが不幸中の幸いにも、男の頭はさほどひどく焼け焦げておりません。それで二人してそっと寝かせてみましたら、主人でございました。

私はもう手も足も出ませんでした。フリッツは本当に大した度胸の持ち主ですが、防壁に腰をおろして身を震わせ、月明かりでもわかるほど泣き濡れておりました」

風吹きすさぶ狭間胸壁に安置されたハムレット、着衣はまだくすぶっている。かたわらにはおののく召使二名がうずくまり、月をいただく眼下にラインの流れ、頭上を石の巨大髑髏にさえぎられて……。七枝の燭台の照らす室内では、たゆたう意識を戻したホフマンのあごが小刻みに震えていた。

「そうだな」バンコランがそっと声をかけた。「わかるよ。調べてみたか？」

「い、いいえ。二人ともとうていそれどころでは。老城番の身に何があったかさえ確かめておりませんのに。私どもで主人をそっと抱えて下までお運びしました。そしてボートの真ん中へ寝かせてさしあげました。フリッツが火傷した両手にかまわず漕ぐと言ってききませんので、私は船尾席に座らせてもらいまして……」

「だが、警察がきただろう！　捜索で何か見つかったのか？」

「いいえ、そちらは存じません。コンラート判事が教えてくださいませんので。こうおっしゃるばかりです、『捜査官はしゃべらない』。ですからご自身でお尋ねいただくしかございません」

「馬鹿どもめ！」バンコランがテーブルの端をばしんと打った。「そんな横着を決めこんでいては、成果などひとつもあがらんぞ！　警察が凶器を見つけたかどうかはわかるかね？　アリソン氏は撃たれていたそうだが？」

「さあ、存じません。ですが、見つかったとは思えません。ただし」ここで、さも内緒めかしてホフマンが声を低め、「使用人どもの話では、あの方が本件の担当でいるのも長いことはなさそうで。ご存じですか？　なんでも、ベルリンから派遣される途中のお方なら、解決の見込みがあるそうでございますよ。もうじきお越しになるのは、かの偉大なフォン・アルンハイム様でございます！」すまし顔でバンコランを見守る声音に、どうだ、といわんばかりの優越感を抑えかねた響きが初めてのぞいた。

バンコランがぱちんと指を鳴らし、これは望外のことを聞いたというふうに目をみはった……。

「聞いたか、ジェフ？」

聞いた。ベルリン警察の主任捜査官ジークムント・フォン・アルンハイム男爵のことなら知っている。バンコランの好敵手としてヨーロッパの半分を股にかけて「諜報戦」を演じ、銃撃戦の裏で、死のチェス盤上で虚々実々の駆け引きを繰り広げた相手だと懐古談に聞いている。

「よろしい、ホフマン」バンコランが言った。「もういいぞ。あとでまた、聞かせてもらうことが他にも出てくるだろう……」

ホフマンがさがってしまうと、老けこんだバンコランが本来の姿に戻っていた。もったいぶった手つきでグラスを掲げ、口ひげごと上唇がほころんで山羊ひげの陰に歯がのぞく。高い頬骨から下のくぼみへと蠟燭の炎がくっきり陰影をつけ、けだるかった目が快活に輝く。声を上げた。

「では、おっつけフォン・アルンハイムが来るのか！　乾杯だ、ジェフ。これはこれは、願ってもない成り行きになったな。もってこいの刺激だ。生まれて初めて意地でも間抜けをしでかすわけにはいかなくなったぞ、そんな励みがあっては！　さっさと食べてしまいたまえ。やることができたぞ」

それでいて、説明はまったくしてくれない。私たちはそそくさと食事を切り上げてシャンパンを空けてしまうと玄関ホールへ出た。途中で、ドアやいくつもの窓が稲光りに白く染まり、心臓がでんぐり返るほど近くで雷がとどろいて、梢《こずえ》のざわめきを消す。あとはなんの前触れもなしに風雨が一気に水車の懸水《かかりみず》さながら襲ってきて窓という窓を打ち、うなりを上げて玄関ポーチのタイルをざあっと洗っていく。雨勢いや増して太鼓の乱打となるにつれ、屋敷のいたるところでひそやかな水の気配が立った。

正面ドアの奥で、激した声が聞こえた。

「言っておくぞ、サリー、どうかしてる！　やめないか、そんなもの」

バンコランが折り戸を開けると、奥行きのある梁天井の図書室へ出た。ウォールランプの光が、贅沢な暗色の艶出し床、贅沢に装丁された蔵書の背、照明つきの色鮮やかな肖像画のガラスに照り映えている。どの肖像画もすべてマイロン・アリソンを描いたものだった。マクベスに扮したアリソン、シラノ・ド・ベルジュラックに扮したアリソン、モリエールの『タルチュフ』に扮したアリソン。ここまでいくと悪趣味を通り越して、ある種、妄執の殿堂じみている。

あちこちに置かれた安楽椅子の中央にサリー・レイニーがつっ立って、すぐ脇のテーブルにでんと据えたグラモフォン蓄音器を鳴らしていた。ミュージックホール御用達の歌謡曲『ラブ・パレード』だ。

いちばん奥は開けはなした折り戸、中はビリヤード室だった。そこからキューを手にした若者がすたすたと出てきた。さんざんかきむしった金髪、険悪に目を怒らせている。

「そのばからしい歌を黙らせてくれないか?」と詰め寄る。「頼むからわきまえてくれよ、サリー。そんなふるまい、時と場所にふさわしくないのはわかって――」

ぎゃあぎゃあうるさい蓄音器を、サリーが腕で抱えこむようにしてかばった。はずみに黒い断髪をばさりと振りたて、妖精じみた顔をこれでもかとゆがめる。

「ごめんだわ」大声を上げた。「これ以上、この家を霊安室にしとくなんてもうまっぴら! それにどうせあんたなんか、気にもしないくせに。あんたは――」

「ぼくの理想の人、わが愛のパレード――」蓄音器がわめきたてた。そこへ風雨の波がどっと窓へ吹きつける。みんなの神経がぎりぎり痛めつけられ、ヒステリーは昂進するばかりだ……。

「だからさ、言っとくけど!」若者がぶつくさ言いだしたとたんにわれわれの入室に気づき、きまり悪そうに手にしたキューを持て余した。サリー・レイニーが蓄音器を止め、断ち切られた騒音が小さな震えのこだまを残した。そこでようやく、おもてのにぶい嵐の気配が耳に届くようになった。若者が言いだす。

「ああ――その――こんばんは……」できるものなら消してしまいたそうな顔で、手もとのキユーをまたにらみつけた。

「あーら、どうも！」ざっくばらんに迎えた娘は、ほんの刹那だがこの場を楽しんでいるようにも見えた。豊満な朱唇に、くわえ煙草。冷笑をたたえて黒い目をすがめる。「入ってよ、お二人の上機嫌でこの場をきれいさっぱり晴れやかにしてくださいな。ムッシュウ・バンコラン、マールさん――こちらはサー・マーシャル・ダンスタンよ」

ダンスタンが頭を下げ、秀でた額に金髪がばさばさと乱れかかった。繊細な顔立ちだ。あごの線は弱く、すっと長く通った鼻筋、不平がましい口元、落ち着きのない目、眉間に早くもしわを寄せている。どうも、何か事情があってほとほと困惑中らしい。

「ご機嫌いかがですか？」と挨拶し、曖昧に「その、よかったら――？」

われわれは若者が示した席におさまった。やがて、それとなくバンコランが主導権を握る。いざその気になれば、この男は親しみやすく優しいおじさんになれるのだ。葉巻を手にして椅子にくつろぎ、ざっくばらんにくだけた話しぶりと物腰で、ドイツ人犯罪者どもとは相容れないフランス警察の逸話を持ち出した。そして自分とフォン・アルンハイム男爵の思いがけない邂逅《かいこう》が生むはずの楽しい可能性を検討ついでに、戦時中のスパイ活動からもっと聞きごたえのある逸話の一端をご披露した。

「……ですから」と、面白そうに自分の葉巻の端を見守りつつ、「今後はかつてないほど、あらん限りのご協力を要するんですよ。われわれ連合国側でおたがい一致団結しませんとね」

ダンスタンは全身を耳にして諜報話に夢中になり、眉間にしわをよせて椅子から身を乗り出していた。たまに「やるなあ！」などとつぶやく。とっぴな蠟染めの布のドレスに身を包んだサリー・レイニーは長椅子に丸くなって感心したように煙の輪をいくつも吐きだし、ダンスタンの背中ごしにウインクして無言でやんやと喝采した。

ミス・レイニーが声をあげた。「フランス万歳！　ドイツ野郎をやっつけろ！　ただの冗談よ、ダンス。言うそばからもう後悔してるんだから」

「あなたって人は、ずいぶん毛色の変わった警官ですねえ！」ダンスタンが髪をくしゃくしゃにしながら感想を洩らした。「でね」――眉をひそめ、ぴったりの言葉を探す――「このひどい場所に閉じ込められて何が最悪かっていうと〝実感〟なんです。ぞっとする実感が身にしみ――」

「お芝居じみた言い方しないでよ、ダンス。頼むから」サリー・レイニーがたたみかける。

かっと血をのぼらせた若者が食ってかかった。「芝居なんかじゃない！　知ってるくせに。口をつつしめ！　ぼくは説明しようとしているだけだ、もしかするとうまくできないかもしれないけれど。なにが言いたいかというとだな、今の今、この家にいる誰か、ひとつ屋根の下にいる誰かがマイロン殺しの犯人なんだよ。ともに食事し、ともに酒を飲み、ともに語り合った誰かだよ……。だから誰かと二人きりになるたびに、ふと怖くなる。相手の気がおかしくなって、喉もとめがけて飛びかかってくるんじゃないかって。ずっと、そうやって疑ってるんだぞ。しじゅう背後を気にして、それから……何よりぞっとするのは、誰もかれも長年の知り合いだってところだよ。覚えているか、マイロンの体が焼け焦げ、顔の半分は崩れてどんなありさまだったかを――」

「もっと抑えてよ！　そんな言い方やめて、ダンス！　聞こえないの？」娘がどなりつけ、火の気のない暖炉に吸いさしを投げ捨てた。

「あなたなら、わかってもらえますよね？」引きつった顔に真情を溢れさせて、若者がバンコランに訴えた。「それに、まだ悪いことがあって……」

「そのようね」口ではそう言っていたが、その晩またしてもサリー・レイニーは泣き出す寸前の顔になった。若者に向けた目にヒステリーと憐憫が半分ずつ混ざってなにやら風変わりな凄みをかもしだし、息をのむほどだ。

「ねえ、この件を自分の胸の内からきれいさっぱり取りのぞいてしまいたいんですよ」若者は哀願しながら神経質な指で自分のあごをなぞった。「でね、心配になるんです――ここが最悪なんですけど――もしかして、やったのは自分じゃないかって。いやあ、絶対違うのは自分でもわかっていますよ！　それはね。でも同時に、まったく同時に、もしかして実は本当にそうだったら、って考えてしまうんです。ちょうど、ずっと飲んでいたら記憶のところどころが虫食いになってしまうのとまったく同じでね。その空白の間になにかとんでもないことをやらかしたかなって。やってないのはわかっていても、そう思うそばから……。

それに」と、かすれ声で、「時がたって記憶が薄れるまでに、くまなく地獄の七層を巡る気分を味わうはめになる。もしかすると薄れてくれないかもしれないし……。ゆうべのぼくは酔っぱらわなかった、そんな夜はほんの数えるほどですが。何もかも残らず思いだそうとしようものなら、しらふではとうてい……」ふかぶかと息を吸いこんだ。

サリー・レイニーが口を出した。「ヨタ話になりかけてるわよ、ダンス」

足元の絨毯をにらんで、若者がうなずいた。「ああ、知ってる。もしかしたらそんなことをとつくづく実感するだけの理由は人知れずあるんだ……」

そこで間があいた。ダンスタンがはっと動きを止め、恐れが目にちらつく。言い過ぎたのだと全員察していたが、どこがどうまずいのかは私の手に負えない。突風が窓を乱打して四方八方から館に鞭をふるい、渦を巻き、上げ潮の波となって砕けた。死者の肖像画をぼんやり照らす灯ががたがた揺れた。らせんに立ち昇る葉巻の煙のゆくえを、バンコランが謎をたたえた深い目で追っている。

「よくお考えなさい、ミス・レイニー」と水を向けた。「あの晩に実際何があったか、ひとつ話してみてはもらえませんか」

彼女が弱々しく応じた。「そのほうがあたしの身のためなんでしょ?……そうねえ、あのコンラートのセイウチおやじには六回ぐらい話したし、他にも思い出そうとしてはみたんだけど……。で、何を?」

「よろしければ、洗いざらいすべてを。晩餐から始めましょうか。アリソン氏は——動転していたようすでしたか?」

「動転? ないない! 最高にご機嫌だったわよ。容姿も結構ひきたってて、いい男ぶりだった。たとえ、体形維持にコルセットを愛用してるってたまたま知っててもさ。晩餐の間、ずっと冗談ばかり飛ばしてたわ。ただね、たったひとつだけ――」

「ふむ?」

サリーが顔をしかめて上唇を嚙んだ。「そうね、あんたにだけ。あのセイウチには話してやらなかったけど。だってさ、そもそも話す値打ちがあったかどうか? マイロンはどうやら幽霊が怖かったみたいよ」

「幽霊?」

「そう、食後のコーヒーはこっちで出たの。ルヴァスールさん――あの人にはもう会った? ――スズメバチみたいに胴のくびれた小柄なフランス人で、いつも歯を見せておじぎばかりしてるけど、ヴァイオリンの巨匠なの――髑髏城の話を持ち出して、こんな感じだったかな。『ねえ、ムッシュウ、われわれにはいちどもあのお城全体を案内してくださっていませんよ。風変わりな部屋がいくつもあるとか……』マイロンはロミオに扮した自分の肖像画の下に立って――肖像画の下でそっくりのポーズをとるのが好きだったの――コーヒーカップを手にしてた。マイロンの髪ったら、こう言っちゃなんだけど、あたしと同じぐらい真っ黒なのよ! そしてにこやかにこう答えたの、城には鍵がかかっていますし、なにぶん荒れ果てて探検には不向きです、とか何とか。そしたらルヴァスールがこうよ。『ああ、しかし、それはますます好都合だ! いいですよ、乗りましょう。どうです、ここのみなさんご一緒に、あちらで夜明かしというのは? 幽霊出現、狼男出現が必至という気がいたしますよ』だって」

何やら考えこむ妖精の顔になり、サリー・レイニーが両手で頰杖をついた。

「で、まあね。あたしたちみんな、その案に乗ったって口々に大声を上げたわよ。公爵夫人なんか膝をぴしゃりとやって、今世紀最高の名案だよこんちくしょうめって。でも、ああもう！　あたしはずっとマイロンを見てたの。彼、震え上がってた。コーヒーカップがソーサーをずるっとすべってさ、いきなりほんとの歳をさらけ出す顔になるんだもの。そしたらこのダンスが」あごをしゃくって、さかんに手を振って否定する若者をさし──「調子に乗ってさ。ディナーの時にしこたまワインを飲んでたからね。こう言って笑ったの。『ねえ、まさか死人が怖いなんておっしゃいませんよね？』

まるで、誰かの口からぽろっと卑猥な言葉がこぼれたみたいだった。だれもかれも死んだようになって黙りこんじゃって、ホフマンが食後酒のトレイをテーブルに載せる音が聞こえたぐらいよ。マイロンは──血の気をなくしてまっ白なの。ジェローム・ドネイがあのへんてこなオレ流英語で大声を出したわ。『どうだい、ひとつビリヤードでも？』でも、その提案が」そこでうなずき、「場を救ってくれたわね。そこへ陽気にみんなのヒロイン登場よ。あたし、言ってやった。『みんな黙ってよ！　マイロンとあたしは、特別に月明かりで城を案内してもらう先約をとりつけてるの。でしょ、マイロン？』察してよね、とみんなに目配せしてやってね。あの人は見るからにありがたそうな顔をしてた。『そうとも！』で、笑ったの……。煙草ある、ダンス？」

若者が渡してよこしたシガレットケースをなにやらほろ苦いユーモアをこめてつくづく眺めていたが、一服つけようとはしない。きりもなく吹きすさぶ嵐の中、二階のどこかでしっかり閉じていなかった鎧戸《よろいど》が手荒に叩きつけられた。

「マイロンはそのあと席を外し、あたしと一緒に歩いて玄関ホールへ行った。マイロンがお義理で誘うように言った。『行くかい？』だけど、あっさり言ってやった。『いいの、マイロン。今晩はまだお仕事があるんでしょ。もう行っちゃって』あの人は本を書きに二階へ向かったわ。回想録を執筆中だったの。自室に鍵をかけて、ずいぶん長くこもってね。

階段に片足かけたところで立ち止まると、玄関のドアのほうをふりむいた。それからそのまま上がっていった。それがあの人の見納めだったわ……」

「ちょっとよろしいかな」バンコランが横合いから口をはさんだ。「何時でしたか？」

「さあ、よくは覚えてないけど。九時ちょっと回ったぐらいかな」

「では、その時点で城へ行くつもりはなかったんですね？」

「なかったはずよ……。まあとにかく、あたしはぶらぶらベランダへ出て手すりに腰かけ、ちょっと考えごとをしてた。素敵な晩だったでしょ。照明をつけたボート二艘が下の川を通りすぎるのが見えて、なんだかいい香りの風がそよそよと……」そこで深く息を吸い、すぼめた口元がせせら笑いにも似た形をとった。「馬鹿みたいにお月見してたってわけ！　どうなってんだかね。で、中へ入ると……」

「どれくらいたってました？」

「さっぱりわかんない」てきぱき答え、すぱっと思い切りよく煙草をつけた。「中へ入って行くと、ちょうどお開きになってた。ドネイと公爵夫人は二階へ上がるところ。夜にホットミルクを飲むのは体にいいですよ、とかなんとかドネイが公爵夫人に能書きを垂れ、公爵夫人はそれまでのポーカー勝負の手をずうっと反芻《はんすう》してね。ここはそんなに昔風の家じゃないから、めいめい自由に好きなことをしていいの……。誰かがダイニングルームで酒瓶の音をたてていたわ……」

「ぼくだ」サー・マーシャル・ダンスタンが認めた。

「ふうん、そう。あんたらしいわ」ミス・レイニーがやっつけた。「それに、ルヴァスールが奥でヴァイオリンをポロンポロン爪弾くのも聞こえたわ」

「マダム・ドネイは？」

「さあ、どっかその辺にいたんでしょ。あたしはその気もないのに図書室へ行ってね。本を読もうとビリヤード室へ近い隅っこにかけたの。明かりはその椅子の脇にあるだけだから。そうして梢を鳴らす風とかいろんな音を聴いているうちに、何だかうとうとしてきちゃって。ルヴァスールがヴァイオリンをそっと弾き始めたのがよけいに子守唄になっちゃってね。うとうとしかかったところへ、廊下の足音を聞いたの……」そこで言いよどみ、「玄関のほうへ向かったわ、かなりの早足よ。もちろん、その時は気にもしなかったけど」

「その足音は男でしたか、女でしたか？」

「さあ、どうだろう。どうも二人いたみたいで、声を低めて話してたの。聞き分けるのは無理だった。もちろん、歩いていたのはマイロンと——」

「犯人だな」ダンスタンが口を出した。

「犯人ね、あんたがそう言うんなら。本当にわかるのはそこまでよ。あとは寝ちゃったはずだわ。次に覚えてるのは、恐ろしい悲鳴がどこか遠くでいくつも上がって、はっと目覚めたの。二階の廊下で公爵夫人が何やらがなってた。椅子を立って、まだ寝ぼけた頭で一体なんだろうと思ったの。その頃にはもうホフマンとフリッツは下の船着場へやられていたし……。寝起きの頭がどんなか知ってるでしょ。なにが起きたか事情をのみこもうとしたんだけど、ルヴァスールがまだヴァイオリンを弾いていて――あっちには聞こえてなかったんじゃないかな――せっかくのおさらい中に邪魔したくなかったし。それで二階へ行って公爵夫人に尋ねたの。心配顔はしてたけど、ぜんぜん大したことない、怖いことなんかない――忘れちゃいなさいってさ、あの人らしいよね。それで階下のポーチへ出てみたの。そしたら、えっちらおっちらとあっちの胸壁へ登って行く人が見えたわ――ホフマンとフリッツだった。それで全部よ」

「ポーチに出ておられた間に、モーターボートの戻りの音は聞こえましたか？」

すぐさま答えた。「そのはずだけど。でも、あまり気にしてなかったかな。ただでさえ、川筋はいつだってあんな調子でにぎやかでしょ」

「それで、船着場から上がってくる人も見かけなかった？」

「一人も。でも、あの水辺の階段を上がらなくてもいいのよ。だって、ちょっと下ったところに丘を登る道があるんだから。そっちから行けば、誰にも見られずに屋敷の横手へ出られるし」

その姿はどこまでも愛想よく、いつもの生意気はまったく出さなかった。わざとらしいほどかわいい女の子っぽくふるまっていた。バンコランは椅子にもたれて小首をかしげ気味に指先にのせ、荒れすさぶ嵐の気配にもっぱら気を向けているようすだった。目はものうく閉じかかっている。頭を支えたほうの指で、おもむろにこめかみをとんとんやっていた。

「どうも本当のことをおっしゃっていないようですな、ミス・レイニー」

5　夜更けのヴァイオリン

サリー・レイニーは答えなかった。相変わらずしっかりとバンコランを見据えていたが、恐れたとおりの展開になったというようにうなずいていた。ただし、わが身をまったく気にかけていない……。

やがて、室内にもう一人いたことに気づいた。いつからそこにいたかはわからない。みんなが娘に目を向けていたからだ。その男はビリヤード室のドアにもたれて立っていた。けだるそうにくつろぎ、手入れのいい黒髪に浅黒い顔の小男だ。指先で葉巻がくすぶり、ヴァイオリンケースを小脇に抱えている。

「これは失礼」達者な英語だったが、フランス人に似合わず、きつく喉にこもる訛りがあった。「どうしても耳に入ってしまいましてね。ミス・レイニーの――証言が」

そのまま出てきて、ヴァイオリンケースをそっとテーブルに載せた。所作のすべてが妙になめらかで、オーケストラの指揮者をほうふつとさせる。ナイフの鋭さを持つ浅黒い顔、気まぐれでひょうきんな黒い目。シャツの胸にエメラルドの飾りボタンが輝いている。「これは失礼。エミール・ルヴァスールと申します。恐ろしい事件じゃありませんか？」

男は独特の軽やかな足さばきでサリー・レイニーと告発者の間にすすっと割って入った。腰をおろすと両脚のズボンをていねいに引き上げ、指先を山型に合わせた。

「喜んで」小首をかしげて告げた。「ミス・レイニーの証言のうち、前半部分はどれも事実だと保証いたしますよ」

「で、後半はいかがです?」バンコランが尋ねた。まったく動じない。新参者に一瞥すら向けようとはしなかった。

「残念ながら! いえ、何もわかりません。ここがいったんお開きになって、音楽室のドアを閉めきりますと、私は別世界へ行ったきりになってしまいましたので。音楽は防音壁より強固に雑音を締め出してくれる防壁なのです」まぶしい白い歯をみせた。「ですから、他の方々がドアをノックして教えてくれるまで、何も存じませんでした……」

ここでサー・マーシャル・ダンスタンが割って入った。

「そうなんですよ、いちばん参ったのはそれです。亡骸《なきがら》が運び込まれる最中にヴァイオリンがまだ鳴ってたんですから。誰かが言いましたよ。『あのクソいまいましいノコギリをずっと続けさせる気か?』それでドアをノックしに行きました」

ルヴァスールが何やら考えながら話しだした。「きみきみ、お言葉ですが、どうも非常に不適切極まる……」

「悪気はなかったんですってば」

「……ですが、しごくわからんでもないですな、状況を考えれば」ルヴァスールはまたも笑顔で話をひきとった。なぜだかこの男は竿《さお》の先の猿を思わせるところがある。浅黒い顔色、せかせかした身のこなし、指先を合わせたほっそりした手。今にも天井めがけて跳躍するのではないかと思ってしまいそうだ。

「世にも不思議な活人画《タブロー》だったと請け合いますよ」ルヴァスールが私たちに伝えた。「玄関ホールで目にしたのは。誰かが曲に仕立てれば、不気味な傑作になったかもしれない。サー・マーシャル・ダンスタン君が壁に寄りかかって何度も何度も『なんてこった！　ああなんてこった！』とくり返し、マダム・ドネイは血の気のない顔で階段に立っておられた。そんないわれはちっともないのに、ホフマンがミス・アリソンに『申し訳ございません――』と言いながらさかんに頭を下げ続けている。そして、ハムレットに扮した肖像画の真下には黒こげ死体のご本人が寝椅子に横たわってこの世に別れを告げている。

見ものじゃありませんか？　ははっ！　音楽に直せば――」そこでふと言葉を切り、何やら大急ぎで頭の中をなぞっていた。

「そうですな」バンコランがぽつりと洩らした。ダンスタンを見ながら、「君は玄関ホールにいたんですね？　ちょうど入ってきたところだった？」

「そうです、ちょうどそれを言おうとしていたんです。ぼくにはお話しできることはありません。ぼくはここの屋敷の上手の森を、足の向くままに一時間近く散策して戻ってきたところでした。なにやら騒ぎは耳にしていましたが、なにぶん鬱蒼《うつそう》とした森にさえぎられて――」

「では、お話は皆無なのですね？」

「皆無です！」若者が真顔で答えた。「あの騒ぎはどうも変だとは思いましたが、仕方ありません！　本当なんです！　ひたすらうろたえただけでした」

そこで沈黙があった。ダンスタンの供述をそれ以上追及しようという動きはなく、どうやら本人の期待通りに進んだので、バンコランから私へと目を移すダンスタンの憂い顔に安堵の稲妻がひらめいた。ルヴァスールはありもしないほこりをズボンから払いながら物思いにふけっていたが、こんなことを言いだした。

「その、ムッシュウ・バンコラン。もしや、あなたやご同僚と内々でちょっとお話しできませんか？」

「だめよ」割りこんだのはサリー・レイニーだった。不安そうに笑いだす。「あたし、嘘をついた罪でこれから締めあげられる予定なの。だからあなたは邪魔よ」

バンコランがやんわり片手を上げ、いかにも驚いた表情を穏やかに出した。

「いやいや、ミス・レイニー、〝締めあげられ〟はしません。ただし、事実だけは申し上げておきますね。あなたをこれ以上尋問はしません。ですが、こう指摘させていただく必要はあります」――曖昧な笑顔で――「連合国のよしみで申し上げます。心からこう助言させていただきたい。ひとたびフォン・アルンハイム氏ご来駕となったら、以後はそんな作り話で彼の目をごまかそうなんて試みはおよしなさい。あの男爵どのの知性を大いに買っている私としては、そんな虎の尾を踏ませるわけにはね。そんなことをすれば困る人が――一人ならず出るかもしれませんよ……お互い了解できましたか？」

ものうく詮索する、あの老獪《ろうかい》なまなざし！　サリーはまばたきもせず、黒い目でその視線をまっこうから受けとめていたが、目の焦点がかなり怪しくなり、煙草を持つ手をぴくりとも動かせなくなっていた。

「あんたのほうが不安になってきたわよ」蚊の鳴くような声を無理やり絞りだし、やがて、「いらっしゃいよ、ダンス。ここを出ましょ。もうやってられない、なにか一杯ひっかけなきゃ。気つけに強いのをたっぷりやるわ」

サリーに肩をゆすぶられて、ほっそりした若者はいいのかなという顔でおずおずと腰を上げ、尋ねるようにうかがい見られたバンコランは、かぶりを振ってみせた。サリーは、ことさらから元気を出してぺちゃくちゃやりながら、ダンスタンを連れて出ていった。が、あまり成功した努力とは言いがたかった……。

「若さですな」二人を見送って、ルヴァスールが言った。「本当に、神に感謝しますよ、もう若者でなくて。実にどうしようもない時期です。若者というやつは、まったく無害でささいな行動さえ罪の意識なしにはできないんですから。年の功で身につくものといえば、自己の行動が自分が思うほど非難されるようなものでなく、恐ろしい結果を招くものでもなく、それゆえに安心していられるという点につきます」そこで芝居がかった大げさなため息をついてみせる。

彼はいま状況を楽しんでいた。

「あの二人のどちらかがアリソンさんを撃って火をかけたような物言いをしてしまった！」ひと呼吸おいて声を上げた。「ばかな！」

「たしか」バンコランが水を向けた。「内々でお話があるとか?」

「そうです。あのコンラートのぶつくさラクダには一言も言わなかった件で」ルヴァスールは両手をしげしげとあらためた——これまた、物思いにふける自分を演出したい時の定番だ。「あなたを呼ばせようと、さんざんせっついたのが誰だかご存じですか? 私ですよ。そうですとも。ドネイは渋りましたが、無理に行かせました。というのも、たいそうな——富の力で圧力をかければ、例えば私などが口説き落とすよりも効くかなと思いましてね」

「ははあ」バンコランがつぶやいた。

「図星でしょう、違います?」ルヴァスールがにっこりした。「いやはや、ドネイは渋りましたよ。すこぶる鄭重に言ってやりました。『君には隠しごとでもあるのかね?』そこで奴さんはかんかんになっておみこしを上げ、そして、ほらね! パリへ出かけました。ですが、ちょっとお耳に入れておきたいことが……。

さっき申し上げましたように、あの時の私はヴァイオリン《ヴォワラ》を弾いていました。演奏中はいつでも暗くしています。そうすると闇から小鬼たちが召喚され、巨人や魔神どもが出現するのです。あの中から」——自分のヴァイオリンを指さして——「いちだんと力強い旋律を帯びて。いつもそれに没頭して、我を忘れてしまいます。ですが、あの時だけはチャイコフスキーのヴァイオリン協奏曲第二楽章『カンツォネッタ』をちょうど弾き終えて顔を上げたのです。明るい月光が部屋に差しこんでいました。あの部屋の窓はどれも床ぎりぎりまでありまして、窓の外に石段があり、二階の部屋のどれかに面したバルコニーへ出られます。月明かりで音楽の闇がしりぞくと、外の石段にたたずむ人影にふと気づきました。黒い輪郭が見えたのです。次の瞬間、そいつは二階へ駆け上がりました。だいぶ長いこと、今のは音楽から抜け出してきた幻だったのだろうか、それとも実際にこの目で見たのか自問自答しました。その結果」小粋な着こなしの両肩をそびやかした。「幻なんかじゃない、と思いましたね」

「ふうむ。その人影は男でしたか、女でしたか？」

「さあ、そこが。なにしろ、目の隅にちらりと入っただけですから。ただの断片、眠りからさめる手前でふとよぎる幻みたいに。ですが、現実だったという自信はあります。かりにですよ、こんなことをあの判事に伝えようものなら、おおかたこうどなられるのがオチですよ。『男か女か？　男か女か、どっちだ！』怒号につぐ怒号のあげくに顔を紫色に染め、はっきり言い切れないと言葉を尽くして説明する私を嘘つきめと決めつけてね。私が迷信深い男なら――いやあ、ですが違います。神かけてそのほうがよかった――そうすれば、内なる葛藤はもっと少なくてすんだはずです。つまりですね、あなた、幽霊でいっぱいの魔法世界を内面に抱えこんで――」

「ところで、それを見たのは何時でしたか？」

「ムッシュウ」ルヴァスールがちょっとムッとして声を上げた。「どんな尺度で時を計るのですか？　人生最高のひと時という尺度ならわかりますよ。ですが、時計でなんか計りません。殺人のあった時刻に私が『アマリリス』を弾いていたと皆さん断言していますから、そのほうが明白です。馬鹿げた曲ですよ。ですが、運指の練習にちょうどよくてね。『カンツォネッタ』を弾いたのはその次です。長い曲で……」

「ともあれ、その人影をご覧になったのは、殺人のしばらく後ですね？」

「確実に私が言える限りでは、おっしゃる通りです」

「そして、その石段は二階のどの部屋のバルコニーに出るのですか？」

ルヴァスールが姿勢を正し、深刻そうに浅黒い顔を曇らせた。

「ドネイ夫妻が泊まっておいでの部屋です」

バンコランは無言で立つと入口へ寄っていき、呼び鈴のひもを引いた。やってきたホフマンに早口のドイツ語で何やら言いつけた。ルヴァスールはまた両手を点検しながら何度もひっくり返していた。五分ほどしてホフマンがジェローム・ドネイと夫人を連れて戻るまでとくに発言はなく、ルヴァスールは嵐に耳をすまし、視線をさまよわせて楽想を練るふうだった……。

「おれを寝かせないつもりか？」ドネイが文句を言った。充血した寝ぼけまなこ、大きな頭の薄髪がくしゃくしゃに乱れている。緋色キャラコの寝室ガウン姿だ。「やあこんばんは、マールさん。来てくれたんだね、うれしいよ」

以上はフランス語だったので、みんな暗黙の了解のもとでその言葉を使い続けた。私も挨拶を返しながら、どんな大爆発がこの先待ちうけているのだろうと思った。その緊張はイゾベル・ドネイにもあった。薄色の髪がわずかに乱れ、きれいな女性なのにやぼったささえ感じさせた。どうやら休んでいたらしく、青いドレスはしわくちゃで、疲れ切った顔をしていた。ドネイが部屋の中央にずかずか入って行き、ルヴァスールにそっけなくうなずいてみせた。

「それで?」と問い詰める。

「今のお話を繰り返してください、ムッシュウ」バンコランが平然と言った。

ルヴァスールはどこかうんざり顔で、ベルギー人富豪を無視して目をさまよわせながら話した。ドネイのほうは猪首を突き出し、読みとりにくい表情で立っていたが、穏やかな言葉がルヴァスールの口を出るにつれ、冷たい目の奥に恐ろしい憤怒がこみあげ、口の端がおもむろにへの字に曲がっていくのが見てとれた。言葉のひとつひとつが、火の上でかんかんに熱した鍋の中へ落ちてジュッと音を立てているみたいだった。おもむろにかき混ぜるうち、あるところまできて突然わっと噴きこぼれた。赤い寝室ガウンがいきなり攻勢に出たのだ。

「ムッシュウ」ドネイがはっきりと言った。「あんたはひどい嘘つきだ」

私がさきほど思い描いた奇怪な想像どおり、竿の先の猿が跳びついた。エメラルドのカフスボタンがきらめき、ルヴァスールの拳がドネイの口もとに叩きこまれて、その後は大混乱になった。イゾベル・ドネイは悲鳴を上げた。私がルヴァスールの肩をつかんでもとの席へ投げ返すようにすると、相手はよろめいたはずみに椅子の腕もたれから転げ落ちそうになった。派手に乱れたドネイの息遣いをおさえて、バンコランの冷徹な声が響いた。

「ムッシュウ・ドネイ」平然としている。「昼間は、私に腕をへし折られる寸前までいきましたな。同じことを二度させないでいただきたい。さ、おさがりなさい。この事件でもっと重要な問題が片づいたら、あとはお気のすむようになさればよろしい。それまでは冷静に願います」

そう言うと、押さえていた手を放してやった。ドネイはつっ立って睨みすえ、わけもなく寝室ガウンの脇で両手を上げ下げしながらわなないている。唇を嚙み破ったために小さな血のしずくがいくつも浮いていた。凄まじいまでの憤怒――深いしわや、血走った眼などのすべてが、震えとなって伝わってきた。嵐のさなか、われわれは再び彼の激しい息遣いを聞いた。

「そこの豚が私の手を傷めたりしたら」ルヴァスールが事務的に拳を確かめながら言った。「撃ち殺していたかもしれませんな」ちらりと私に笑いかけて会釈した。「心より御礼申し上げます、ムッシュウ。おかげさまで、大事な手を傷めずにすみました」

小さくても向こうっ気の強い雀みたいなやつだ。バンコランを別にすれば、この部屋でいちばん冷静なのはルヴァスールだった。黒髪は、やはり毛筋も乱れていない。

イゾベル・ドネイが声を上げた。「お願い、やめて!」役立たずで曖昧なところがいかにもこの女らしい。手にしたハンカチで夫の唇をぬぐってやろうとしたが、むなしく押しのけられてしまった。

「必ずや、双方納得いく形でこの件にけりをつけてやるぞ」ドネイの舌がもつれ、なめらかに言葉が出ない。

「ははあ」ルヴァスールがあきらめ口調で言った。「ムッシュウの顧問弁護士の手を煩わせるのですな」

「だが、何であれけりがつく前に、さっきの当てこすりに答えてやるつもりだ」ドネイは赤い寝室ガウンのポケットに苦労して両手をつっこんだ。「先に答えてやってから、きさまとけりをつけてやる。知っているかどうか知らんが、おれには神経症の発作があるんだ……」

ルヴァスールがため息をつく。白状すると、よりによってここでそれを持ち出すのはちょっと間抜けな気取りのような気がした。早計だった。ドネイは続けてこう言った。

「眠れないんだ。だから毎晩、ヴェロナールを家内に用意させて飲んでいる。目を覚まさずに八時間ぐっすり眠るにはそれで足りる。あの晩——死人の出た晩、おれはいつものように薬を飲んだ。九時ちょっと過ぎだったよ。その時にミス・アリソンの小間使いがちょうど来ていたから、裏づけてくれるだろう。すぐベッドに入った。どの医者に聞いたって教えてくれるよ、おれが部屋から出られたはずはないと。だから死体の発見後、みんなして起こそうとさんざん頑張っても起こせなかったんだ……。その通りだろう、おまえ？」いきなり夫人に矛先を向けた。

「ええ、その通りですとも！」必死の笑顔を作って夫人が私たちに話した。「もちろんその通りです。主人にヴェロナールを飲ませたのはわたくしですし、すぐ寝てしまいました」

「それで、マダムも？」ルヴァスールが穏やかに尋ねた。

「わたくし？」ああ、だめだめ。血の巡りがいい女ではない。その問いに答えるだけで、しばらくかかってしまった。茶色い目をさらに濃く、丸くし、赤みのない唇をぽかんと半開きにしたあとで、ぞっとするほど怖い目に遭ったようにまたつぐんだ。「ああ！」そうつぶやくと、ルヴァスールにじっと目を据えたまま、「わかりましたわ。いいえ、わたくしは違います。でも、そうするはずでした。それが、最後の、あの……。

わたくしはベッドに入っておりました。ジェロームにいつもやかましく言われておりますの。

自分が寝たら寝なさいと。その——わたくしの健康のためにと」そう言うと彼女は真っ青になり、まっすぐこちらを向いた。はるか遠くから近づく破局を見すえているのだ。弱々しい顔つきに、いきなり険しいさげすみの色があらわれた。低い声で、どうでもよさそうに言った。「本当に、いろんな、効果が、あります、から」

その途切れ途切れの言葉はそれまでとは別人の口から出たものだった。女の据わった目の奥にいくつもドアが開き、何かを悟ったのがわかった。わけもなく思い出されたのはイギリスの日だまりの小道、そして、かつてブリュッセルでジェローム・ドネイ邸と教えられた、鎧戸をすべておろした陰鬱な屋敷のたたずまいだった。

「眠っておられた？」バンコランがさりげなく尋ねた。

「眠っておりましたけれども、何やらそうぞうしいので起きてしまい、はおり物を引っかけて階下《した》へおりてみましたら、遺体がちょうど運び込まれてきたところでした」しっかりした声で話した。もう目つきは普通になっている。「これでご満足いただけましたわね、ムッシュウ」

「完全に満足いたしました、マダム」ルヴァスールが形ばかり会釈した。「残るはご主人のみです」

ドネイが振り向いて妻をまじまじと見た。「おれは寝てたぞ」と力説した。「それは証明できる、おれのほうは。だが、おまえは……」怒りに火がついた。「なんたるざまだ！　われながらどうかしていた、夜のヴェロナールをおまえに任せていたとは」

ルヴァスールが天井を仰いで微笑むと、楽しそうに言った。「ムッシュウは嘘つきで臆病者、おまけに殿方の風上にも置けぬと主張せざるをえませんな」

「そこまで！」バンコランが一喝した。「ムッシュウ・ドネイ、喧嘩腰はおやめなさい——そこから動かないで！　ルヴァスールさん、そういうごあいさつは別の時まで控えるだけのわきまえを持っていただけませんか？」

「ああ！　仰せごもっとも」ルヴァスールが言う。「無理からぬとは言え、いらだちのあまり思いのほか口が滑ったかもしれません。ですが、これまではずっと心を広くしてきたのですよ。それでは、私はこれで」席を立つとヴァイオリンケースを持った。「ずっとこの家におりますよ。呼べばすぐわかるところに、ムッシュウ……」

ドネイの激怒が鎮まるまでしばらくかかった。バンコランは相変わらずだが、私はルヴァスールと握手したいぐらいだった。夫人はそれ以上何も言わなかった。色のない唇をかたくつぐんで立ち、未知の人を見るような目で夫をつくづく見ていた。

「指摘してもよろしいかな」バンコランが横から割って入った。「あの石段を上がっていったという人物は、べつにご夫妻のどちらかとは限らないのでは？　寝室のドアや窓に鍵をかけておかなかったのですか？」

「かけてないっ」ドネイが息巻いた。「火事に備えて——」

「そうですな。でしたら、だれにも見とがめられずにこの屋敷に入りたくて、お二人とも寝ていることを知っていた者があの部屋をさっと通り抜けたのかもしれません」

やがてドネイは足音荒く出て行こうとし、けりをつける頃には自分の健康も、へたをすればルヴァスールの健康もわかったもんじゃないぞと捨てぜりふを吐いた。こけおどしだが、説得力皆無ではない。八つ当たり気味に細君へ指図し、赤い寝室ガウンをひるがえして折り戸をくぐって出ていった。イゾベル・ドネイは出口でしばし立ち止まり、笑顔でこちらを見守った。鬱屈をほとんど消し去った晴れやかな表情になり、別れ際にちょっと頭を下げた時には目にきらめきらしきものが見えた。ビリヤード室の向こうの薄暗がりから、かすかにヴァイオリンの風変わりな調べが流れてくる……。

誰もいなくなってしまうと、バンコランが私へ勢いよく向いた。

「上出来だよ、申し分ないね」と、両手をこすり合わせる。「最高にうまくいった！　ルヴァスールが罠に餌をつけてくれた。おかげで、喉から手が出るほど欲しかった情報が取れるかもしれん……。呼び鈴でホフマンを呼んでくれないか？　もうひとつあるんだ――」

「罠？　犯人への罠か？」

「罠は罠だが」バンコランが言った。「相手は犯人ではない……。さ、呼び鈴を鳴らしてくれ！」

6　フォン・アルンハイム男爵登場

ホフマンを待つ間、バンコランは室内をすたすた行きつ戻りつしていた。この人は相手に悟られずに何かを追うさい、ふとした行動のはしばしに毒とユーモアを発揮する癖がある。図書室の片隅の書き物テーブルで足を止め、吸取紙を読みとりにかかっていたが、やがて腰をおろしてペンと紙を引き寄せた。大文字の活字体で何やら書き写しているのは見てとれたが、こちらから詮索したりはしなかった。バンコランの芝居に余計な茶々を入れれば彼の興をそぐ。ひいては事件解決そのものまで危うくするのは、苦い経験のかずかずで身にしみていた。それで私は、虚空をふらつくヴァイオリンの音色をもっぱら追いかけていた……。

ホフマンが入ってきた。バンコランは紙を封筒に入れて封をすると慎重に内ポケットにしまい、手もとの腕時計を見た。

「十一時ちょうどか。君の終業は何時かね、ホフマン？」

「ただ今のこちらのようなご家風では」執事が答えた。「はっきりいつとは申し上げられません。お許しが出てから屋敷中の戸締りにかかっております」

「そうか。あまり長いこと煩わすつもりはないよ。だが、アリソン氏の私室をぜひ見せてもらいたい……。教えてくれ、従僕は置いていたのか?」

「いえ、おりませんでした」

「そうか。さて、発見時の衣服と靴だが……きれいに丸焼けかな?」

「はい、さようでございます。お洋服は、もう全部。靴がほんの少し焼け残っておりました」

「よしよし、上出来だ——たぶん、保管はしていまい?」

「そちらは主人のクローゼットにしまったはずでございます。あの——葬儀屋が——」

「わかった。では、案内してもらおうか」

私たちは玄関ホールからふたたび二階へ上がった。ダイニングルームのドアから酒瓶の音と、ダンスタンの声が聞こえた。

「……言っておくぞ、サリー。ぼくはああいった舞台セットの設計がめちゃくちゃうまいんだよ! あいつに会いたいって言われたのは、だからだよ。だって『リチャード三世』でカムバックを果たす予定だったんだから。そのう、ぼくは——そいつをもう一杯くれったら! いい酒だな」

声が不明瞭に遠ざかった。あの食卓でグラスを手にしたダンスタンが猫背になり、衣類戸棚にシャツを整然とつるすように内心の懊悩をずらずら並べてくだを巻く姿が目に見えるようだ。それに、サリー・レイニーがテーブルに頬杖ついて妖精じみた顔をこぶしで支え、黒い目をじっとすえているのも目に見えるようだ……。そうこうするうちに、薄暗い二階の廊下へ出た。バンコランは指を唇に立てて静かにさせ、声をひそめて、

「ここの部屋は誰と誰だ、ホフマン？」

左手正面のドア二つを執事が指さした。

「そちらはさきほどお二方がおいでになったミス・アリソンのお居間とご寝室でございます。そのすぐ左がドネイご夫妻――音楽室の真上で――専用浴室つきです。こちらの奥は翼棟で……」

頭を振って示したのは、廊下の行く手で母屋を芯にしてT字に伸びた左右のうち左棟だった。

「アリソン様の私室には――ご書斎、ご寝室、浴室とございます。お屋敷の右側も対応する各室まったく同じ造りになっております。正面のミス・レイニーのお部屋はミス・アリソンのお居間と同じ間取りです。他の二室はお二方にご用意いたしました。右棟にはサー・マーシャル・ダンスタン様とルヴァスール様が共有浴室を間にはさんだ二室にそれぞれご滞在でございます」

「それで使用人の部屋は？」

「三階です。使用人の専用階段が裏手にございまして」

「なるほど、ここの廊下はふだん、屋敷内が寝静まったあともずっと灯を残してあるのか？」

「いえ。浴室でしたら各室にございますし――」

「今夜は灯をつけているようだな、控えめにだが。この火ともしランプで用は足りるだろう。さて――アリソン氏の私室へ行こうか」

音を立てないようにそろりと左棟を進み、ホフマンが手持ちの大きな鍵束から一本選んで行き止まりのドアを開けてくれた。ここは嵐の風雨をまともに受ける側だった。それどころかその夜は激しさを増すばかりで、屋敷中が小刻みに震えるほどの揺れが感じられた。荒れ狂う嵐の勢いは小一時間ほども衰えを知らず、どっと吹き寄せては叩きつけ、渦巻いては荒れ狂った。嵐が咆哮するなか、あのヴァイオリンが薄気味悪いメロディを切れ目なく階下から紡ぎだしてくる……。

ぱちんと音を立ててホフマンが入口脇の電灯スイッチを入れ、バンコランがドアを閉めた。九日間も無人だったというのに、室内に腐臭が漂っていた。照明がきつい。オークの羽目板をあしらった室内、窓には落ち着いた茶色にいぶし金を施したドレープカーテン。ごちゃごちゃと壁面を埋める額装写真は、マイロン・アリソンが初めて世に出たガス灯時代、つまり一八九〇年代の衣装をまとった舞台写真ばかりだった。サイドテーブルにタイプライターが据えてあり、机からちょっと引いたあたりに安楽椅子が出ていて、椅子のアームにはタキシードが無造作にかかっていた。どれもほこりがうっすら積もっている。

バンコランの目がせわしなく周囲を探る。ドアを開けた時から緊張と抑えた興奮を漂わせていたが、めざすものを見つけた気配はない。ドアを見て、やがてせかせかと二つの窓に近づき、さっと検分してきびすを返した。

「部屋のドアには錠とかんぬき。窓にはしっかり鎧戸がおりている……」

「何か心配でも？」私は尋ねた。

「黙っていてくれ、ジェフ！」休みない目がさらに壁や床や天井を探っていく。「まだ寝室に見るところがあるんだ。きっと寝室に違いない……」誰に言うともなくぶつぶつ独り言を洩らして動き回っていたが、ここでふと言いだした。「ああ、ちょっと！　まだいるかな、ホフマン？　ひとつ頼みがあるんだが。ドネイさんは毎晩確実に眠れるよう、ヴェロナールを一服ずつ飲んでいるな、ホフマン。そこでだ、なにか口実をもうけてあの夫妻の部屋へ出向き、今晩分を飲んだかどうかを見てきてもらいたい。なんでもいいから口実をこしらえてくれ。例えば、浴室のタオルを替えましょうとか――」

ホフマンが愕然とした。「ですが、それは女中の仕事でございますよ――」

「それなら、まあ何でもいい！　ノックしてサンドイッチとコーヒーは御入用ですかと尋ねてくれ。やり方は構わん、どうなりと任せる。待て！　ご主人がとても動揺なさったとミス・アリソンのお耳に入り、睡眠薬が御入用かどうか気にしておられると言ってみてくれ。やつはかっかしている。自分からしゃべってくれるだろう――あれこれ注釈つきで。だが、そうしてくれ」

すこぶる胡乱《うろん》な顔でホフマンが出て行くと、バンコランはおそらく別室へと続くアルコーヴの閉じたカーテンをじっと見ていた。近づいてカーテンを上げてみる。狭いアルコーヴには小さな灯が当たっており、奥は寝室に続いていた。が、バンコランはアルコーヴに敷いた小さなペルシャ絨毯をにらんでいた――ほんの毛筋ほどとはいえ、敷きかげんが曲がっている。

「ドアに鍵をかけてきてくれ、ジェフ」静かに言った。

戻ってみると、バンコランは絨毯の脇に膝をついていた。マッチをすり、ちっぽけな火を床にくっつきそうなほど近づける。

「泥だ」続けて、「泥が固まってこびりついている。その敷物にほぼ隠れているが」マッチを消して立ち、せかせかと寝室に入る。しばらく手探りした末に、電灯のスイッチを探し当てたらしい。

暗い色調で贅沢にまとめた広い室内には、暗色オークの彫り飾りに赤い垂れ幕つきのルネッサンス時代の陰鬱なベッドがでんとのさばっていた。灰色と緑のタペストリー、金蒔絵《まきえ》の花瓶文様をあしらった日本漆のキャビネット、もつれあうガーゴイルをあしらった装飾パネル――書斎の簡素なしつらえとは対照的だった。故人にとってはここそが本当の隠れ家だったという感じだ。フィレンツェ製の抽斗《ひきだし》つき化粧台の上に、金枠におさめた大鏡がかかり、台上に化粧水やお肌引きしめ収斂《アストリンゼント》水やフェイスクリームやおびただしいヘアトニック瓶が所狭しと並んでいた。彫刻飾りの天井にさがったヴェネツィア製ランタンが、鈍色《にびいろ》の光を投げて……。

「根が几帳面だったんだな」バンコランが言った。「あれだけの品が整然と並んでいる、わかるかね？　だが、私の目当てはクローゼットだ……」

お目当てはベッドサイドの一隅に見つかった。戸を開け放ってみれば、きちんと吊るしたスーツがぎっしりだ。帽子箱がていねいにそろえて並べてある。床には型くずれ防止のシューツリーを入れた靴がどれもこれも爪先をこちら向きにして整列していた。だが、一糸乱れぬクローゼットの調和を不吉に乱すものがある。片隅に放り出した厚手の散歩靴一足だ。バンコランが手に取ってつぶさにあらためた。厚革が焼け焦げて黒ずみ、靴紐は燃え尽きて影も形もない靴に緑がかった黒い泥が厚くこびりつき、かすかだが吐き気を催す悪臭をいまだに放っていた。

「あったぞ」バンコランがつぶやき、手にした靴を両方とも裏返した。「あの時の靴だよ……。ふむ、この靴で晩餐に出なかったのは明らかだ。夜会靴を探してくれないか、ジェフ。なにか見つかるかな?」

くまなく探してはみたが、何も見つからなかった。バンコランが言った。

「おかしいな、これは。夜会靴がないなんて! ここまでそろった衣装戸棚を持つ完全無欠のダンディが、エナメル靴のひとつも持っていないとは。くそ!……ああ、だが待て待て! ここに散歩用の靴がもう一足ある。乾いてはいるが、前にずぶ濡れになった革ががちがちのひび割れ寸前だ。それに――覚えておきたまえ、ジェフ――またしても、これと同じ泥がくるぶし近くまでついている」親指で床にこそげ落とした。「それに、これだ。非の打ちどころない紳士の持ち物にしては、こいつもいかにも不釣り合いだな……」

と、みすぼらしいもいいところの茶色いコートをかかげた。泥はねでこわばってかちかち、肘のあたりにべたっと汚れがある。灯に当てて裏返し、片方のポケットに手をつっこんだ。そこでいきなり動きを止めた……。

「どうした?」私は質《ただ》した。

しばらくバンコランは何も答えなかった。クローゼットからコートハンガーを出し、そのコートを注意深くきちんと吊るしておく。

「私が何も話さなかったのはね、ジェフ、すこぶるもっともな理由があるんだ」と、息をついた。「今回の事件で予測を修正せざるを得なかった点が、ここまでのところ二つある。ここにきて、また修正せずともすむかどうか。いや、だめだろうな！　他の誰に動機があったというのか——！　だが、あるに違いない！　私が見落とした動機が何かあるはずだ……。もう部屋を出たほうがいいぞ、ジェフ。一人にしてほしいんだ。考えを練りたい。行って誰かと話してみてくれ。私のほうはこの辺をさらに掘り返してみよう」

あの中世もどきの部屋の中央に立って鏡にその姿を映しながら、何も目に入らないありさまでじっとしている彼をその場に残し、私は出て行った。ドアから出がけに、あの泥まみれの無骨な靴を思い出した。マイロン・アリソンは髑髏城の夜の散歩にあれをはいていったのだが、あの城への小道が、ひどいぬかるみにくるぶしまでずぶりとはまるほど荒れていたとは考えにくい。違う。あの泥は城内の地下室を示しているのだ。深いところに地下通路やらせん階段があって、たいまつをかざして降りていったのだろう。たいまつか……。書斎のドアの鍵を開けて、ドアを閉めたところでばったりホフマンに出くわした。薄暗い廊下で声をひそめ、こう話しかけてきた。

「ドネイ様はヴェロナールをお飲みでございました。私がノックした際、ちょうどお飲みになっているところでした。他に何かご用は？」

「いや、ない。それだけだよ、ホフマン……」

行ってしまった後も、私は長らくその場を動かなかった。何かの音が欠けているのに、そこでいきなり気づいた。これまでずっと聞こえていた、おなじみの音だ。闇を暴れまわる風雨ではない……あのヴァイオリンだった。ヴァイオリンの音がやんでいた。ルヴァスールはおそらく寝に行ったのだろう。ふと思いついて館の正面側へまわると、ミス・アリソンの居間をノックした。すると、しゃきしゃきした声でお入りと言われた。公爵夫人はひらひらのネグリジェでテーブル奥の席につき、ギネスのスタウトを飲みながら熟考検討中のチェス盤をにらんでいた。

「入っといで、お若いの!」と呼ばれた。「スタウトでも一本おやり、あたしはいつも寝る前に三本飲むのさ……。『白先三手詰み!』か。まったくもう! ポーカーみたいにはいかないよ。探偵稼業の景気はどうだい?」

「ぼくに言わせると」腰をおろしながら白状した。「不景気もいいところですね」

公爵夫人が鼻眼鏡ごしにウインクした。ひょうきんそうな大口と上向きの鼻がいかにもおっかさん然としていて、こちらも思わず笑顔で応じてしまう。

「まあまあ、いいじゃないか」となだめられた。「この公爵夫人のおばさんに、洗いざらいぶちまけておしまい。厄介事なら、このあたしが引き受けた! あんたたち探偵連中のお歴々が束になっても手を焼くからには、今後は手を貸してやろうじゃないのさ。あのね、あんたは別に探偵でもなんでもないんだろ? 下っ端かなんか? つまりね、お若いの、別に天才的な素人探偵とかいうわけでもないんだろ?」

「作家なんです」私は答えた。

「ははん、そうきたか。ちっ!」などとつぶやきまじりに頬をうんとふくらませ、じろじろ品定めにかかる。「そうは見えないがねえ。そんなお客なら、うちにはこれまで山ほどきたよ。そろいもそろって遠くへ逝っちゃった目つきに長髪でさ、口を開けば自分の芸術作品の話ばかり。あごにガツンと一発食らわしてやればいい。ふん、言うにことかいて作家ときたかい！あんた、ラグビーやるんだろ？」

「野球です。アメリカ人ですから」

「あっそう？　そりゃお見それしたね！――でね、若いの。小うるさい英国人だからって、あたしがホームベースから外野まで、何も知らんだろうなんて思わないでおくれよ。いいかい、あたしゃ、一九〇九年のワールドシリーズを全試合この目で見たんだからね。ワイルド・ビルがパイレーツを向こうに回して投げた年さ。あの頃はあたしも若かった」と追憶に浸る。「器量よしだったし。この姿じゃ想像もつかないよねえ？　みんなに追っかけられたもんさ、それがこうして今じゃポーカーの相手にさえことかく始末よ……。スタウト、一本いくかい？」

椅子の裏から別のグラスを添えて一本抜き出し、栓を開け、クリームのようにきめ細かい泡を立てて茶色いスタウトを注いでくれた。

「いつだって、若いもんの体にゃ効くんだよ」ウインクまじりのご託宣だ。「あのさ。この屋敷じゃおかしなことが山ほど起きてて――惚れたはれたのすったもんだがね」そこで達観したように、「でも、若さを満喫するのは今だけだよ。あたしは見てるだけよ、いい年こいちまったからさ」

それはそれで女ざかりの魅力が、などとぼそぼそ言いかけたら、鼻眼鏡にそら恐ろしいほど拡大された灰色の目で、前かがみになって凶悪な眼光を浴びせられた。でっぷりした人さし指を曲げ、振って警告してくる。

「減らず口はたいがいにおし、若造。あのルヴァスールって男みたいな口をきくんじゃないよ。悪魔がぐうの音も出ないほどの事実だけを口にして、そのスタウトをまたおあがり。ふん」はずした鼻眼鏡に顔をしかめてみせた。「ちょいと忠告させてもらおうか。他の知識はどっち向いてたっていいけどさ、年齢《とし》の取り方だけはちゃんと心得とくんだよ。あたしを見なさい。今じゃこうやってポーカーやらチェスやら、あの小うるさいタイムズ紙のクロスワードパズル三昧で機嫌よく過ごしてる。それでいて若い時分は本物の美人だったんだからね。信じられないってんなら写真を見せてあげようじゃないか……。けど、マイロンはいい年齢《とし》の取り方をとうとう覚えずじまいだった。（メサジェ作の同名オペレッタに登場する上流女性狙いの恋多き男）でいられると思い続けてたんだよ。そんな調子じゃ、一緒に暮らしにくいったら」

「詮索がましい物言いだと思わないでいただきたいんですが。その――お兄さんをあまりお好きじゃなかったんですね？」

「なに言ってんのさ、好きなわけないでしょうが！　なんでそこで猫かぶるの、坊や？　いいかい、これだけは話しておくよ。あたしゃかねがね疑ってたんだ……。髑髏城の前の持ち主だった、あのマリーガーって男は知ってる？」

「はい」

「十七年前の話だよ」彼女が言いだした。「けど、どうしても疑いを捨てきれない――とにかく半ばは――マイロンがなにかであいつの死に一枚嚙んでるんじゃないかって。ま、どうだっていいけど。こちとら兄貴とはすこぶる円満だったし……。けど、マリーガーと出会ったいきさつは絶対に口を割らなかったね。キンバリーのダイヤモンド鉱で知り合ったのは知ってるだろ。なにやら揉めてね……」

「兄上はアフリカにいらした?」

「そうよ、知らなかった? あたしらはオーストラリア出身だけど、マイロンは絶対に認めようとしなかった。あの人、教育は全然受けてなかったの。認めるけど、そいつを隠すのがほんとにうまかった。どん底の貧乏育ちだったしね。だから食うに困って、世界のおおかたを転々としたあげくにロンドンへたどりついたのよ。そこでひょんなことから役者になって……。でも、マリーガーの件じゃ、もしかするとおかしいのはあたしの頭かもね、事故か自殺以外に起きようがない――そこがかえって怪しいんだけどさ! 手近に誰もいなかったってのがね」

あの古い謎か! 行くさきざきで誰かしらがその件を口にし、長らく置きっぱなしの箱という箱から大昔のスキャンダルの煙がきなくさくたちのぼる。人々の頭の中に、赤いざんばら髪を乱した凶悪な幽鬼の面影は今なお健在なのだ。積年のほこりの上に、特定の合言葉を指で書かなくては話もままならず、その合言葉は「殺人」だ。

その瞬間になぜか手が震え、グラスを持っていられなくなった。脳内の門のどれかを乱暴にどんどんやられたはずみに、頑強なドアが不可解にあっさり開いてしまったみたいだ。いや

——うっとうしいあのヴァイオリンのせいだ。それはまるで自身の意志を持つかのようにむせび泣き、不気味な人間の悲鳴をあげていた。二人きりの部屋にまたしても嵐が叩きつけ、上げ潮に立つ灯台をふと思い出した。だが、騒がしい気配のなか、階下で音がして、混乱した印象が伝わってきた。くぐもったばたんという音に続いて——玄関ドアが開いた。どかどかと上がってくる音がする。思わず飛び上がり、アガサ・アリソンにけげんな顔をされてしまった。口の中で言い訳しながらあたふた見に出てみたら……。

がっしりした男がレインコートを風にあおられながら階段口に立ち、濡れそぼつ帽子の陰からにらんでいる。到着早々というのに、ちょうど左棟から母屋の廊下へ入ってきたバンコランへ指をつきつけてすごい剣幕のドイツ語でまくしたてた。バンコランは動じずに見返したが、無言だ。レインコートの男の話はわからなかったが、これがコンラート判事だろうという察しはつく。横柄な一本指でバンコランに指図し、階下へ行けと命じた。一階から不平がましい声が、「言っておくぞ、いったいなんの騒ぎだ?」

新来の客は毒々しい視線をこちらへ向け、大きな口ひげを逆立てた。こう聞こえた。「階下《した》へ降りろ、聞こえてるのか?」それでバンコランの後に続くと、開けっぱなしの玄関周辺がなにやら異様な緊張感を漂わせている。ダイニングルームからは、いぶかしむダンスタンの顔がのぞいた……。

コンラートは図書室にずかずか入り、帽子を脱ぐというより鞭がわりにふるって傍若無人に雨粒を散らすや、赤ら顔の悪相をぬっと突き出して威嚇した。バンコランはのんびり後から入っていった。ホフマンが開けっぱなしのドアをあたふたと閉めに行き、ダンスタンがグラスを手にしてダイニングルームから駆けつけた。コンラート判事の舌鋒は衰えを知らず、胸を叩いてみせた。

「パリから……警察の……邪魔に」──長広舌のところどころが耳に入る。やがて勝ち誇った顔でテーブル越しに身を乗り出し、短い決めぜりふをバンコランの顔に叩きつけた。

ダンスタンがだしぬけに言った。「そいつは──城番の死体を見つけたんだって」

「そして私は」バンコランが言った。「凶器の銃を発見した」

ポケットからモーゼルのごつい軍用拳銃を出し、がたりとテーブルに放った。その音がこだますするほどむやみに耳につく。はるか遠くからヴァイオリンの笑いがそれに続いて、か細いストラディヴァリウスのさざめきが細長い部屋にとどまったかと思うと、ふわふわ出ていって荒れ狂う嵐にまぎれた。コンラートがおもむろに手を出し、怖いもののようにピストルに触れる。折り戸をするりとくぐったホフマンが視界の隅にかかった。キューピー顔が重大発表ではちきれそうになっている。背筋を伸ばし、だしぬけにりんりんと声を張った。

「ジークムント・フォン・アルンハイム男爵閣下！」

7　発射は五発

狂い咲きの場外芝居に、ほんの一瞬だけ心臓が止まり、一拍遅れて飛び上がる。ホフマンの声のせいだ。自由を旨とするお屋敷ゆえ、格式張った取り次ぎには不慣れだが、ここぞの見せ場をドイツ流にとらえてすかさず声を張り上げたという次第だった。顔をほてらせ、あるかなきかの鼻をいやにふくらませ、どうだ参ったかと勝ち誇った目をしているのを、私はただ見るばかりだ……。

「ご苦労」面白そうに笑いをふくんだ声がした。

今度の客は黒いソフト帽を手に、悠然と入ってきた。てらてらした黒い防水コートをはおっている。フォン・アルンハイム男爵はきつく頭を刈りこんだ痩せぎすの小男で、やけに姿勢がよく、乙にすました歩き方をするやつだった。青白い能面に、真一文字の口と鼻がみごとな鋭角三角形を描く。素でひょいと上がったブロンドの眉、凍てついた緑の目がすばやく一座を見わたした。くすんだ古傷が目の周囲に縦横に走っている。バンコランを認めるや破顔し、会釈して踵《かかと》を合わせた。

「ここでお会いできるとは慶賀の至りです、旧友どの」フランス語だった。「あそこの豚めがうるさくしませんでしたか？」

コンラートへあごをしゃくると、その緑の目がどこか凄味を帯び、抜き打ちライフル顔負けに判事を撃ち抜く。片眼鏡をはめ、まっすぐな脚をよどみなく動かす軍隊式歩調で数歩前に出た。よく見れば、秀でた額のはえぎわだけにブロンドを刈り残してあった。

「退室」さっと片手を挙げた。「廊下で待機せよ。行進」

コンラートが無言で脇を通ってドアへ向かうと、バンコランがごくかすかにダンスタンにうなずいた。若者は声を出さずに「了解！」と口だけ動かし、するりと出て行った。

フォン・アルンハイムはフランス人探偵へ近づき、握手の手をさしのべた。

「実に失敬した、旧友どの。部下の不調法のかずかず、深くお詫びいたします」通り一遍でない真情がこもっていた。「ただし今後は絶対に担当から外します。まことにもって不面目極まる……」

「なあに、元気があり余っているのでしょう」バンコランが応じた。「ですからどうぞ、あのままに。こうして拝眉の栄を得たのも、もとはといえばコンラート判事のお手柄ですからな。当然ながら私は感謝しておりますよ」

こんな調子で、下にも置かぬ物腰で油断もすきもない応酬が続き、こっちが居心地悪くなってきた。がらっぱちの公爵夫人と話すほうがよっぽど気楽でいい。そこでバンコランが私を紹介すると、フォン・アルンハイムはまたしても踵を合わせて握手し、スロットマシンに一ペニー入れたらこうもあろうかという機械じみた物腰で、きっちりと頭を下げた。

「わが友バンコランと連携中のお方に知遇を得るとは二重の喜び」と断言する。「それではご一緒に腰をおろしましょうか？　さっきご到着ですか？　結構。ご一緒に本件全体を話し合っていただければ幸甚に存じます……」

防水コートを椅子に脱ぎ捨てて贅肉のない夜会服姿になり、ポケットから家紋入りシガレットケースを出した。

「煙草は？」と勧められた。「ドイツのでね、遺憾ながら我慢ならんほど薄めてあります、外国煙草税がなにしろ法外で。フランス政府はもっとうまくやっているそうですが」

とっさに私はこう言ってやりたくなった。「頼むから、こんなのもうよそうぜ！」だが、二人ともゲームにのめりこむ子供みたいに明らかに楽しんでいた。長年のつきあいだが、バンコランに学童相手の舎監気分を味わうなんて初めてだ。フォン・アルンハイムはのんびり煙草をふかしている。さしむかいのバンコランは表情がまったく読めない。二人して煙の輪をいくつもふかし、どっちが勝つかな、などと私はこっそり見ていた。

沈黙を破ったのはフォン・アルンハイムだった。「コブレンツに着いたのは今夕でしてね。コンラートに事件報告書を上げさせました。ホテルへ一泊の予定でした、この嵐ですから。だが、気がつけばコンラートの姿が見えない。引き継ぎ前になんとか抜け駆けして、もう一度だけ城を見てこようと悪あがきしとるな、とピンときましてね。勝手をやらかして、もっとへまをされてはかなわんから、急遽《きゅうきょ》出向いた次第ですよ……」

「当然ながら、私が来たのもご存じなかった？」バンコランが言った。

フォン・アルンハイムは片手をひらひらさせ、「まったくの望外でしたよ」と、嬉しそうに応じた。そのままそろって無言で煙草をくゆらす。

「おいでになる直前の話では、コンラートが城番の死体を見つけたそうですよ」バンコランがごくさりげなく伝えた。

フォン・アルンハイムの細めた目がわずかに見開かれた。片眼鏡を外す。「ああ！　そんなことがありえますか？　いや、あるだろうな。だが、それ以前に城内捜索を行なったと報告しておったが……。やつを呼びましょう」

コンラートが呼ばれた。ドアのすぐ内側に立ってもじもじしている。色素の薄い目を、天井のシャンデリアの隅にぴたりと据えていた。

「ちょっとよろしいかな」バンコランが口をはさんだ。「この人は英語かフランス語を話しますか？　私の友人は……」

「フランス語は流暢ですよ」男爵が太鼓判を押した。「習い覚えたのは――捕虜収容所のはずです。結構。先を続けましょう」冷たい目がじろりとコンラートを睨みつけ、両方の口角をへの字に曲げた。おかげで、せっかくの三角形が崩れてしまった。「では、洗いざらい吐け。発見を報告せよ。簡潔に」

判事の赤くなった耳に、フォン・アルンハイムの言葉がびしびし炸裂した。フランス語の命令に同じ言葉で復命しながらも、こしゃくな外国語が喉に詰まるといわんばかりだ。男爵はさもさも見下げ果てたという目を手もとの煙草に落としている。

「は――はい、だ、だだだ――男爵閣下、もちろんでございます。ただ今報告いたします。多くはございません。ご承知のように城の鍵束は私があずかっております。それで今夕、また見回ってこようかと――」

「あの城なら、おまえと部下が隅々までくまなく捜索したと申していたではないか？」

「もちろんそういたしました、ムッシュウ。ですが、なにぶんあんな大きな場所では――！」

「ははあ！」フォン・アルンハイムが穏やかに言った。「初めに見落としがあったのだな？」

「ですが、そこがおかしいのです、ムッシュウ。見落としなどありませんでした！　つまりですね、死体を発見したのは以前に捜索ずみの場所だったのです！　それで頭を悩ませております。あの部屋でしたら隅々まではっきり思い出せます。何もありませんでした。ですが今夜、室内を照らしましたら、鎖で壁に吊られた老バウワーの死体が見えました。誰かがあそこに置いていったのです、われわれの後から……」

「何たること！」男爵がかすかに息をついた。「嘘ではあるまいな？」

「誓って嘘偽りはございません。初回の捜索に帯同した警官二名が証言してくれるはずです、ムッシュウ」

「死後どれぐらいか？」

「そちらは存じません、ムッシュウ。こちらの屋敷へ出向いて電話を使わせてもらい、警察の鑑識医を呼ぼうと……。かなり日にちがたっているかと思われます。見られたざまじゃないです、あの死体は」

「で、死因は？」

「銃創と思われます。頭です」雪辱に燃えるコンラートはどんどん熱が入ってきた。帽子をもみしぼり、赤ら顔は汗だくだ。「このたびの発見で、ムッシュウのご心証が戻るようでしたら……」

「黙らんか、この馬鹿者。その部屋というのはどこだ？」

「塔のひとつです、ムッシュウ。ムッシュウのお許しをいただけましたら、私がご案内いたします。ですが、誓って申し上げますが、初回の捜査では断じて──」

「行って鑑識へ電話をかけろ。すんだら戻ってこい」フォン・アルンハイムが腕時計を一瞥した。「あのコンラートめはさっき死体を発見したばかりだと言いたてて、無能を取りつくろおうとしているだけだ──ま、いずれわかる！」唇を引き結んで笑みの形に曲げた。「なんでしたらご両所、ちょっとひと走りあちらの髑髏城までご足労願えませんか？　遅い時間ではありますが、このさいです。昔のわれわれなら気にもしなかった。ですな、バンコラン君？」

「構いませんとも」フランス人探偵が言葉少なに、「ですが、お待ちを。たしか、あなたはアリソン氏の死体鑑識報告書をお持ちのはずですな？」

「ありますよ。三発撃たれていました。一発がみぞおちに命中、二発が左肺貫通。いずれもソフトポイント弾でね、発射した銃はモーゼル三二五口径です」

バンコランがうなずき、自分の指先をしげしげあらためるようにした。

「焼死でなくても、その傷ではもちろん助からなかったでしょうな？」

「お説の如く、早晩ことときれたでしょう。実際の死因は火ですが。肺に入ってね」

「ああ、なるほど。あんなふうに灯油を頭からざぶりでは——そちらの出所は？」

フォン・アルンハイムがポケットからメモ帳を出し、手早くページを繰った。

「城番の備蓄と推定されている」と答えた。「城番部屋に灯油ランプがあった。ただし容器はまったく見当たらんのだよ」

コンラートがあの報告をして以来、どちらも馬鹿丁寧な物腰をかなぐり捨てて冷徹な専門家の応酬になっている。バンコランは好敵手を見守り、注意をとぎすまして身を乗り出した。

「教えてくれ、君。推理の叩き台はもうできているのだろう？」

フォン・アルンハイムが口をすぼめてまた笑みをもらした。「糸口はつかんだと思うよ」肩をすくめる。

「そうだろう。この屋敷の者たちを尋問する気は明らかになさそうだから、おおよその見当はつきそうだ……。さて、友よ。そちらのテーブルへ行って、ピストルを見てくれないか。そうすれば君の持論はこなごなに吹き飛ぶだろうよ。あれこそアリソン氏と城番バウワーの命を奪ったモーゼル銃だ。私がさっき二階で、アリソン氏の私室のクローゼットにかかっていた古コートのポケットから見つけてきた」

そこで間があった。フォン・アルンハイムは能面のまま、緑の目をまばたきもせずに不動の姿勢を取りつづけ、片眼鏡に手をかけていた。だが、頬に血の色がほんのひとはけ……。

「こう思っていたんだろう」バンコランが夢見る口調で続けた。「犯人は魔術師マリーガーだと。本当に死んだわけではない、〝死亡〟は本人による偽装と信じていたんだな。乗っていた列車から無傷で飛び降りたのち、医学部の解剖用あるいは盗掘死体などに時計や指輪をつけて川へ放り込んだのだとね。

一見して理路整然としている。眼力に定評あるフォン・アルンハイム男爵らしい推理だ。パリを発つ前、私はフランス警察のファイルを可能な限り当たってきた。マリーガーとアリソンとドネイはキンバリーのダイヤモンド鉱で一緒だったんだ。マリーガーの資産形成はそこでなされた。詳細は不明だから、君に教えてもらえるかな——だが、何らかの方法でマリーガーが仲間二人の裏をかいた、とでもしておこうか。何年もたって二人がそのしっぽをつかみ、やつを訴え出て破滅させようとしていた、とね？　そこでマリーガーは偽装工作して〝死亡〟を装い、まだ持っていた莫大な現金もろとも姿をくらました……」バンコランがものうげに手を振った。「いやいや。はっきり言っておくよ、そんな話はない。私が異を唱えるまでもなく、フォン・アルンハイム男爵ご自身にも筋が通らないのは自明だろう」

フォン・アルンハイムが灰皿にぎゅっと煙草を押しつぶして消した。

「私の推理は」何やら考えながら、「まだちゃんと形になっていなかった。こうなると憶測は禁物だな。このピストルだが、誰のかね？」

「アリソン本人だよ。握り部分に彼のイニシャルが彫ってある」

「指紋をつけないように注意しただろうね？」

「男爵、何を言うやら！」

フォン・アルンハイムは頭をのけぞらせ、喉の奥から閉じた歯の裏までこみ上げてきたような妙な含み笑いをもらした。すっかりご満悦で片眼鏡をまた眼にねじこむ。

「冗談だよ、冗談！　さて、見せてもらうとするか」

ピストルを手にして、銃身から握りまで片眼鏡を這わせた。「ああ、なるほど、最近になって掃除して油をさしたのか。二週間以内だな、ただし素人仕事だ。煙草の粉が銃身に付着している、用心金にも。コートのポケットに入っていたのだな、深めのポケットだ。何だこれは？　そのピストルは殺しまで、おそらく何ヶ月も未使用だったのか。抽斗に入れっぱなし――だろう？」

「アリソンの書き物机の抽斗だよ。ホフマンに聞いた」バンコランがうなずく。「手も触れなかったそうだ」

「そうだな、油の上からほこりがまんべんなくついているし、ぷんと樟脳《しょうのう》の匂いがする。私の片眼鏡は」とフォン・アルンハイムが、「実を言うと、強度の拡大レンズなんだ。さて、こいつを使ったのが誰であれ、手袋をはめていたな。ここらへんに痕跡がくっきりある。もっと強度のあるレンズを使えば、手袋の種類まではっきりわかるだろうよ、君。繊維にも指紋と同じようにはっきりした特徴があるんだ」そこで弾倉を出した。「五発撃っている。なるほど。ソフトポイント弾だ。そっちも一致している」

弾倉を抜いた状態で引き金を数回引いてみた。ずいぶんかたそうだ。「なるほど！　このピストルを撃ったのが誰であれ、指の強さは並一通りではない――」

「だが、背はさほど高くない」バンコランがつぶやいた。

「ああ、そこに気づいたか？　そうだな、引き金の手袋痕は半分だけだ。犯人の手が届くのはそこまでだったのだな。推測では小さな手だが、指がすさまじく強い。引き金のかたいピストルを、中途半端に指をかけた状態で撃とうとするとは。一致するのは誰だ？」

「たくさんいすぎる」バンコランが肩をすくめた。「このささやかな事件の登場人物たちを知っているだろう？」

フォン・アルンハイムは自分の額をとんとんと叩いた。「ここに全員の証言を揃えてきた。本人たちにはまだ会っていないが。では、ただちに城へ向かおうか？」

「モーターボートを使わせてもらえるのなら。君の目の色からすると男爵、どうやら許可は取りつけられそうだな……。しかしながら、まずは二階のミス・アリソンに挨拶していってはどうかね。この屋敷はよろず異例なしきたりだが――」

「わが友バンコランの礼儀作法はみじんも揺るがぬのだな。そうしよう」

「それと、今晩この家に泊めてもらう許可をミス・アリソンに願ったほうが得策かもしれん、とご提案したほうがいいかな。君が片時も目を離したくない人間がこの屋敷にひとりいるのは間違いないし……」

フォン・アルンハイムが、薄色の眉をほほうと上げた。

「つまり、かくいう私だよ」フランス人が言った。「実をいうと友よ、今夜は君にぜひともお泊まりいただきたい。虫の知らせが極限まで募っている。ホフマンに頼んでアリソンの私室へ私の荷物を移動し、私にあてがわれた部屋でかわりにお休みいただこう。君にはぜひとも快適に過ごしてもらわないと困るんだ」

またしても乾いた含み笑いで、フォン・アルンハイムが身をよじって腹を抱えた。これはこれはと手をすり合わせ、青白い悪相が喜びの仮面さながらになる。「わかるよ、わが友の頭脳は狡猾な冴えをみじんも失っておらん。おそらくは故アリソン氏の私室に、ことさら興味を引くものがあるのだろうな？」

「私がフェアにやるのは知っているだろう。そういうことだ。もちろん、いずれわかるよ」

「そうそう、そういう流儀だったな」ドイツ人がおもむろに相槌を打った。「思い返せばその昔、私の目をあらぬ方へそらそうと手を尽くしてくれたが、やり方は常にフェアだった。今の今もしっかりと覚えているよ……。さて、ミス・アリソンのところか。あのモーターボートは自分で運転するかね？　たぶん明かりも持って行かんと……」

男爵はちょっと会釈して出て行き、廊下でホフマンと話す声が聞こえた。にやりとしたバンコランからは、さっきまでのけだるさがきれいに払拭されていた。

「実にどうも、相手にとって不足はないね、フォン・アルンハイムは」と思案にふける。「コンスタンティノープルで、小手調べにリボルバーの銃撃戦をやりあってからというもの、彼にははっきりと好感を抱いてきた。むろん、たまに残念な瞬間はあったよ、秘密諜報員の手先を使って、私の晩餐中に青酸化合物をブランデーにたらしたりね。だが、気絶昏倒以上の命令を男爵が出さなかったのは間違いない。鄭重な手紙でこの手違いを指摘してやると、折り返しの返信で迂闊《うかつ》な工作員をきつく叱っておくと約束したが、あわせて実現は難しかろうと説明してきた。つまり──私の側にも似たような手落ちは確かにあったはずだし──その工作員はもう自分の部下ではないからと……。今のうちにレインコートを着ておいたほうがいいぞ、ジェフ。濡れねずみになるはずだから」

8　塔の死体

向かい風の雨がサーチライトで白銀の針になる。ぶれない白光が照らす先にたぎりたつ濁流が身をよじり、川に出た船をさらおうとする。濁流の深みが不穏なとどろきを発し、モーターの轟音すらかき消してしまう。逆巻く波がぶつかり、しぶきを上げてみじんに散り、船体に噛みつく。うつろな唸りをあげる風が防水シートの屋根を乱打して引っぱがそうとし、これでもかと支柱ごとゆさゆさ揺すぶる。サーチライトの細道がぬばたまの闇を貫き、雨の針が目に刺さる。足もとは上下して立っていられず、膝立ちで船ばたにしがみつくしかない。どっちを向いても、船内は防水コートにくるまれた同行者の輪郭だらけだ。水上を跳ね飛びながら、へさきが波を切る。やがて、幽霊馬のたてがみにも似た横波がくるくる回るサーチライトにかぶさり、直撃されて船体が傾いた。両膝が笑いだし、呼吸も視野もままならない……。

フリッツが腕をふるって、髑髏城下の小さな船着場の脇へ矢のようにすべりこんだ。その後にロープと鎖でしっかり固定してからも、船はほうほうのていで降りる一同にかまわず、流れにもまれてめちゃくちゃに暴れた。フリッツは持参の大きな角灯を周辺にかざして全員の無事を確かめ、あとの者はそれぞれ懐中電灯を持った。フリッツが先頭に立ち、続いてコンラート、お次がフォン・アルンハイム、背後に私が続き、しんがりはバンコランだ。角灯の光が雨に阻まれて板桟橋の上をふらつき、藪《やぶ》のはざまに砂利を敷いた細い坂へと移った。見た感じでは登れっこないほどの急勾配だ。早くも雨で小石ごと粗い黒土がごっそり落ち、ぬかるみがこね回されて足もとがずるずるする。小石が音をたててあちこちぶつかりながら転げ落ち、いったんそうぞうしく桟橋にぶち当たって川へ落ちていく。枝をいっぱいに広げた木々が頭上いたるところでぎしぎしと怒り、声を限りにわめいている……。

一行の懐中電灯四つがぶきみな光の模様を描く。みんな藪をついたり、つかまったりして吹きさらしの高みへと進んでいった。お世辞にも楽な道ではなく、雨に逆らって進むだけでも大変なのはご理解いただけるだろう。そのうちに風がすさまじい金切り声で襲いかかり、私の肺からなけなしの息をもぎとっていった。危うく転びそうになったフォン・アルンハイムにあわや全員道づれにされかけ、ひとつ間違えば総崩れの砂利もろとも、まとめて坂から叩き落とされるところだった。懐中電灯をかざしたバンコランの息遣いがあがり、はるか下ではラインの怒濤が響く。とにかく上へ、上へ、上へ！　しょっちゅう道が折れたりよじれたりするので、しまいに方角までさっぱりわからなくなった。うっそうたる黒い木立からはみだした低い藪へ、この世ならぬ感じに灯がちらつく。ちぎれた小枝が私の頭をかすめてすべり落ち、バンコランの手で肩越しに路上へはたき落とされた。

なにもかも一筋縄ではいかない細道をよじのぼり、頂上に出た。フリッツの角灯を頼りに私たちが立つ場所は濠《ほり》を囲む石の防壁、はるかな眼下では深い淵が荒れ狂っている。そこから城の大手門へと伸びた石畳の通路がある。懐中電灯を上へ向けると、はるか上に闇にまぎれた黒い城壁の一部が見えた。

「鍵はあるか？」とフォン・アルンハイムが声を張り上げた。

目の前の巨大な門扉は、板戸をアラベスク文様の錆びついた鉄金具で補強してあった。四つの灯で手もとを明るく照らされながらコンラートが門扉の鍵を開け、大きな肩で力任せに城門を押し開けた。入ってしまうと扉はひとりでにバタンと閉じ、ついでにコンラートを壁へはじき飛ばした。

ここは石畳の広い通路で、やたら底冷えがする。外の騒ぎはあらかた締め出されて、ざわめきにしか聞こえない。顔じゅう濡れても平然としたフォン・アルンハイムが中央に立って四方八方へ光を投げかけ、黒いソフト帽のつばの陰からうかがい見た。バンコランは煙草をつけた。こちらは形の崩れたツイードのつばなし帽にトレンチコートだ。顔を上げ、ドイツ人探偵をじっと見つめる姿が、マッチの炎に浮かび上がった。フリッツは無言の直立不動で控えている。どちらの壁にも鉄のたいまつ受け、右手の低いドアは城番の住まいに通じているらしい。正門の上に車輪と滑車を取りつけた巨大な桶そっくりの、なんだかよくわからない錆びついた装置があった。

「われらがご先祖は、味なはからいをしたものだ」フォン・アルンハイムがそちらに灯を動かし、ぎょっとするほどこだまを響かせた。「先陣切った出しゃばり者の頭上に、ああして溶けた鉛を浴びせかけてやったのだよ。そして、このたいまつは殺人後に通路のここに落ちていたのを、執事と我らが案内人が見つけた……」

と、通路の中ほどの地点を指さすフリッツと言葉をかわした。やがてフォン・アルンハイムはコンラートに手振りで先に立てとうながした。みなの足音にこだまが数珠つなぎでついてくる。コンラートのゆがんだ影が奥へ向かうにつれて広がり、曲がって天井にかかった。通路はその三十フィート先で右へ折れ、曲がり角に上層階への石段があった。フォン・アルンハイムの灯が、階段下の狭い裂け目を示す。

「矢狭間《はざま》だ」と説明した。「往時はここから、いやというほど敵に矢を浴びせてやった。それにあの曲がり角――守備にもってこいだ。すばらしい！」

もう三十フィートほど行くとまたしても折れ、最初の向きになった。あとの道は今までの長さの倍近くあり、手持ちの灯で照らしても、通路の先の階段にぎりぎり届くか届かないかだ。「途中の天井に気がついたかね？」フォン・アルンハイムが英語で私に話しかけてきた。「四ヶ所に退却援護の落とし戸が仕掛けてあってね。これまで見たどの城よりも堅固な防御設備だ。ここまで周到な守りを要するとは、はたして何者だったのかな」

「それこそが」闇でバンコランがつぶやく。「あるいは求める答えではないかな」

ドイツ人探偵がはっと振り返った。バンコランの煙草の先で、ちかりと火がウインクする。細長い影法師、ささやくこだまをまとった人声……。

ようやく出た先は、石畳の中庭だった。壁に囲まれてまったく勝手はわからないが、フリッツによどみなく案内されて城の正面中ほどへ出る外階段へたどりついた。またしても嵐に抗うことになったが、狭間胸壁沿いの眺めは絶景だった。ラインラントのその一帯でいちばん高い場所なのだから。

さきに述べた通り、城壁は九十フィートはある。ぼやけた光で判別可能な限りでいうと、石造の頭蓋骨はまるごと正面城壁に載り、それ自体が天守という構造だ。どうやらそんじょそこらの屋敷よりはるかに大きいらしく、近づいて細かく見れば、死者のされこうべとは似ても似つかない。光を当てれば鼻の穴に見えなくもない巨大な三角窓が梁の端にのぞいているが、頭のいただきは雨に隠れてただの黒ずんだドーム屋根になっている。歯は狭間胸壁から内回廊をへだてる石の尖頭アーチへと変わった。一同その場で前かがみに防壁へしがみつき、なんとか息を入れようとしていると、ふいの稲妻が天を見渡す限り白く染めた……。

ほんの一瞬だが、叩き落とされるのではないかと恐れおののき、雨にぐっしょり濡れた肌が恐怖でかっかとほてった。われわれは信じがたいほどの高みでバランスをとっていた。はるか下では黒松がてんでに枝を張り出してうずくまり、狭い川が稲妻の下で灰色にわきたって暴れている。稲妻が、船着場で上下するちっぽけなモーターボートや、ほうぼうに煙突を立てて針先でつついたほどの灯を窓にともす対岸のアリソン邸をくっきりと照らしだした。空が一転して黒ずみ、背後の頭上に雷霆《らいてい》が振りおろされて茫然とする。ふと正気づいてみれば、アーチのひとつにしがみついて吐きそうになっており、心なしかアーチ全体が雷鳴でビリビリ震えていた。

「血痕はまったく認められない」フォン・アルンハイムは平気だ。「肺の出血は相当なものだったはずだ。その後に雨ですっかり洗い流されてしまったのだろうな」

迫持造りの回廊で雨を避けていた男爵が、懐中電灯をずいっと床に這わせた。達者なフランス語でコンラートに命じる。

「さっさと言うのだ！　この場はすっかり調べ終えたのだろう。血痕はあったか？　アリソンがここへ走り出る前に撃たれた場所はどこだ？」

コンラート判事はろくに歯の根が合わず、返事もままならなかった。ドイツ語でしゃべりかけてフォン・アルンハイムのきついひと睨みをくらい、フランス語に切り替えた。

「ご一同がついてきてくだされば、現場をお見せいたします……」

角灯で足もとを照らせ、と手振りでフリッツに指示して右へ行く。回廊の端で頑丈な木製ドアを大きな鍵束の一本で開けた。めいめい内部に探りを入れる懐中電灯が照らしたのは、丸い髑髏の頭部にしつらえた大広間だった。白しっくいの壁の上方、曲面部分にとがった形の多色ガラス窓がある。黒い絨毯を敷いた紫檀の階段が壁沿いにしつらえてある。漆黒の床が懐中電灯の光をまばゆくはじいた。

「オニックスだ」フォン・アルンハイムがつぶやいて身ぶりで示す。「手入れはまめにやっている。突拍子もないにもほどがある、白しっくいの壁にオニックスの床とは！　くそ！　照明は？」

「蠟燭だけです、男爵閣下」コンラートが答えた。

「なら、早くつけろ」

人の背丈ほどある、黒檀彫りの燭台が長蠟燭を六本立てて階段柱の手前に控えていた。コンラートが火をともすと、広間の高みへむやみに長い影がひょろひょろとうつった。

「ごらんになれますか、皆さま?」点灯を終えた判事が熱弁をふるった。「血痕はこちらの階段下にありました。三段上がった絨毯の上に別のが――それです。もうちょっと上がってみてください。そっちの壁に血染めの手形がついています。被害者が手をついて支えようとした跡です。そんな手形が上の階段口近くにもあります。階段の上付近で撃たれたのはそれで知れます。他に血痕はありませんので。火をかけられると、被害者は犯人の手を振りほどいてよろよろと階下へ逃げました。さきほどお読みになった覚書に、そのむね書いておきましたが……」

フォン・アルンハイムはせかせかと階段を上がって壁面の血痕を確かめた。そちらへかがみこむように片眼鏡を近づけ、防水コートにくるまった前のめりの影絵と化した。

「下へ逃げたのではない」落ち着いた声がした。「担いで運ばれたのだ」

私のすぐ脇にバンコランが立ち、トレンチコートのポケットに両手を突っこんで、さも面白そうに目を光らせている。ぐしょぬれの帽子が蠟燭に照らされ、悪魔じみた顔つきと妙にちぐはぐだった。フランス人探偵の方を見ていたが、やがてコンラートを睨みおろした。

「そうだとも、この信じがたいたわけ者め」きびきびと言った。「逃げたわけではない。この血痕をちゃんと拡大鏡で見たのか。たぶん、そうじゃなかろう。これはすべて右手の指なのに、この階段をおりる人間がいたら、壁につくのは絶対に左手でなくてはならない。この手形はどれも斜め下を向いている。ちゃんと調べていればわかったはずだ。指先が引っかかいたように壁面に食いこみ、爪の切れっぱしがちぎれて中に残っている。要は、アリソン氏は足を前にして誰かの右肩に担がれ、階段を担ぎおろされる途中でどうにか少しでも足止めしようと、必死のあがきで壁にしがみついた……」

そこで言葉を切り、痩身をぴんとこわばらせた。階段柱脇の蠟燭六本が、食いしばったあごの筋肉と、バンコランを睨みつける片眼鏡の大きな冷たい目を照らしだした。

「だが」と、フランス人探偵に続けて言う。「いかなる悪魔のわざで、君はそう悟った？　この手形を見もしないうちから！」

バンコランはひょいと肩をすくめた。「こうしてみなでここまで出向いたのは」と言う。「あの城番の死体を見るためではなかったかな。それに、われわれが守るルールはご承知の通りだ、友よ。すべて解き明かす準備が整うまでは口外無用という」

「先へ行け、コンラート」フォン・アルンハイムが険しい声になった。その後から階段を上がる途中のわれわれに、フォン・アルンハイムがまた声をかけてきた。「これで、殺人犯が階段を降り切るまでアリソン氏に火をつけていなかった証拠ができた。燃えている男を抱えおろすなど、もちろん無理な相談だ」

バンコランがうなずいていた。ちょっと足を止めて血の手形によくよく懐中電灯をあて、私も肩越しにのぞきこんだ。気の毒なコンラート判事を責めるのは少々酷にも思えた。裸眼では（まあ、とにかく私の裸眼では）その指跡はただの血のしみでしかなく、男が身を支えようと手をついたと解釈しても不自然ではなさそうだし、位置もかなり高いところだ。ただし指紋のうずまきや流れ方に心得があれば、ひっくり返って上下逆についているのはひと目でわかる。バンコランが肩越しにちらりと意味ありげに笑いかけた。

「あれをよく覚えておきたまえ、ジェフ」と言われた。「頭の中にちゃんと焼きつけるんだ」

さしあたってはコンラートがどうにか失点を取り戻せますようにと願った。階段の上で待つ姿は口ひげもろとも悄然とうなだれ、今夜の一部始終は死ぬまで忘れられまいと、はた目にも思いやられた。外は、見事な紫檀の彫り欄干を巡らした長回廊だ。左手ははるか先の闇の中へ伸びていたが、右手には——階段を上がってすぐ別なドアがあった。静寂に包まれた大広間だ。石造りの側面と屋根にさえぎられ、嵐の音は聞こえるか聞こえないか。それでもまだ、大きな石の頭の最上階まで半分もきていない。

「左手に回りますと、男爵閣下」コンラートが思い切り低姿勢で、「回廊から元はマリーガー氏の私室があった家具調度つき数部屋へ出られます。そこから別の階段が上へのびております。この上にまだ二階ぶんございますので。ですが、めざす場所はこちらの右手ドアです。髑髏の両脇の塔の片方に出られ、城番の死体はそちらでございます。それと——」

そこで言葉を切って見おろすと、バンコランはまだ階段の途中で濃いめの多色ガラスの窓を興味津々で見ていたが、フォン・アルンハイムに呼ばれてみなに追いつき、コンラートが右手のドアを開けると……。いやはや、勘弁してくれ！　まだ階段か！　どこまで行ったら終わりになるのか、もう心がへし折れそうだった。

この円塔は頭の脇に建てられていた。直径およそ二十フィートで、各階に特大サイズの一室だけが設えられている。ちょっと光を向けただけで、サヴォヌリー工場製の絨毯（十七世紀フランス王室御用達。使用は国王や王族、国家贈答品に限られた）や、銀細工の火よけついたて、ルイ十四世の栄光を讃えて年に一ヤードずつ織り進んだかの有名なゴブラン織りタペストリーなど名品づくしの調度が見えた。階段をさらに上がれば、石壁を隠しているのは上等なウォールナット材の鏡板だと判明した……。すぐ上の階は石壁に矢狭間をうがって殺風景この上なく、ひとつ下とはえらい違いだ。最後の三階で、先頭のフリッツが思わず大声を上げた。

最上階は二つに仕切られ、私たちがたどりついたのは狭い踊り場だった。目の前に石壁をうがったアーチ状のドアがある。そのドアを開けてフリッツの角灯の光がさしこむと、胸の悪くなるような冷たさがじわりと喉もとを這う……。城番の死体だ……。

まっさきに見えたのは、頭のてっぺんだった。闘牛のように低く身構えていまにも突進しそうな格好で、汚い白髪が床に垂れている。やがてよくよく見れば、壁に吊りさげられているとわかる。錆びた鎖を身体に巻きつけて左右の腋の下からのばした先を壁の鉄鉤《かぎ》ふたつにかけてあるのだ。つんつるてんのコートの袖から骨ばった両腕とごつい手が突き出ていた。詳細をくだくだ並べるまでもなく、気味のいいものではない。その格好でかれこれ一週間はたっていたはずだ。臭いもすごかった。

角灯の光が大きく揺れた。フリッツは手のわななきをこらえきれなかったのだ。まるで口いっぱいに小石を詰めこまれたみたいに不明瞭な声でなにごとか口走ると、まっ青な顔で私を押しのけ、角灯をフォン・アルンハイムの空いた手に押しつけて、がたがたと階段をおりていった。

「どうした？」私の背後から、フォン・アルンハイムがいらだって声をかける。「踊り場をふさぐんじゃない。中へ入るんだ！」

私は応じた。「頑丈な胃袋の持ち合わせがあればとは思いますが、あいにく、あんなものを見てはいられません。こちらで待たせていただきます」

フォン・アルンハイムはそっけなくうなずくと、バンコランに合図して私を追い抜かせ、二人で塔の部屋へ入っていった。私は遠く吹きすさぶ風を耳にしながら、中へ向けた懐中電灯を落とすまいと歯を食いしばり、恐ろしいほど乱打する心臓の鼓動を洩らしてなるものかと必死にがんばった。フォン・アルンハイムがドアを閉める刹那、白光に照らされて黒い影法師となった。そしていざドアが閉まってしまうと、移動する二人の灯が下のすきまにちらついた。靴底のこすれる早足——鎖の鳴る音——どすん——あとは感情を排した低い声の会話がぼそぼそと洩れてきた。

9　多色ガラスの窓

事件全体を通してひときわ記憶になまなましいあの場面、私は締め出しを食らってそくそくと冷える塔の踊り場で待機し、この目ではじかに見ずじまいだった。詳細を描くには想像で事足りる。まずはすこぶる長い沈黙に始まり、やがてバンコランの声がこう語った。

「額を二発撃たれている。死後——まあ八日かな」ひざをついていた誰かが、気合もろとも立ち上がった。

「だが、明らかにこの部屋で殺されたのではない。その両踵がつけたほこりの跡で、床をここまで引きずられてきたのはわかるだろう?」フォン・アルンハイムだ。「くそ! 見ろ! この鎖は手錠つきだ!——手錠だぞ! しかも油をさして、すぐ使えるようにしてあった。人殺しめはきっちり仕事をしてのけた。鍵穴に鍵をさしっぱなしでよかったよ。さてさて……」

またも黙りこみ、部屋をあちこち回る足音ばかりが響いた。

「家具はないな」フォン・アルンハイムが続けた。「窓もない。元はいったいどういう部屋だったのか」

「以前はマリーガーの作業室だったらしい。幻術の大道具の仕上げをする場にしていたから、人が来るのは在宅中でも嫌がったそうだ。あのドアを見たか？」

また沈黙があった。「ちっ！ そこにのぞき窓の隠しパネルがあるのか。あれそっくりだ」ドイツ人がつぶやく。「アメリカでいう——不法酒場《スピークイージー》だな。誰であれ階段を上ってくる者を、一インチもドアを開けずに確認する仕様だ。錠も頑丈だな。だが、ここにささっている鍵は……」

「そうとも。殺人犯が見つけよがしにわざわざ放置していった」

「作業室と言ったか？……今は何もないな。待て！　あっちへ灯を向けるんだ！」

「何があった？」バンコランが尋ねた。

さらに急ぎ足の気配、かすかながさごそいう音、しばらくして膝がしらをぱんぱんやってほこりを払ったらしい音がした。

「新聞だ」フォン・アルンハイムだった。「古新聞がひと山ある。英字だな。ロンドン・タイムズがあるぞ、日付は一九一三年十月二十五日……。こいつは私が預かろう。さて、これで一通り見たのではないかな。先へ進む前に、警察の鑑識医に仕事をさせたほうがいい」

ドアが開いた。フォン・アルンハイムは手にした特大の鍵で外から戸締りした。背後からバンコランが照らしてやると、グロテスクにゆがんだ影が天井までぐんと伸びた。黄ばんで字が薄れたほこりだらけの古新聞の束を小脇に抱え、引きつった笑顔をこちらへ向けた。

「どうやら、マール君。君はあれの醍醐味を解さんお人かな——？」と、そっと片手で示した。

「われらがコンラートはどこだ？　おーい！　あいつの灯は階下だな」

みなで階段二階分を降りてさっきのウォールナットの鏡板の部屋へ戻ると、蠟燭があかあかとついていた。四方についた重厚な銀の壁燭台をコンラートが全部つけて回ったので、みごとな鏡板に灯が映りこんで二重に明るくなっていた。さらに上の壁面にかかったタペストリーは、ブルーグリーンを基調に織りだした弓矢の狩猟風景だった。コンラート本人は大理石テーブルの席のひとつでふて腐れていたが、上役を見たとたん直立不動になった。あの新聞紙の束を、フォン・アルンハイムが卓上に置く。

「驚嘆に値するぞ」片眼鏡をねじこみながら感慨を洩らした。「死んだバウワーの精勤ぶりは。この部屋も、あの広間も——知りうる限りの居住空間すべてが——すみずみまで、完璧に掃除して飾りつけてある。見ろ！」テーブルの表面を指でなぞった。「ちりひとつない。銀製品はぴかぴかだ。まったく、この城はいつでも人が住めそうではないか。その点、どう考えるね？」

バンコランは塔の反対側についた高窓をじっと見ていた。大広間からの入口とは、いってみれば向かい合わせの位置だ。

「さらに興味をひくのは」物思いにふけりながら話しかけてきた。「風の向きだね」

「風の向き？」

「そうだよ。窓を叩くあの風音に耳をすましてみたまえ！　窓に当たる雨音がね、男爵、おそろしくいろんなことを物語ってくれているだろう」

脳内を総ざらいしながら、フォン・アルンハイムは両のこぶしであの古新聞の山を、だん、と叩いた。

「無駄話と決めつけるほど君を見くびったりしないよ」と応じる。「それで？」

バンコランが向きを変え、閉じぎみの目を部屋のそこかしこにゆっくりと這わせた。その日が止まったのは広間へ出るドアで、さきほど述べたように部屋の隅にあった。

「覚えているだろう。広間の弧を描いた階段を上がっていく時、私は濃い多色ガラスのあの窓をじっくり見ていた」

「ああ。で、なぜあれをそんなに？」

「なぜなら」バンコランが穏やかに言った。「あの窓は嵐をまともに受けていたのに、雨音がまるで聞こえなかったからだ」

フォン・アルンハイムは息をのんだ。私のほうは先述の通り、これまでうまく言葉にできなかった異状の正体に思い当たって雷に打たれたようだった。そう言われてみれば、しんとした広間では石壁にぶつかる荒れ模様がささやき程度の音でしかなかった。フォン・アルンハイムがゆっくりと脱帽し、ブロンドのはえぎわを下向けた。

「初めの一本を取られた、ムッシュウ」フォン・アルンハイムが一語ずつはっきり述べた。「私が馬鹿だった。何たることだ。だが、私が馬鹿だった！　もちろん、われらが魔術師マリーガーともあろう者なら、城内に隠し通路を縦横に用意していたはずだ。壁の中だな……」

バンコランは広間に出るドアと直角をなす壁際に行った。そこのタペストリーをめくってウォールナット材の鏡板をさらし、手近な板を押したとたんに隠し入口がぱっと開いた。

「つまりは、髑髏の曲線なりにくだる道なんだ」バンコランが言った。「だが、そうと知ったのはあの嵐のおかげだ。灯を持ちたまえ、諸君。中を探ってみようじゃないか」

「ここにいろ、コンラート」フォン・アルンハイムが指示した。「応援のコブレンツ市警がおっつけ到着するはずだ。その者らを階上へ案内せよ」

あとの者は懐中電灯を持ち、バンコランについて壁の入口をくぐった。石壁にはさまれて息詰まる狭い階段がうがたれ、なかは湿ってかびくさい。

「こちら側の髑髏の頭部は二重構造なんだよ」バンコランが言った。「そして言うまでもなく、マリーガーよりはるか前の時代のものだ」左の壁をこつこつ叩いた。「本物の外壁はこっちだ、わかるかね？　あの階段から見えた偽物の窓の真向かいに、不透明なガラスをはめた窓がある。そうやって、絶対のぞけないようにしてあるんだ」

「だから、むろん、階段の上部に血痕がなかったわけだ」ドイツ人がうなずいた。「よく見たまえ！　ここの階段に血痕があるぞ——君の懐中電灯をあててみたまえ、な？　アリソンはこの階段を担ぎあげられ、もうひとつの階段から担ぎおろされた。この抜け道をたどれば、アリソンが実際に撃たれた現場が見つかるはずだ……」

くぐもって虚ろに響くその声を聞きながら、われわれ一同は血痕らしきものを慎重によけて曲線のくだり階段をたどった。こんな狭苦しいところでは呼吸もままならない。途方もないこの事件全体が、階段にまつわる悪夢という気がしてきた。まったく！　なぜコンラートに丸投げではいけないのか？　こんどの隠し階段はウサギ穴そっくりで、かくれんぼパーティをすれば大の男が十二人ぐらいは入れそうだ。あの城番の死体はここに数日寝かせておいてから、犯人が何かおぞましい気まぐれを起こしてひょいと担いであの上まで運びあげ、塔の壁に鎖でぶらさげたのかもしれない。

ようやく階段が尽きると、行き止まりは閉じた板戸だった。バンコランが開け、用心しながら光を前へかざした。まっさきに見えたのは薄汚れた作業着のたぐいと、ごちゃごちゃ置かれたバケツ類やらほうきやらモップなどの掃除用具一式だった。

「物入れの裏側だ」バンコランが説明した。「物入れの表側のドアがこっちで、鍵がかかっている。待て」懐中電灯をポケットにしまって身構え、鍵のかかったドアに肩ごと体当たりした。さらに肩をぶつけると錠がはじけ飛び、反動でドアがばたんと跳ね返った。バケツを蹴飛ばして外へ出る。汚れ雑巾や家具磨き材の臭いがやけに強かった。フォン・アルンハイムの足が何か踏みつけて音をたて、こちらの前に転がってきた物体にバンコランが光を当ててみれば二ガロン入りの金属缶だった。注ぎ口から、なにやら白い液が床にはね散らかっている。

「灯油缶だ」とバンコランは言った。「おそらく、ここがあの城番の居室だろう。現在位置は、城への大手通路のちょっと脇だ」

天井の低い、くさくて気の滅入る部屋だった。隅にはパッチワークキルトをかけた鉄のベッド。懐中電灯の光をさっと当てると、薪のストーブがあり、その端には危なっかしくコーヒーポットが載っていて、汚れた皿が洗い桶に浸けっぱなしだ。掛け釘に作業用オーバーオール。湿気ではげかかった壁面に、雑誌からちぎりとった写真がじかに貼ってある――ロミオに扮したマイロン・アリソンの大判カラー写真で、顔部分にべっとり汚れがついている。

「何者かが」フォン・アルンハイムが言った。「床を磨いたばかりだ」

バンコランが右手の低いドアを開けにかかった。「城番部屋はこのへんにして、こちらはわれわれが城に入った大手通路だよ」そしてゆっくりと部屋の中央へ引き返し、腕時計を一瞥した。「さて、君！　これまでのところで一晩分の収穫としては充分そうだ。疲れもたまったし、そろそろ夜中の一時だよ。あとはコンラートに任せて、引き揚げようじゃないか？　後は型通りの仕事だけだからな」

「もう帰るって？」フォン・アルンハイムが尋ねた。「そんな、まだ探索を始めたばかりではないか！　あれだけの部屋がまだそっくり残っているのだぞ……」そこで言葉を切った。二人ともそれぞれの灯を床へ向けたので、私からは表情が見えない。「時に思うことがあるよ」フォン・アルンハイムがつぶやくように言った。「この世に、わが友バンコランが何の理由もなくすることなどあるのかな。あってほしいものだ。深い理由なく、ただふざけたいからふざけることがあってほしい、ただ芝居を見たいというだけの理由で劇場へ行ってほしい、悪魔じみた理由抜きの純然たる気まぐれであってほしいとね……。こうして戻りたいと言いだすからには、必ずや裏があるはずだ」

バンコランの含み笑いが低い部屋にこだました。「そうだ。戻ろうと、君に誘いをかけているのさ」

「二人ともに自分の推理がある」フォン・アルンハイムが言った。「それぞれ違うのはわかっている。それに、他人の頭脳を拝借するのは本意でない……。捜査があるので、私はこの場に居残る。どうか帰ってくれたまえ。だが、言っておくが」――灯を勢いよくバンコランの顔に当て――「まだまだ私は負けんぞ！　そうとも。それでも誤った道をたどるというのなら、あらかじめ注意はしたとくれぐれも覚えておいてくれ」

「あの頃のようだな！」バンコランが声を上げた。「ではお好きなように、男爵。さて、ジェフ、フリッツに川向こうへ連れて行ってもらえるようなら、帰りがけの船中でいくつか話し合おうじゃないか」

「ちょっと待った」フォン・アルンハイムがバンコランの腕に手をかけて引きとめた。「見解一致の有無を確認させてくれ」

中央の樅《もみ》のテーブルに、ひびのきたガラスシェードの灯油ランプがあった。フォン・アルンハイムはそのシェードを外して灯心に火をつけ、弱々しい黄色い光で室内を照らし、木の椅子にかけてメモ帳を広げた。

「では、時系列順に進めよう。君たち自身も先刻ご承知の証言は、ここにすべて書いてある……。

まず一九三〇年五月二十日、月曜日だ。この晩にマイロン・アリソンはミス・サリー・レイニーに生きた姿を目撃されたのを最後に、およそ九時ごろ自室へ入っていった。それからしばらくたって――まあ九時半か九時四十五分としておこうか――ミス・レイニーが屋敷を出ていく二名の声を聞いた。この二人とはマイロン・アリソンと犯人だ。他は全員（うちひとりは明らかに嘘をついているが）各人各様に手がふさがっていた。当該二名はモーターボートに乗りこみ、川へ出ていく音を聞かれている。十時十五分頃、マイロンが炎に包まれて狭間胸壁の上に走り出た」フォン・アルンハイムはここで思い入れたっぷりにシガレットケースを出し、一本出してつけた。さらに続ける。

「今夜この城で目にした諸事実をもとに、その間の三十分から四十五分間の事情を再現できる。おおかた、犯人は何らかの手でアリソンを説き伏せ、この城へ同行させた。それ以前にアリソンは自室へあがったので、犯人が彼の私室へ出向いたという推察も成り立つ。その間に両名のどちらかがアリソンの寝室からあのピストルを持ち出した。どちらのしわざかはこのさい問題ではない。というのも、かりにアリソンが連れに疑いを抱かなければ、自由に持ち出させたかもしれないからだ。夜更けの城に賊が出た用心にと犯人があらかじめ言い含めて、モーゼル銃の携帯許可をとりつけたのかもしれない」

フォン・アルンハイムはしばらく無言で煙をふかした。バンコランは壁にもたれ、半眼で腕組みしている。

「そして」フォン・アルンハイムは先へ進んだ。「アリソンはモーターボートで渡ってきた。二人して城へ上がり、城番に開門させてここへ入った。口論があった末の犯行なのか、用意周到に仕組まれた犯行かは不明だ。だが、犯人は殺意を抱いてここへ来たとみなして差し支えなかろう。ここでアリソンを撃ち、かねてのもくろみを実行に移すために城番も始末せざるをえなかった。

城番のほうは、殺害後に隠し階段へ放りこんだ。アリソンは肺に致命傷を受けて倒れている。

犯人は物入れからあの灯油缶を出してきて、アリソンの衣服にざぶざぶかけた。その後モップなり雑巾なりでこの床から念入りに血痕を消した——血痕が見つかったら、警察がここを徹底的に調査して、あの隠し階段を見つけるといけないから……」

「待ちたまえ」バンコランがさえぎった。「犯人がそこまで隠し階段を見つけさせまいと、やっきになる理由は何かね？」

「アリソンをわざわざ上へ運び上げた理由は何かね？」肩をすくめ、ドイツ人が返した。「そんなの知らんよ。まだ解明できていない動機の一部だろう。だが、あの血痕のおかげで、実際にアリソンを担いで運び上げたのはわかった。やつはアリソンを運び出し、表の階段を下って大広間へ出た。そして狭間胸壁前の回廊へ押し出し、服に火をつけた。なぜかは知らん。やつの果断で邪悪で歪んだ脳のどこかに巣食った、現時点ではうかがい知れぬ理由によるのだろう。アリソンは決して軽くない。それなのに犯人がアリソンを抱えてとんでもなく長い階段を上り下りし、とほうもない苦行をやりとげてみせたのは、神へ捧げる燔祭《はんさい》のつもりで火をつけて放り出したんじゃないのか。断じて、ただの気まぐれで手に負えるやり口ではない……。一週間後にわざわざ出直して城番の死体を出してきて、あの塔の部屋につるしておいたという事実を目の当たりにしたことだし……。だが、アリソン殺害に戻ろう。

犯人は火をつけた後もその場にとどまり、計画通りきちんとすむまで見ていた。下の坂にホフマンとフリッツが見えてようやく引き揚げたのだ。急いで中へ引っこみ、隠し階段を使ってこの部屋にたどりつき——その通路を入ってきたあの二人をやりすごした」

「手綱を絞りたまえ!」フランス人探偵が反論した。「危うく忘れかけているが、犯人がここを出たのはホフマンとフリッツが城門に到着する前だぞ。城門まであと少しというところで、モーターボートが戻る音を聞いたのだからな」

フォン・アルンハイムはかすかに戸惑ったが、顔に出たのはほんの一瞬だった。

「ああ、そうだったな! だが、そいつは問題じゃない。まあそれで、やつは隠し階段を駆けおり、この部屋に出て、別の道から坂を下っていく途中であのたいまつを通路に放り捨てた。どうだ!」

フォン・アルンハイムはメモ帳を閉じて椅子に座り直すと、これ以上ないほどの得意顔でバンコランを見守った。バンコランが、けだるそうに目を開ける。

「まずまずかな」含みのある口ぶりだ。「唯一の問題はね、君はそれを信じていない」

「だが――君は?」

「君のそつない手法にならって」バンコランが応じた。「自身の考えを述べるのは控えよう……。だが、どんな仮説を立てようと、異常きわまりない諸事実の説明にはまだ不充分だ。ひとつ、なぜ被害者はあんなに目立つやり方で火をかけられたのか。ふたつ、なぜ城番は殺害数日後にまた鎖でつるされたか」

「私ならば説明できると思う」フォン・アルンハイムがうなずき、熟考するようにしげしげと爪を調べる。「とりわけ、塔から持ち出したあの古新聞の束をよく調べれば」

「私のほうでは」と、バンコラン。「泥まみれの靴と、ドア下にさしこんだ伝言を手がかりに追うつもりだ――」

フォン・アルンハイムがしゃきっと座り直し、メモ帳に手を伸ばした。「そんな記録はどこにもないぞ！　伝言とは何だ？　ドア下にさしこんだのは何者だ？」

「私だよ」と、バンコラン。「おやすみなさい、男爵。上首尾を」

私たちは影とこだまに満ちた城門通路へ出た。フォン・アルンハイムはテーブルの席にとどまって身動きせず、向こう傷だらけで片眼鏡の青白い顔に黄色い光を浴びていた。口角が下がって唇がへの字になっている。うんとのばした両手がおのずと猫の爪そっくりに曲がって、あのメモ帳を握りしめていた。

「ひとつ予言させてもらうよ、ジェフ」部屋のドアを閉めるとバンコランが言った。「フォン・アルンハイムは他のことは二の次にしても私をへこまそうと、現在只今もくろんでいる。全盛期のアリソンが舞台で演じたどんな話題作にもまさる名演技を企てているんだ。あの性格はよくわかっている。ゲルマン特有の粘着気質でひと芝居打ち、あらゆる人の上に立ちたいんだ。私は――まあ、いい演《だ》しものは楽しいが、いつまでもは付き合いきれないね――」

私はどっちもどっちだなと応じ、さらに、「ドア下にさしこんだとかいう伝言とは何のことだ？」

「ああ、そうだな。これからその効果を確かめにいこう。ジェフ、今、アリソンとバウワーを殺した犯人は川向こうのアリソン邸で枕を高くしているよ。やつが安眠してればしてるほど、こちらの計画には好都合だ……。さて、フリッツを探し出して川を渡してもらおうじゃないか」

われわれは髑髏城をフクロウどもや嵐に任せて、魔術師マリーガーが全盛期にそぞろ歩いたいくつもの薄暗い部屋には手をつけずに引き揚げた。こだまする回廊や、蠟燭のまたたく朽ちかけた華美な調度や、矢狭間や、錆や古血できしむ巧妙な装置各種や、敵の絶叫し恐怖する城にした、鎖帷子《かたびら》をまとう往時の匠《たくみ》どもによる創意工夫のかずかずを後にしてきた。こんな昔日への感慨は、たとえリボルバーの銃弾でもなかなか振り払えるものではない。どの通路にも油を塗りこめた弓弦や馬具の革臭がいまだにつきまとい、奥では鉄兜を光らせて亡者どもがうごめいている。懐中電灯を手にしたわれわれは、あの石畳の通路にいるといかにも時代錯誤で、あの広間でも歓迎されていなかった。手にたいまつはなく、鋼鉄の甲冑と緋色の布に身を固めてぎくしゃく歩いたわけではなかった。驚きやすい馬を武装の馬丁に引かせて土手向こうへ待たせてもいなかった。われわれは場違いな闖入者なのだ。

フリッツのランタンに照らしてもらうくだり道、嵐は胸壁の上を終始荒れ回っていた。転がり落ちる危険を犯して一度だけちらりと背後を見た。すると髑髏の下歯の回廊へ出る戸が開いて黄色い光が洩れていて、その上階には灯がなかった。回廊の光が胸壁の輪郭を黒く浮き上がらせる。腕組みして見送るフォン・アルンハイムの立ち姿が束の間だけ見えた。黒い防水コートにてらてらと光が当たっていた。私たち二人は坂をくだり、腕を広げて身をかがめる川辺の木々の下で不機嫌に荒れ狂うラインをめざした。

10　レディの奇矯な振舞い

「いいか、くれぐれもよく聞くんだぞ」バンコランが念を押した。

アリソン邸の玄関先に私たちは立っていた。玄関にはわれわれの戻りにそなえて、透かしランプがひとつだけ出ていた。細かい網の目のかかった火影が天井で不気味にちらつき、うつむきかげんになったバンコランの魔王写しの横顔にかかる。かくいう私は濡れ靴に両の踵を締め上げられてしおたれた濡れ鼠と化し、帰りがけの暴れ川に卵の殻よろしくモーターボートをもみくちゃにされた恐怖のほとぼりが一向に冷めていない。そんなありさまの私へ、バンコランが声を低めて続けた。

「私の荷物はアリソンの私室へ移動させておいた。君の部屋は右棟の手前から二番目で、両隣の片方はミス・レイニー、もう片方はフォン・アルンハイムだ。室内にはミス・レイニーの部屋へじかに出られるドアがある。一緒に二階へ上がったら、互いによく聞こえるようにお休みと挨拶する。そして君は部屋へ入って、十分ほどしたらミス・レイニーの部屋へ通じるドアをノックしてくれ。声を立てさせるな。最重要用件につき即刻おいでをと伝えて、私の部屋へ連れてきてくれ——何をしてもいいが、くれぐれも音を立てず、誰にも見とがめられないように。

手順をはっきりのみこんだか？」

「ああ。だけど、一体どうなってるんだ？」

「じきわかるよ。めがね違いかもしれん。裏目に出ればスズメバチの巣をつつく騒ぎになるが、虎穴に入らずんば虎児を得ずだ。あの娘が握っている事実を教えてくれれば、事件全体の転換点になるかもしれない……。当然だ《パーブリユー》！　そうは言っても内心忸怩《じくじ》たる部分はあるよ。こんな実にきわどい罠をしかけようとは。だが、それでも……」廊下の闇を目で探る顔に、動く光の点が散った。「さ、始めよう」

　屋敷はすっかり寝静まっていた。そこへわざと音を立てて上がり、二階の廊下の中ほどでよく聞こえるようにお休みと――ついでに、すこぶるややこしい難事件になった、よく眠っておかないとね、などとおまけもつけた。バンコランがことさら重い足取りで角を曲がって行ってしまうと、こちらもあてがわれた部屋に入った。

　ベッド脇には常夜燈が灯り、掛け布団はめくってあった。旅行かばんの荷ほどきと整理はすべてきちんとすませてある。ヘアブラシは化粧台に、ひげそり一式は専用浴室に、パジャマ上下はいつでも着られるようにベッドの上に広げてあった。私は濡れた靴を脱いで寝室用ガウンに着がえ、安楽椅子で一服した。大粒の雨が窓を叩き、千々に乱れて窓ガラスを伝い落ちるさまを眺めているうちに、気分がふさいできた。マントルピースでブロンズの置時計がおずおずと一時半を打とうとしてすぐコチ、とせきこみ、ゼンマイが空回りして、あとは恥ずかしそうにチクタクと刻みつづけた。壁紙はどうも神経症の庭師が模様をデザインしたみたいで、見ているこちらが困惑を禁じえない。自分はこれからこの事件きっての間抜け役を買って出ようというのだ。前回、かのジャック・ケッチ殺人事件にロンドンで遭遇したときはなかなかの冴えを見せた頭が、ここではさっぱり使いものにならない。悪態がむらむらと湧いた上、そぞろ眠気がさしてきた。そこでいさぎよく立ちあがり、サリー・レイニーの部屋へのドアをそっと叩いた。

ずっと眠れなかったらしい。すぐさま「どなた?」と声がかかり、椅子のきしむ音がした。

「ジェフ・マールです」私は応じた。「このドアを開けてくれませんか。大事な話があるんです」

掛け金を抜く気配があり、闇の中にドアが開いた。捨てがたい味わいの顔がやや乱れ髪でひょいとのぞいた。黒い目は他意のない興味をたたえている。細眉が片方だけぐいと上がり、朱唇をすぼめて口笛を吹いた。

「本職の探偵さんにしちゃ、ずいぶん素人臭いことをするのね」のっけにご挨拶だ。「言っちゃうけどさ!」

「ああもう、やめてください! 用事があるんです、声を抑えてこっちへきてくれませんか? 何のつもりだというんなら、そんなつもりはみじんも……」

「あたしは構わないわ」人形のような歩き方をしながらサニー・レイニーは言った。ひどく悪趣味な真紅と黒のパジャマに赤いミュールをつっかけている。「ただし、ドアの鍵だけはかけといてよ。いくら気をつけたって、女の体面に絶対大丈夫はないんだから」そのままテーブルの端に浅く腰かけると、両手をきつく組んで片膝を抱いた。だるそうに揺れながら、「ま、どうせ窓辺に座ってただけだし。それで何を聞きたいわけ？」

そこでバンコランに聞いたままを伝えた。すると、控えめな興味の色はそのままに、目だけじわりと反抗をにじませ、徹底抗戦の手ごわい構えになった。そしてぼそぼそと、

「メロドラマを書かせたら、お友達は天才ね。で、なんでわざわざあたしをご指名なの？」

「さあ、それは」

「知らないの？　まあいいわ、〝いい方に〟解釈してあげる！――親密度三級の対応に切り替えるまでよ。あのにやけ笑いの悪魔なら、自分のやることは心得てるでしょうしね。痛みなしで情報だけ抜こうって魂胆よ、局部麻酔で歯を抜くようなもんね。さぞ痛いだろうなって気絶するほど怖がるじゃない、抜けば意外とあっさりいくの。で、ほっとして歯医者の診察室を出るでしょう。ほんとにうまくしのいだとお祝い気分になりかけたら麻酔が切れて、これまでとは別格の激痛がくるというわけ。あいつと話すとさ、後味はいつもそう。あのバンコランって男は」ここで凝った言い回しになり、「誰もが知るあの御方、イエス様を磔《はりつけ》にしておいて、ひたすらその芸術的な釘の打ち方を自慢する、そういうことができるやつよ。行くの、よしとこうかな？」

私は肩をすくめた。「もちろん御随意に。ですが、いいですか。今回の事件を解決したくはない？」

「ええ、そんなこと望んでない」うんと長く息を吸いこんだ。「でも、やっぱり行くわ。だっ

て、あいつの知ってることを引き出したいじゃない。おっかないけどね。ただ笑ってこっちの話に相槌を打つだけなのに、なんだか自分が嘘ばかり言ってるような気になっちゃう」苦笑まじりに私を探るように見た。「事件の担当があんただったらよかったのに、本気よ。ぎりぎり追いこまれても、こっちが泣きだせば『あ――ごめんなさい!』とか言って話題を変えてくれるでしょ。ほら、人が良すぎて探偵にはどだい不向きなのね」

私はちょっとムッとしたが、仕方なく言った。「まあ、たぶんそうでしょうね」

「あのね、今のあたしは最悪に嫌味なの」間を置いてぽつりと、「ちょっと神経過敏というところ。だから全然気にしないで。けど、神経はいいかげんもう限界にきてる。もしも誰かがひょっこり飛び出してきて、『ばあ!』でもしようもんなら悲鳴をあげちゃいそう。こんなの、もう我慢できない。いいかげんにしてほしい」赤いミュールをばたつかせ、ぶつくさこぼした。

とっさに出てしまった。「いいですか。あの、ぼくにできることがあれば……。つまり、このいまいましい捜査の件で……。遠慮なく言ってください……」

するると彼女は片手で私の肩を揺すぶるようにし、上向きの鼻にしわを寄せてまた苦笑すると、黒い目にちょっとひねた感謝をちらりとのぞかせた。

「口にしたってしょうがないじゃない。どうにかして誰も傷つけずにおさめてくれるの? さ、もういつでもあのトルケマーダ(十五世紀スペインの異端審問官)さんとこへ行くわよ」

灯をすべて消し、一緒にそろりと忍び出た。薄暗い廊下の常夜燈を頼りにこっそり進み、角を曲がる。バンコランの部屋のドアを私が開けた。すると書斎の鎧戸を全部おろしてカーテンも閉じ、外に灯が洩れないようにしてあった。本人はきちんと身づくろいしてタイプライターの卓上ランプのそばに立っている。われわれを入れたあとで小さな敷物を巻き上げ、ドア下のすきまにあてがってふさいだ。

サリー・レイニーはけだるげに面白がっているふうを必死で装った。「来たわよ」のっけから切り口上で、「付添いつきでね、そのほうが賢いでしょ。でも、お願いだから、夜中にこそこそ内緒にするわけを教えてもらえる？」

「マドモワゼルをお助けするためです」バンコランが席を勧めた。「かくいうご自身が、常によき付添い役を務めておられるではありませんか？」

「回りくどいのは苦手よ、あたし……」

「もうまもなくご理解いただけると思いますよ。こちらへおいで願ったのは、おもに肩の荷をおろしてさしあげるためです。ミス・レイニー、あなたはそんな必要もないのに構えすぎておられます」

バンコランは顔いっぱいに同情心を浮かべて椅子から乗り出し、誠実を絵に描いたように両手を広げてみせた。が、相手は乗ってこない。ことさら片意地を張ってはいたが、彼女の両手の震えは落ち着きとはほど遠かった。そのまま、いつまでもだんまりを決めこむ……。

「論より証拠で、お目にかけたいものがありましてね」バンコランが続けた。「ご自身の目で確かめられる証拠をお出しして、話はそれからです」

またしても沈黙。バンコランの態度の裏に何かあるのは二人とも気づいていた――さすがの彼も隠しきれないほど、息をつめて何かを待ちうけていた。まるで、ドラムロールの序奏が鳴っているみたいに。サリーは椅子の腕に腰かけ、スリッパの片方を椅子の側面にぶらぶら当てて、部屋の四隅をたえず気にしていた。雨がやむ気配もなく、木の鎧戸をけだるく叩き続けている。頭の向きを変えるたびに黒い断髪がふわりと揺れた。椅子に当たるスリッパの音がいっそうせわしくなる。時計が刻む音も聞こえるほどだ……。

「いいから、もう言っちゃって！」と、くってかかる。「ここにこうして一晩中いられやしないわ」

ほかに物音がしたのだろうか。私にはさっぱり聞こえなかったが、バンコランが反応して首をかしげた。放心した目でゆっくり席を立つ。サリー・レイニーの片腕をつかみ、相手がぎょっとするのも構わず、ドアへ向かおうとした。それまでむっつりしていた彼女がやっと何か言いかけたが、手にいっそうの力をこめて黙らせた。そして小声で、

「ジェフ、あのランプ脇に立って。合図をしたら消してくれ。ミス・レイニー、ドアを開けます。よくよく目を凝らして廊下を見てくださいよ」

「離――して――よ！」すくみあがった声でささやく。「そんなことしていったい――」

だが、そこで自分を抑えた。私のほうは心臓をばくばく言わせながら、ランプのスイッチボタンに指を当てて立っていた。部屋の反対端からでも、仁王立ちのバンコランを見上げるサリー・レイニーのただならぬ目つき、真紅と黒のパジャマですくみあがり、手もなくゆがんだ小娘の顔が見てとれる。娘の息遣いがせわしくなった。バンコランの指の力なら、カードひと組

でもそっくりねじ切りかねないのだ……。

「今だ、ジェフ!」

かろうじて届くかどうかの緊迫した小声。ランプのボタンを押すと、まっくらになった。とっさに頭を下げ、低く身構えてしまうほど重い闇だ。ただし走ってくる者がいる。室内の息遣いがさらに大きくなったようだ。ドアが開く音は聞こえなかったが、薄闇の中に人物の影がしだいに見えてきた。まったく動かない。永遠に思われるほど、そのままじっとしていた。あれはいったいなんだ? 二人はいったい何を見ている? その疑問がふくらみ、豪雨の音に負けじと頭を乱打した……。

そして、ゆっくりと視界から人影が消え、おもむろにドアが閉じる音がごくかすかにした。すべてに現実感なく、沈黙の余韻が尾をひくなか、衝撃の震動が伝わってきた。メスで新しい傷口に触れたら、きっとこんなふうだろう。サリーが驚いて固まり、ひっと声をたてそうになるのを堪えに堪えた末に、震えながら一気に息を吐くのが感じとれた。いろんなことが積もり積もって途方もなく打ちのめされている。時計はあいかわらず几帳面に時を刻んでいく。ささやきに近い小声が深い闇から吐き出された。

「この悪魔! ああ、この悪魔め!……」

呆然自失の、疑うような、驚きのあまりほとんど笑い出しそうな震え声だった。「なんで」声をざらつかせて、「あんた——あんたって人はあんなことをたくらんだの……。もちろんよね」

「明かりをつけてくれ、ジェフ」バンコランが言った。

またスイッチを入れると、またたく明かりで安楽椅子にかけたサリー・レイニーが目に入った。血の気の引いた顔に、赤い唇とマスカラが不自然に浮いている。それでもすましてまっすぐ窓を見据え、息遣いさえもう普通になっていた。バンコランが入口の丸めた敷物を蹴飛ばし、厳しい顔で向き直る。

「ミス・レイニー、あなたはアリソン氏が殺された晩のできごとを黙っていましたね。前にうかがったお話では、あなたは十時ちょっと前に図書室で居眠りし、ホフマンとフリッツが炎上する人間の様子を見に川向こうへ向かったときの騒ぎで目を覚ましてポーチへ出た。しばらくそこにいたが、付近に誰も見かけなかったとおっしゃった。私に言わせれば、ポーチへ出た直後に、かなりの興奮状態で川辺の石段を上がってくる人物を見かけていますね。絶対内緒にしてくれと泣きつかれた――で、そうしてやった……。さて、これで心おきなく認めてくださるでしょう。その人物とはサー・マーシャル・ダンスタンですね？」

彼女はうつろな目をバンコランに向けると、険しい声でしっかりと言い切った。

「ひとことだってしゃべらないわよ」

時計が確実に時を刻んだ……。

「それにね」また誰に向けるともなく、「とにかく、これまで見たこともないほど汚いひっかけじゃないの。あたしがダンスの何だと思ってるの？　おたくの国のやきもちやきなラテン女みたいに見える？　たとえ嘘をつかれたからって、こうされたらぎゃあぎゃあ吐くとでも？」

まるで素通しのガラスみたいにうつろな目は、不安になるほどだった。声には感情をまったく入れず、はっきりとしゃべっている。そこで私を見た。

「ねえ、さっき見えたものを教えてあげましょうか。サー・ダンスタンの部屋へ入っていくイゾベル・ドネイよ」そこでかっとなり、「だったらどうしたっていうのよ?」

「若気の至りですな」バンコランが平然と言った。「私としては、ダンスタンさんの無実を論より証拠で示そうとしたまでですよ。彼が屋敷めざして駆けあがってくるのを見たのは、殺人の後だったのでしょう。それであなたは彼が殺しに関与したのだと思いこみ、相手もそれを認めた。まあね、それが嘘だったんですよ。ごまかされたんです。というのも、実はマダム・ドネイと一緒だったんですから。今夜、あの方の部屋へ夫人が入るのを見せてあげようと思ったのは、あの殺しの晩に実際に起きたことをお見せしたかったからです。ばれるより、人殺しと思われたほうがよっぽどましだったのでしょう」

バンコランは相手と同じくらい感情のない口調で、淡々としゃべっていた。ものうい目の奥ではあれこれ思案中らしい。

「ミス・レイニー、これでおわかりでしょう。ドネイの部屋への外階段を上がるところを目撃されたのが誰だったのかが。逢引から戻ってきたドネイ夫人だったのです。彼女は脇道を行き、ダンスタンさんは船着場から石段を上がった。二人とも、死ぬほど発覚を恐れていたのですよ。ドネイはどうやら薬でぐっすり眠っていて、いくら起こしても起きなかったのにね……。ただし請け合いますが、いったんフォン・アルンハイム男爵の手にかかれば、私のような手加減はしてもらえませんぞ。ダンスタンさんと並んで、絞首刑の縄を首に巻いてほしいとおっしゃる?」

バンコランは娘を見下ろすようにその科白《せりふ》を叩きつけ、容赦なく活を入れてほんのり生気を呼びさました。彼女は何度か口をぱくぱくさせ、片手でぼんやりと目をこすった。

「あの雌猫め!」いきなり毒を込めて、低く吐き捨てた。「あの腐れ猫又め! ええ、そうよ、そうですとも! あたしはまた、てっきりそんな……。でも、悪いのはあの人じゃない。見境なく気絶して、しがみついて離れないような女よ。そういう女が好みなのよ、あの人」

言葉がつかえ、目をしばたたくうちに、凄みのある決意がその顔に浮かんだ。喉元を手探りしてパジャマの上のボタンを外す。プラチナの婚約指輪を紐に通して首にかけてあったのを引き出してぶらぶら揺すってみせた。

「ほらね、もう婚約発表寸前だったの——なのに——ダンスが破棄したわけ。内々で、穏やかに」額がさざ波だって顔を上げると、うんと遠い声になった。やぶからぼうに新たな光がその目にひらめく。「でも、あんた——ほんとに人間? これ全部、どうやってかぎつけたの?」

「あの二人の情事をどうやって察知したかは」バンコランが答える。「すぐには申し上げられません。事件解決の大事な鍵ですのでね。ですが、あなた自身があの若者に思いを寄せておられる——お許しを——のは、目つきや言葉やしぐさのはしばしにはっきり出ていましたね」とかすかに笑った。「そこへいくと、イゾベル・ドネイは……」

「あの、けちなくそ女!」

ただし、お手柔らかに、ミス・レイニー、お手柔らかに！　夫に押さえつけられてはいますが、私見では、根が大胆不敵で気性の激しい女です……。ふむ」しばらく虚空を見つめた。「驚きましたか？　さほど意外でもないでしょう。大胆不敵にふるまう味をしめ、強い酒のような酩酊を知りそめたばかりです。ドネイが怒りにまかせて、ヴェロナールに一服盛りかねないと夫人を責めた今夜の不快な一幕を忘れるわけにはいきません。あれで深いショックを受けて、妻として最後の良心をかなぐり捨ててしまったのです。ドアを出がけにこちらを見たあの目つきたるや……かりにまだ真相を知らなくても、あの時点で悟ったでしょうね。あの目は物語っていました、『もう終わりだわ。わたくしには愛人がいるの、これから彼のもとへ行くわ。あなたに悟られようと悟られまいと知ったことか』ただしね、ミス・レイニー、察したのはそこまでです。あのレディは――あまり知性に恵まれた方ではない。そこで、私はタイプライターで伝言を打ち、『ぼくの部屋で。二時に。こいつは燃やせ』そして彼女の夫がヴェロナールを飲んで寝てしまったのを確かめた上で、あの部屋のドア下にさしこんでおいた。そしたらダンスタンのところへ行きました。そうやって推理の裏づけをとったのです」

サリー・レイニーはちょっと怖じ気づいた顔で、不思議そうにバンコランを見守った。「そうよ」棒読み口調で、「推理の裏づけはとれたわね。ほんものの悪魔よ、あんたって人は――文字通り。推理の裏づけですって！　ああもう、なんなのよ！　で、その伝言の主は彼じゃなかったとあの女に知れたら？」

バンコランが会釈した。「まさにそれこそ望む事態ですよ。二人に情事の一部始終を持ち出して話し合いにのぞめば、知らぬ存ぜぬは通りませんからね」

「あのね」ちょっと間を置いて、何やら思案した後でこう言った。「あたし、ほんとに子供部屋へ逆戻りしたくなっちゃった。これまでしたたかな人間だと思ってきたのに、なんておめでたい！　ええ、そうね、おっしゃる通りよ。ダンスはあの晩、あの石段を上がってきたの。そして、自分があの殺しに関わったとあたしに思いこませた……」

「ああ、なるほど」バンコランがしめしめと両手をすり合わせた。「ようやく判明しました」

娘の方は急な発作みたいに立ち上がった。そして捨てばちに、

「あのね――いいかしら？――あたし、もう行かなきゃ。もう部屋へ戻らなきゃ。あたし――どこかで丸くなって死んじゃいたいわ。それに、この件をよく考えなくちゃ。お願い！　もう帰らせて――」

と、まるで視界を奪われたみたいにきょろきょろした。柔らかな唇がしまりなく開きかけ、両手をぱんと打ち合わせている。可哀相になった私は灯を消してやり、状況が許す限りの熱意をこめてバンコランを呪った。バンコランがドアを開けると、うっすらと光がさしこみ、闇の中にサリー・レイニーの姿を認めた私は、手をぎゅっと握って励ました。すると彼女はまたも背伸びして立つと私の両肩をつかんで揺すぶり、耳打ちしてきた。「勇敢な人ね！」それから、真紅と黒のパジャマはひらりと出て行った……。

私はかなり後味の悪い思いでその場に立ちつくし、誰もいなくなった入口をぼうっと見つめた。よく見れば、驚いたことに誰もいないわけではなかった。薄明かりに、はえぎわだけブロ

ンドを残して刈りこんだ頭と、片眼鏡にきつく引き結んだ口元が見えた。

「では」バンコランがうんと声をひそめる。「わが友の男爵は、とどのつまり私を見習うことになさったのか。お尋ねするが、今のを聞いていたね？」

　フォン・アルンハイムは直立不動で、入口のシルエットが肩をそびやかした。

「幸い」と応じる。「私は、ああ――この廊下のいささか人通りの多い時間帯はやり過ごした。聞いたとも。ああ、聞いたとも！」息を荒らげた。「夜が明けたら、その件を話し合おうじゃないか」

　戦いの火花が散った。バンコランは煙草をつけた。その火が、皮肉な笑みをふくんだ邪悪な一瞥を照らしだす。またしても長い沈黙が……。

「第二手を決めたな、ムッシュウ・バンコラン」ドイツ人が不機嫌に言った。

「第二手が決まったよ、フォン・アルンハイムどの」バンコランが会釈して答えた。

　フォン・アルンハイムの手がドアにかかったところで止まった。いちだんと肩をそびやかしている。

「おやすみ《ボン・ソワール》、ムッシュウ・バンコラン、よくお休みなさい《ドルメ・ビアン》」

「おやすみ《グーテン・ナハト》、フォン・アルンハイムさん《ヘル・フォン・アルンハイム》、よくお休みなさい《シュラーフェン・ズィー・ヴォール》」

　軍隊式に一礼して、機械のごとくきっちり踵を合わせ、フォン・アルンハイムは自室へ引き揚げた。

11　ビールと魔術

夜が明けると、ありがたいことにまた太陽が顔を出した。階段を降りながら、ぞんぶんに胸の空気を総入れ替えする。開けた玄関ドアごしにうららかな陽を浴びたポーチの赤タイルが見え、むくの床板に光がさしこんでいる。廊下の奥から生ぬるい空気が吹き抜け、雨に洗われた地面特有の芳香が強烈に立ちこめる。朝食に出る前に、しばしポーチへ出てみた。

屋敷はすがすがしく洗いたての朝にくるまれ、まだ寝静まっている。黒ずんだ髑髏城のドームのかなたで、どこまでも青い空に白い綿雲の重なりがじっとたたずむ。見渡す限り緑したたる渓谷をふちどるラインの水がオリーブ色にきらめき、生まれたての木々が姿をのぞかせる。一夜のうちに生い育った奇蹟の木々たちを風があおって端からめくり、まんべんなく日を当てて回る。蔓草の茂みで鳥たちがなにやら口論している。はるか下の川の曲がりから、モーターボートのエンジン音が聞くともなしに聞こえてくる。霧もろとも頭痛が一掃されてしまうと気分もすっきり爽快だ。灰色リスがポーチへとびはね、うずくまってなにやら食べていた。小さな手をせわしなく動かしてもぐもぐやり、不安にかられたおのぼりさんによくあるあの目つきでさかんに私を警戒していた。そしてとうとう信用ならんと見切りをつけて逃げだした。こちらはあのリスにかなり愛着を持っていたのに。今回の事件がらみで、夜のうちにふと思いついたことが……。

気分よくダイニングルームへ引き返すと、高窓からふんだんに日ざしが入っていた。テーブルにはフォン・アルンハイムだけで、朝食を食べながら新聞を読んでいた。私が入っていくと腰を上げて堅苦しく一礼し、おはようと声をかける。今日のいでたちは申し分ない裁断の青サージ、同じく気分爽快らしい。そこへホフマンが私のコーヒーとロールパンにジェリーを添えて持ってきた。

「新聞に、なにか面白いニュースが載っていますか?」

フォン・アルンハイムが新聞を見ながら内容を反芻する。「目ぼしいものはないね」完璧な英語でさらりと答えた。「フェルディナント大公とかいう人がサライェヴォで暗殺されたらしいが、このタイムズの社説はさしたることはないと余裕たっぷりだ。ゆうべ私が持ち帰った古新聞の一部だよ、マールさん……。まあいい! こんなうららかな朝というのに、こんなものを読んでいては年寄りじみた気にもなるよ」

しばらくは両手を開いたり握ったりしながら、窓の外を見るともなく見ていた。それから、「だが、内側の紙面にはすこぶる目をひく記事があるよ。囲み記事でね、われらが名優マイロン・アリソンが何やら聞いたこともない名戯曲でたいそうな成功を収めたという。この新聞の束は全部そんな記事ばかりで——日付は数年以上もの幅がある。何か、思い当たることでも?」

私は肩をすくめた。

「まあ、ものは試しに言ってみてはどうかね、マールさん。これまでのところ、賢明にもこの事件に対する発言を一切控えておいでだが。ご意見はいかがかな?」

「何もありませんね」私が答えた。「五里霧中ですから。今はちょっと――」

彼がうなずいた。「ああ! では、あなたにも見解がおありなのだな? お尋ねしてよろしいか、それはわれらが友バンコランの推理と偶然にも一致しているのかな?」

「バンコランの頭の中など見当もつきませんよ」私が言った。「特に、あなたと話している時はね」

入口から声がかかった。「あまり買いかぶられても困るな、ジェフ」バンコランが両手をすり合わせてにこやかに入ってきた。今日は明るいスーツのボタンホールに花をさしている。

「ああ、おはようございます、男爵。いやあ、いい朝だ、いい朝だ、まったくいい朝だ! よくお休みになったでしょうな? それはよかった。『城を戴くドラッケンフェルズの断崖絶壁、睨みおろすはうねり狂うラインの河水』ですかな」

「そうおっしゃるあなたは」フォン・アルンハイムが応じた。「邪魔も入らず、高いびきでお休みでしたか?」

「こうして、あらためて考えてみますとね」バンコランが昔語りでもするように、眉を寄せてつぶやく。「一睡もしていないことに思い当たりましたよ。ですが、夜通しあちこち探索した後のコーヒーと冷たいシャワーがめざましく効きました。これでも若い頃には、男爵、すばらしいバスの美声だと言われたものですよ。ですから、こんな朝には私の歌でもいかがですかな。

そう、思い出しますよ。ニューヨーク殺人課のフリン、オショーネシー、ムグーガンといったいずれ劣らぬ強面《こわもて》のめんめんと五番街へ繰り出し、ライリー主任警視の蒸気オルガンで一同そろって『ミンストレル楽団 英国王を歌う』を合唱した時のことを。警察が浮かれ騒ぐ時はね、男爵、市民の身の安全など、あってなきが如しですよ」

「そういえば」フォン・アルンハイムが評した。「昨夜は警察が浮かれ騒いでおったね」

「ミス・レイニー相手に演出したささやかな芝居をさして、そうおっしゃる?」

「他にもあったよ。マダム・ドネイと、サー・マーシャル・ダンスタンの――」

「まったく! 全部見ていたわけですか。あのねえ、男爵」バンコランは非難がましく言った。「驚かせたなら申し訳ありませんが、若者なら若気の過ちぐらいはあるでしょうし――」

フォン・アルンハイムが飲みかけのコーヒーカップをおろした。「戸惑うほど巧妙で、手がこんだやり口だったね。われわれであの二人を尋問にかけなくてはなるまい。だが、それで何が証明できる? マダム・ドネイとダンスタンの若様の仲がどうあれ、あの殺しに関与しているとは思いもよらんが」

「わが友よ、問題はそこではない。私が裏づけをとったのは、あなたにまだ見えていないが見えていて当然の事実だし、事件全体でも屈指の重要事項です」

「はっ、何を言うやら!」フォン・アルンハイムはいらいらと払いのけた。「川辺でけちな密会をしたぐらいで……」

「要点に近づいてきましたぞ、友よ! そこが肝腎です。あの二人は殺人に関わりないとミス・レイニーに教えて、肩の荷をおろしてやった――が、今の『川辺の密会』、そこまで言い切れますか？　行き先が肝腎なのに？　二人は船着場から石段を上がってきた。あの下には急な土手があるだけだし、斜面の木立につかまりながら二人きりで愛をかわしつづけられるはずがない……」

「あのモーターボートだ」フォン・アルンハイムが小声で言った。

「そう、まさしくあのモーターボート！　あの晩の川で音がしたのは二度だけだった。一度目は九時半から九時四十五分の間に髑髏城へ渡っていく音。そして戻りはホフマンとフリッツがたいまつを構えた謎の男を見かけた後だね。戻ってきて――サー・マーシャル・ダンスタンが船着場から石段を上がってきた。さて、アリソン自身、あの川を渡らなくてはならなかったのをご想起願いたい。問題は、ダンスタンとマダム・ドネイがそれに同行したのか？」

フォン・アルンハイムはナプキンを卓上に放り、腰を上げてすたすた窓辺へ行くと、指先で窓ガラスをいらいらと叩いた。だいぶたってこちらを向く。バンコランはロールパンに丁寧にバターを塗っていた。

「私は血のめぐりが鈍くない」と、ドイツ人は言い切った。「血のめぐりは断じて、絶対に悪くない。言っておくが、君が追いかけているのは見当違いだ。たてつづけにこんなあざとい技を繰り出して――そうとも。それなのに問題の根をまったく掘り進もうとはせん。あの新聞の束には手がかりを与えてくれる糸口がある。たったひとつさえ確かめられれば、それをもとに事件全体が解ける。ここの屋敷の人間はアリソンの舞台の仕事についてはほとんど知らん。妹すらあまり気にしていない。その方面を知る者を誰か見つけられれば、だいぶ進展するはずなんだ……」

「まさにぴったりの人物を教えてあげられますよ」私が申し出た。

それから、川下りの船で新聞記者ブライアン・ギャリヴァンと知り合ったいきさつを二人に話した。フォン・アルンハイムが高らかに手を打つ。

「〝ギャリヴァン〟と言ったな。うん、その名には覚えがある。アリソンの舞台報道に署名記事があった。それに、マリーガーの広報担当をしていたと言ったかね？ 結構！ 上出来じゃないか！ これで今度という今度こそ、こちらに運が向いてきたぞ」時計をちらりと確かめた。「九時十五分だし、屋敷の者はまだ起きて来ない。私はコブレンツ署で、あの城番の死体鑑識の進捗を確かめてこなくては。他の者たちの尋問は起きてきてからにして、ひとまず大急ぎで出かけてこようじゃないか……。その男に電話してくれるかね、マールさん？」

それで、私はすぐさまホテル・トラウベに電話した。電話口でずいぶん待たされた末に、寝ぼけ声のギャリヴァンが出た。事情を聞いたとたん、現金に目がさめて色めきたつ。しかしながら新聞社にはひとことも知らせてはだめだと釘をさした上で、コブレンツでの顔合わせを取り決める。戻ってみるとバンコランとフォン・アルンハイムはそれぞれ帽子をかぶって玄関先で待っていた。連れだって船着場までくだっていくと、フリッツがすでにボート置き場のモーターボートを回してくれていた。晴れた川面に飛び出すと、私は振り向いて、日中の髑髏城の城壁と双塔を初めて目にした。見れば、ドーム状になった頭のてっぺんが一ヶ所だけまばゆい光を放っている。あとの二人に指さして教えた。

「失礼ながら旦那さま」フリッツが申し分ない英語で横から口を出した。「あれはガラスなんです。あのてっぺんには温室みたいなガラス屋根の大広間がひとつだけあると聞いております。しょっちゅう小さい子らが城へ登っていって中を見ようとするんで、困ってるんですよ。それに、観光客も勝手放題しますんでね」

「あそこをぜひ見ておきたいものだ」フォン・アルンハイムがそう述べ、小手をかざして後ろを見た。「そうとも、隅から隅まであの中を徹底的に探ってみなくては」

あとは黙っているうちに、モーターボートはみるみるコブレンツへ近づいた。その朝は船が多かった。もろ肌脱ぎのたくましい船頭がひとりでたくみにオールを操り、するすると行き過ぎる。頭上にそびえるライン下りの蒸気船が黒い煙を吐き、白い船腹がまばゆい。手すり際に鈴なりの船客が川の和やかな作法にのっとり、めいめい手を振って大声で呼びかけてくる。バンコランと私はその挨拶に楽しく応じたが、フォン・アルンハイムはわき目もふらずにあの古新聞を読みふけっていた。若い女性ハイカー――よくある筋肉太りのブロンド軍団が、むきだしの脚をさらしてバックパックを背負っている――を満載した船がストルツェンフェルズへ向かう途中にすれ違いざま、娘たちの色っぽい歌声を聞かせてくれた。何分もかけて曲がりを抜け、まっすぐな川筋の右堤に青空を背にした灰色のアーレンブライトシュタイン砦、コブレンツは左岸だ――白い家並みの窓辺でゼラニウムが赤く咲き競っている。

ギャリヴァンは船着場まで迎えに出て、首を長くしていた。グレーフランネルの服を着て、パンチネロそっくりな顔を手すり越しにのぞかせている。感激の面持ちに無礼すれすれのつっけんどんなフォン・アルンハイムの態度が冷水を浴びせ、すがめた片目に好戦的な光を呼びさました。署へ寄らないといけないので、みんなでどこかで待っていてくれとフォン・アルンハイムは言った。

「今日はだいぶ蒸すね」ギャリヴァンが唇をなめて、そう言いだした。「つまりさ、今きた道を四分の一マイルがとこ戻った遊歩道の端に、屋外ビアガーデンがあるよ……」

「そこでいい」フォン・アルンハイムがうなずいた。「どこのことかはわかる。じきにそちらで合流しよう」

　ひんやりした遊歩道の木陰を一緒にとって返しながらギャリヴァンは口笛を吹き、足もとにねずみ色の土ぼこりを蹴立てて、私たちのおかげでこの件に嚙ませてもらえて途方もない借りができたなどと話していた。目当てのビアガーデンは、はるか頭上に枝を張った大木の陰に席をもうけて赤いテーブルクロスをかけ、石の手すりの向こうはきらめくライン川に面していた。川辺の手すり際の席へつくと、山小屋《シャレー》風の建物からウェイターがどたどた出てきた。

「ピルスナー三つ《ドライ》」ギャリヴァンが言った。「おれのはうんと泡立ててくれよ？　つまりさ」手刀ですぱっと平らに空を切ってみせ、裁判官ふうに威儀を正して、「ここは昔ながらの技で、ビールの泡を六インチも盛り上げるんだ」と説明する。「だから、むきになった犬みたいに通っちまうんだよ。ところでマールさんに聞いたんだけど、おれに会いたいってのはあんたで間違いない？」

「君の話をとりわけ聞きたがっているのはフォン・アルンハイム男爵だよ」バンコランが答えた。「だが、私にもいくらか情報をいただきたいね。おわかりだろうが、男爵の許可を取らずに無断で新聞社に送るのは絶対にいけないよ」

「どうやらそうらしいね。だが、そっちのルールに従うよ」

「魔術師マリーガーの広報担当をしばらくつとめていたそうだね？」

「三年ほどね、一九一〇年から一三年まで。死ぬまでだよ」

「いい雇い主だったかな？」

ギャリヴァンは煙草をもらってかぶりを振った。「特別仕様の変人だったよ。それに、雇い主はツアーマネージャーだ。あいつは雇用契約にはぜんぜんタッチしてないよ。それでも仕事は楽だったぜ。あのおやじときたら、することなすことほぼ全部がキャッチコピーのネタになったんだから」

「なるほど。よく知った間柄だったかな？」

「だんだんとなじんでったな、おれの超自然方面への関心を知られてからは。誓って言うけど、あの男はその方面じゃ、見たこともないほどの蔵書持ちだった――特に、悪魔学と魔術関連はすごかったよ。いにしえの魔法使い創案とされる特別おっかない魔術の記録をいつも本で読んでてね。それから何ヶ月も苦心惨憺《さんたん》して奇術に仕上げてた。誓って言うけど、髪の毛がぞっと逆立つしろもんだったぜ！　あの髑髏城はもう見てきたかい？」

「ほんの数室だけね。なぜ？」

「うー、ブルッとする！」そこへビールが届いたので、遠慮なくあおってまた話しだした。「何が言いたいかってと、おれ個人は昔かたぎなおもてなし派なんだ。だから、客全員を精神病院送りにしかねないおもてなしなんて、さして食指が動くもんじゃない。マリーガーってのはしょうもないピーターパン気質でね、あれだけの頭がありながら中身は子供のまんま、いっこうに大人にならずじまい。なんかくれたかと思えば、綿詰めドーナツとか、ボタンホールにさした花からぴゃっと水が噴き出て目にかかるとか、そんなんばっかさ。悪魔じみた仕掛けの天才だったし、よっぱらいやノイローゼ相手のいたずらがとりわけ好きでね……マリーガーは。マリーガー！　そうとも、あの名に似合いのやつだった。どんぴしゃだったよ……」

「じゃあ、あれは本名じゃなかった？」

「違うに決まってるだろ！　あんた、スペンサーの『妖精の女王』読んだことない？　マリーガーはそこに出てくる幽霊じみた魔物の名で、兜がわりに人間の髑髏をかぶり、敵に追いすがって討ちとりにかかれば愛馬が虎に変身するんだぜ。で、こっちのマリーガーも虎なら飼ってた、しかも一頭だけじゃない。とりわけすごい演《だ》し物を覚えてるけど、巨大なベンガル虎が炎の檻《おり》から飛び出してくる——大跳躍でひらりと舞台のフットライトを越え、かぶりつきの観客席へまっすぐ飛びこむんだ。そこでマリーガーがピストルを発射すると、その虎が（信じようと信じまいと）空中でぽんと消えちまう。いやあ、凄かった！」身ぶり手ぶりで表情たっぷりに語った。「だが、ヒステリーを起こした興行主連中に半ダースは訴訟を起こされちまって。やむなくお蔵入りになった。まったく、あれはどうやってたのかな。あんなやつ、この先も出るとは思えんね」

「鏡を使ったとか?」私が水を向けてみた。「〝もの言う生首〟の奇術みたいに?」

「鏡か」ギャリヴァンが言った。「この目で見たんだ。ある晩、あの城で寝ているおれに例の虎をけしかけられた時には、鏡なんかひとつもなかった。でさ——それでも冗談なんだ。やつのすることなすことにおれが罰当たりなほどの関心を持ってなきゃ、あの場ですぐ辞めてただろうな、くそいまいましい。で、面と向かってそう言ってやった」ギャリヴァンは浮かぬ顔でビールをちびりとやった。「想像してみてくれよ、六フィート二インチもある筋肉男を。想像してみてくれよ、時に灰色、時に黒に見える底なしのぎょろ目を、黒い眉を、でっかい海坊主のおでこを。ぼさぼさの赤毛が肩の半ばを覆い——猿《ましら》の長い腕をぶらぶらさせてのしかかってくんだぜ。黄ばんだ歯をむいて、煙草を片手に笑う姿を想像してみてくれよ。そいつがマリーガーだ。今頃は地獄で焼かれてるだろうが、そうされても本望なんじゃないか」

だん、とグラスを置くと、ラインの川辺をさみどりに染める木洩れ日を、椅子にもたれて眺めた。

「それで」バンコランがちょっと間を置いて続けた。「私生活では、どんな話をご存じかな? 本名? 出自? 国籍などは?」

「いやあ、ひとつも知らんよ! やつは一八九九年にひと財産持ってアフリカから出てきた。そこまでだね。ほうぼう旅してあらゆることを見聞きしてきただけあって、さっぱり見当もつかんよ。十ヶ国語を完璧にしゃべったし——まあね、言わせてもらえばさ、スペンサーを読み、サー・トーマス・マロリーを読み、『ベオウルフ』を読み、『魔術一切、イングランドの水際で食い止めるべし』とジェームズ一世が述べた『悪魔学』なんかを読んでるやつだぜ。だがな、ヴィトゥーやドラクロワやベサックやフロリアン－パルマンティエなんかをうかつにフランス語で持ち出そうもんなら――」

「君こそ、どういういきさつで」バンコランがさえぎった。「そんな名前を知っているのかね？　ドラクロワの著作『十七世紀の魔女裁判《レ・プロセ・ド・ソルセルリー・オーディセプティエーム・シエークル》』は、ほとんど知られていないのに……」

猫背の記者は古帽子をいっそう深くかぶった。口もとに深い笑いじわがあらわれ、まぶしそうに太陽を仰ぐ。

「オックスフォードだよ」と照れた。「大昔にブレイスノーズ・カレッジに入った。そっちで手ほどきを受けてさらにソルボンヌへ行ってさ。いったんは物書きになろうとしたんだ。ああ、そうだよ。イーストハム（ロンドン東部の下町）のおばちゃん連中向けに、ちょっとした観光うんちく本を何冊か書いてさ……」テーブルに指をむやみとのたくらせる。「ああもう！　おれはどうでもいいよ。そうは見えんだろうけど、もう四十六歳なんだぜ？……今はマリーガーの話だろうに」

「そうだな。それ以上は何もない？」

「うーん……女とか？　あいつの私生活の話、聞きたい？」

「そのために出てきたんだよ」

「風評と事実の線引きはちっとあれだが、そっち方面なら任しとけ。女房と愛人が一人ずついた。どっちもかたく口止めされてたね。あの頃は、今より楽にそうできたんだ。たしか、やつのロンドン初公演の時点で愛人に子供が一人いたはずだよ。その女はお払い箱になって、どこぞで死んだ。女房はおれが雇われる前の話で──やつの広報担当になった時はなにぶん若造だったからさ、よくは知らない。たしか秘密婚と聞いてる。奥さんの身内に反対されたんだ。同居したこともなかったと思う。まあとにかく、死ぬだいぶ前に終わった話だ」

「愛人に子供がいたのか」バンコランがつぶやいた。「ふむ。その愛人はどういう人だったのかな?」

「名前は知らないんだ。あんたなら、もしかすると調べがつくんじゃないのか……。だが、いっぺんだけ見かけたことがある。別れて何年もたった頃にな。一九一一年だったかな、パリだったよ。おれは友達《ダチ》と一緒だった。パリのヘラルドにいたやつだ。二人でどこぞのカフェかなんかに腰をおろして──どこだったかなあ、覚えてないなあ──そしたらやつに肘でこづかれて、こう言われたんだ。『おまえの親友マリーガーさんのレコがいるぜ』その女は別のテーブル席でアブサントを飲んでた。かなり変わり果ててみすぼらしくなってた。だが、昔ははっとするような美人だったんだぜ──長い髪の、目立つブロンドだった」

「それで、子供は?」

「さあ、そいつはさっぱり……。いや、ちょっと待った!」ギャリヴァンはおもむろに拳をテーブルに打ちつけると、みっともないほど顔をゆがめて記憶を探った。「どうもそうみたいだなあ……。そんなに前じゃないけど、あの詮索がましいゴシップコラムを担当してるディック・アンシルと話してたんだ。他人の私生活をほじくりまわす、目ん玉つぶしてやりたくなるような連中の一人だよ。プレスディナーかなんかの席上で、二人して相当できあがっててさ、そんとき言われた。『あのな、あのマリーガーの謎の落とし胤《だね》さ、覚えてるかい。何年も前、誰もかれもが探り出そうとしてた子だよ？』（そのネタはある種、伝説の謎だったんだ）おれは言ってやった。『その時おまえがいなくてよかったよ。さもなきゃ誰もおちおち私生児なんか生めなかっただろうな』そしたら、名前をつきとめたってさ。ひととおり話してくれた。誰もかれもがぶったまげそうな一部始終をさ。そして、やつらしく意地悪く忍び笑いしやがった。だから、きれいさっぱり忘れないと、おれがボトルでぶん殴って忘れさせてやるぜと言ってやった。とにかく、やつから聞いたのはたしかだ。名前はええと……ああ、くそ！……だめだ、忘れちまった。それ、すごく大事だったかい？」

「もしかするとね。はっきりとは言い切れないが」

「まあね、ディックならいつでも電信打って聞いてやれるぜ。あんたが本気で知りたいってんなら」と振り向いて、遊歩道の先を見た。

「おーい、こっちだこっち！　フォン・アルンハイム男爵がおいでなすったぜ。しかもやっこさん、カナリアを丸飲みした猫もかくやのえびす顔だ、ふむ。さて、今度はおれに何を聞きたいのかな？……」

12　人間たいまつ

フォン・アルンハイムはちょっと会釈して席につき、ビールを注文した。まだ持ち歩いていた例の古新聞の束をすぐ横の椅子に置き、両手をきちんと卓上に重ねてきぱき話しだした。

「ギャリヴァンさん、現時点で報道関係者はあなただけだね？」

ギャリヴァンは「報道関係者」なる物言いに鼻白みながらもうなずいた。

「ただし、ドイツの各紙に動きがなければ。大陸の記者の半数は知り合いだが、このへんじゃ誰も見かけてない。今んところはただの地方ネタどまりだけど、なんか進展でもありゃ、そのつど流してもらえれば……」

「進展はあるよ」フォン・アルンハイムが口を出した。「ただし、今はまだ他言無用だ。それでもたってとあらば、ほんのさわりだけなら構わんよ。声明を出しなさい、本件を手がけるベルリン警察のフォン・アルンハイムは二十四時間以内に犯人逮捕を果たすと。〝ただし〟とか、〝かりに〟とか不確かな物言いは一切抜きで、それだけを。犯人逮捕は間違いなく期限内に果たしましょう」

　そこで間があった。バンコランが何やら考える顔で煙草をつける。

「実際は」ギャリヴァンが言った。「ここにいるあんたらお二人がその――協力して捜査に当たってますよね。あの――」

「わが友バンコランの許可がおりれば」フォン・アルンハイムが言った。「それも記事にしていい」きつく唇を結んだまま笑顔をつくった。「当然ながら、逮捕は今夜行なう。さてと、用件にかかろう。マールさんに聞いた話では、ひところマイロン・アリソン氏と親しかったそうだね。その通りかな?」

「うーん、そこまでは言わんが、まあ知ってはいたよ」

「気持ちのいい人だったかね?」

「プレス受けはよかった。それなりにいいやつだったよ。つまりさ――よく、シャンパンつきでディナーをおごってくれたり、親しげにファーストネームで呼びかけるとか、おれたちとざっくばらんに付き合うのが好きだったんだ。世間じゃ、うんと底意地悪いひねくれ者みたいな言われようだったけど、ずいぶん褒めて書いたから、おれにはいつもよくしてくれた。まったくなあ、名優だったとはこれっぽっちも思わんが、おれはマントに剣の時代物に目がなくてさ……」

「魔術師のマリーガーとアリソンは大変に親しかったそうだが?」

「うーん……。まあねえ、そんな説もあるけど。おれの目にゃ、いつだって根深い恨みでつながってるみたいだったぜ。問題はそこなんだ。アリソンって、むかつくほどいい男だっただろ。声よし、姿よしで女どものアイドル、物まねをやらせりゃ大した名人。舞台じゃダグラス・フエアバンクスばりの軽業じみた大立ち回りの第一人者、なにより舞台の勘どころが一流に冴えてた。だがね、本人はとにかく名優と思われたかったんだ。マリーガーはそのわずかな急所をとらえて、アリソンをいたぶった。ずぶりとナイフを刺すみたいにしてさ……」

頭上の枝でけたたましく羽ばたき騒ぐ鳥の声。うららかな川面に、蒸気船の鳴らす鐘がよく通る。晴れわたった空が白むほど、コブレンツ市街に太陽が照りつけている。対岸には、炎色の花をあしらった白い窓辺の家並みがくっきり見えている。フォン・アルンハイムがおもむろにビアグラスを傾けた……。

「絶対忘れないだろうよ」ギャリヴァンが言った。「マリーガーとの出会いはその時だ。一九一〇年、やつに雇われる半年前だった。その晩はアリソンが一世一代の大成功を収めた舞台の初日だったんだよ。

その芝居にゃ、背筋がゾクゾクし通しだったぜ。それもそのはず、小僭称者《ヤング・プリテンダー》時代のスコットランドはハイランドの物語なんだから。悲しくも勇壮な民族蜂起、スコットランド氏族のバグパイプ、ステージ外で民謡『スカイ・ボートソング』を合唱させ、カロドンの最後の突撃とかな——はは！　アリソンはボニー・プリンス・チャーリー役で満場をわかせた。

おれはリハーサルを観せてもらったんだけど、あとで楽屋へ遊びにこないかとアリソンに誘われて有頂天になった。そっちはホワイトタイの正装組が押すな押すなだったけど、構わずに入ったぜ。アリソンは鏡のふちに電球をあしらった専用化粧台で、顔のドーランを落としている最中だった。短剣と長靴の舞台衣装のまんま、煙草をすぱすぱやりながらね。そこらじゅう花やら祝電やらでごった返し、脂粉の香と人の声でむせかえりそうだった。アリソンはずっと満面の笑みで、『なあ、おれの演技どうだった？　おれの演技どうだった？』と、不安にかられたプリマドンナよろしく尋ね回ってさ、誰もかれも最高でしたよと太鼓判を押してやる。そこへやぶからぼうに、場がしんとしちまうことが起きた。

誰かがノックしてドアを開けた。見れば長い黒マントに古風な黒い飾り襟をつけた赤毛の大男が、金握りのステッキをついて立ってた。懐中時計の鎖に金の印章飾り、剣呑な面構えでな。実際はアリソンより上背があったわけでもないのに、迫力だけで部屋いっぱいだった。アリソンの目がぱっと明るくなって、座り直すと天井に煙を吐き、必死で昂ぶりを抑えていた。『や、マリーガーじゃないか！　気に入ったかい？』相手はただ彼を見ただけだ。ようやく口を開いて、『吐き気がしたよ、一幕通して観ていられなかった。おまえときたら、さらにひどい。このまま終生、箸にも棒にもかからん大根以外にはなれっこないだろうな』」

ギャリヴァンがやれやれと頭を振る。かたちばかり笑ってみせたが、場面の再現中はわれわれのことも失念していたのではないかというほど全身全霊で打ちこみ、真に迫っていた。吸いかけの煙草を柵越しに川へ捨てる。

「お笑いだったぜ。まるで正真正銘の十八世紀の人間みたいに、アリソンが短剣に手をかけたのは覚えてる。マリーガーが出がけにドアを叩きつけた勢いで、照明が揺れたのも。そこでアリソンは軽く笑い飛ばそうとし、居合わせたお追従屋どもがまた口々にほめそやした。だが、いつもそんな調子で――マリーガーは頑として大根呼ばわりをやめなかった」

フォン・アルンハイムが目を細めてうなずいた。「だが、あなたが知る限り、公の場で大立ち回りを演じたことはなかった？」

「うーん……。まあ、一度だけだが一触即発だったかな」

「で、それはどういう？」

「さる名流のお屋敷の余興でね、アリソンがマリーガーの舞台の形態模写をやってさ――衣装といい、メーキャップといい、何もかもそっくり。うまいもんだったぜ。さっきも言ったようにアリソンは物まねが一流だった。敵意むきだしにうまく物まねしたおかげで、誰もかれも腹をかかえて爆笑したよ。そこで誰かがふと気づけば、奥まった場所で嗅ぎ煙草をやりながら立ち見してたマリーガー本人がいた」

「ほう、それで？」フォン・アルンハイムの声に熱がこもり、乗り出して両拳でテーブルを叩いた。「どうなりました？」

「何も。嗅ぎ煙草をもうひとつまみやって、楽しそうにこう言っただけさ。『後悔させてやるぞ、この野郎』だけど、ほんの刹那《せつな》ぞっとしたよ。やつの片手のひと振りで全員が豚かなんかに変えられちまうんじゃないかってね。で、また目を向けると、もういなかった――ちょうどこんなふうに」

ギャリヴァンが指を鳴らしてみせた。三人が座り直す重みで椅子がきしんだ。さっきのウェイターがビールのおかわりを持ってくる。

「妙なのはさ」憂鬱そうに記者が言った。「あの二人はいろんな点で性格が似てたんだ。切っても切れない間柄だった。まるで、互いの防御も攻撃も知りつくしたシャム双生児がめいめい剣をとって、刃が届かないのを承知で決闘でもしてたみたいだ。だが、思えばマリーガーのほうが魂の器が大きかったかな。いまどきの原子だの分子だのってやつはわからんけど、生命力の塊みたいなものが聳え立っていて、巨大な手で揺さぶられるような感じがした。死でさえ、あいつを虚空に解き放つのが精一杯で、いきなりぱちんと元に戻るんじゃないか、という気がした。『黄金の川の王様』でばらばらに飛んでった男の手足みたいに。もしも息子がいたら……」

しだいにギャリヴァンの話しぶりは目につかぬほどの変化をとげ、だんだんと昨日知り合った不景気な三文記者とは似て非なるものになってきた。今では顕微鏡をのぞきこむ研究者の雰囲気をかもしだしている。柵向こうの川面では、釣り舟が孤高の釣り人につきものの謎めいた感じを漂わせて、ゆるやかに通り過ぎた。ギャリヴァンが帽子をとり、砂色のもじゃもじゃ髪をさらす。真昼の日差しの下で、木々や川や手にしたグラスなど、あちこちに細めた目を走らせた。フォン・アルンハイムがうながした。

「ここで論じているのは科学でも形而上哲学でもない。事実というものがあるだろう……」

「そうだな」ギャリヴァンははっと我に返った。「悪かった、どんどん質問してくれ」

「ここに持ってきたのは」とドイツ人が続けた。「かなりの数の古新聞で、マイロン・アリソンの昔の芝居についての記事がもれなく載っている。記事のいくつかは、君が書いたものだ。そのすべてに、アリソンの長年の抱負とやらについて言及がある。生涯の夢として、いつかはある劇を上演してみたいという本人の談話が……」

「ああ」

「ドイツ人ハインリッヒ・エルクマン‐ヴォルフの『赤ひげ』なる戯曲だ。大変な大仕掛けの芝居で、どこであれ、なみの舞台には掛けられそうもない。上演が可能とはとうてい思えん。エキストラを何千人も要するし。舞台設定はローマ皇帝ネロの時代で、記事によると……」

「もちろん覚えてるよ」ギャリヴァンが言った。「なにかというとその話だったんだから。おれはその脚本を読んでない。スポンサーがまったく見つからなかったか、莫大な経費を自腹じゃ捻出できなかったんだ。だが、そいつが俳優人生最大の作品になるはずだっていつも言ってた。憑かれていた、と言ってもいいくらいだった」

フォン・アルンハイムが古新聞の記事をあらためる。「本人談によると、カンタヌス・ルーポーという役を演じたい。若いローマ貴族で後にキリスト教徒たちの指導者となり、最後はネロに死刑を宣告されるという役だ。その通りかな?」

「覚えてないなあ。けど、たぶんそうだよ……。ああ、そうそう！　思いだした、思いだした。円形闘技場の場面ってのが、映画でも太刀打ちできないド迫力になるはずだった……」

フォン・アルンハイムは満足を隠しきれないようだった。あの古新聞をそうっと丁寧に畳む手つきからすると、タイヤに空気を送りこむように、勝ち誇った気分が体内にじわじわたまっていくらしかった。

「大変けっこう。情報を寄せてくださって誠にご苦労でした、ギャリヴァンさん。それに、特定の人物の人柄や性格についての詳しいご教示にも感謝にたえません。さ、これを！」メモ帳を一枚ちぎってさらさらと走り書きすると、テーブル越しにギャリヴァンへ放ってよこした。「コンラート判事にお見せなさい。そうすれば、あなたの――記事に要りそうな事実はすべて教えてもらえます。ところで、髑髏城の内部にお詳しいと聞いたが？」

「あそこなら、暗がりでも勝手がわかると思うよ」

「結構」これ以上ないほどのご満悦で、同席者をぐるりと見渡した。「諸君、今夜はちょっとした余興を企画しています。諸君が今まで目にしたかもしれんどんな演目にも負けず劣らず、手に汗握るのは保証しますよ……。ギャリヴァンさん、よろしければぜひ今夜、晩餐後にアリソン邸へおいで願えますかな？　なんなら一泊用の支度をしておいでなさい。われわれ一同、髑髏城でそろって夜明かしするつもりですのでね。今はそれだけ申し上げておきます」

このやりとりに、バンコランは終始口出ししなかった。ここで煙草の吸いさしを柵越しに投げ捨て、なにやら胸中の物思いから覚めたらしかった。目をみはってフォン・アルンハイムをうかがい見ると、私へかぶりを振った。苦い表情は、「前に言った通りになっただろう。彼はこういう人間なのだ、ジェフ」と言わんばかりだが、口ではやぶからぼうにこんなことを言いだした。

「ことによると、それがいちばんかもしれんな……」

「いちばんとは、なんのことかね？」フォン・アルンハイムが向き直って問い詰めた。

「なに、ただの独り言だよ。うっかりしただけさ、男爵。これは失礼した」

「今の質問の筋道は君にもわかっただろう——あの芝居のことなど？」

今度のバンコランは、ふりではなかった。フォン・アルンハイムにも伝わるほど、しんから狐につままれていた。

「一本取られたよ、わが友。白状するが、さっぱり筋道が見えなかった」

フォン・アルンハイムは立って、コートのボタンをかけた。灰色のフェルト帽を陽気なあみだにして、刈り上げた頭にきちっとかぶせた。「かくの如く運命は紡がれり《シーク・ウオルウェーレ・パルカス》！　君には大事な鍵がわからなかったのだな。まあまあ、いいじゃないか。今度は私のほうが少しばかり君らを煙に巻いてもいいころだ。さて、よろしければアリソン邸へ一緒に戻って、難点のいくつかを解決しようじゃないか」

二人が先に立ち、ギャリヴァンと私はちょっと離れて遊歩道をついていった。記者は猫背ぎみの肩を振り、袖の中で長い腕をだらっと垂らしている。陽気に口笛を吹いていたが、その跳ねるような、耳について離れない調べがほとんど終わりかけたところで、私はその曲が何だか気づいてぎょっとした——『アマリリス』だ！

「一体全体、どこからそんな——？」と聞いてみた。

「ああ、新聞で読んだ」にやりと横目で笑って教えてくれた。「殺人のさなかに鳴ってたと、大々的に書き立ててたぜ。ヴァイオリニストかなんかが——名前は思い出せないけど。新聞には名前を出さなかったんじゃないかな——ぎこぎこ弾いてたんだよな」あごで、前を行く二人をさした。「ずっと言わなかったけどさ……どっちに勝ち目がある？」

「あの二人の?」

「そうだよ、おれだって馬鹿じゃない。あいつらはチャンスさえあれば、互いの心臓をえぐりだしかねない。さぞかし見ごたえのあるショーのはずだ、ブライアン・ギャリヴァン様が生体解剖の立ち会いをつとめようじゃないか。こう言ってよければ、お手並み拝見というところだ。ま、そいじゃ――これからホテルへ飛んで帰って打電してくる――どうもね。じゃ、また後で」

遊歩道を歩きながら妙な感覚に襲われた。ある場所では、蔦がからまる大きな石壁が影を落とし、その奥には、サクソン王家歴代の古い夏離宮へ連なるテラスつき庭園がある。またある場所では道の上に石橋のアーチが高くそびえ、夜には箱形ランタンがひそやかに音の響く涼しいトンネル内に黄色い光を投げかけた。夜のコブレンツにはたくさんの音がこだまする。華やかなゼラニウムや別荘にごまかされてはいけない。その裏には朽ちかけた古い破風がごちゃごちゃ固まって半ば忘れられているのだ。カエサルがラインに架橋して以来、当地では、いくたびも鐘が鳴り、あまたの男が死んだ。だが、今この時はさんさんと明るい昼ひなかに――トンネル内は薄暗いが――すぐ後からついてくる足音がはっきり聞こえた。ギャリヴァンが砂利を踏んで、『アマリリス』を口笛で吹きながら大股に歩いている。肩越しにちらりとうかがう。ただの幻だ、こだまのいたずらか何かだ。この場にはひんやりした薄暗い空間があるばかり。あの馬鹿げた口笛の鳴るこの場には、私たちしかいない……。

ギャリヴァンと別れた後、ライン街で荷車に轢かれそうになった時でさえ、幻は私につきまとって離れなかった。翼がかすめて行く。足音(はっきり思い出せる)が間断なくずっと続いている。あの『アマリリス』の口笛がそれらを召喚したのかもしれないなどと、かなり怖い想像が私をとらえる。バンコランとフォン・アルンハイムにちょっと待っててくれと頼み、途中の店へ寄って煙草を買おうとするころには、あの曲をさえぎるためなら何でも試してやるという気にさえなっていた。店のスクリーンドアをばたんと閉め、煙草を買って出てくると、ほっとすることにあの足音はもうしなかった。大声で騒ぎながら子供らが走り過ぎる。店のショーウィンドウには観光土産にドイツ皇帝ヴィルヘルム一世の騎馬像の小型模型がいくつも並び、人のいない白い路上が陽ざしをはじいてさらに白い。

バタバタ音を立てるモーターボートで屋敷へ戻る途中、こんなバンコランの声を聞いた。

「——どうだろう、ダンスタンへの質問をジェフに任せては。むろん、あからさまな尋問じゃない。この人の数少ない特技でね、男爵、うまく立ち回って人にしゃべらせるこつを心得ている。そこが使いどころなのですよ。マダム・ドネイはわれわれで扱える。ですが、ダンスタンはどうでも自分から口を割らせませんとね。納得さえすればしゃべってくれるでしょうが、それ以外で口を割らせるのは無理です……。何を白昼夢にふけっているんだ、ジェフ?」

私はもごもご言い訳した。フリッツが日除けの防水布をかけてくれていたので、ボートの後部座席は涼しかった。三人でずっと黙りこくっていたら、アリソン邸の船着場が見えたあたりで、片手で頬杖ついたフォン・アルンハイムがこんなことを言い出した。

「部外者の邪魔はもう入らんから、ここで話しておきたいことがある」

その声は重苦しかった。クリーム状に泡立つ水がへさきをなでていく。

「われわれが立ち向かうのは恐ろしい殺人者だ。われわれが立ち向かうのはワーグナーはだしの劇的効果を求める輩《やから》だ。いいかな！　アリソンが『赤ひげ』でキリスト教徒の指導者役をやりたがっていたのは覚えているだろう？」

バンコランは答えなかった。私は上体をねじり、片眼鏡を日光に縁取られた硬い表情を見た。

「君の見落としを教えてあげよう」私の耳の後ろで声が続ける。

モーター音に負けじと声を張る。「はい……」

「劇中では死刑を宣告される設定だったな？」

「はい」

「では、赤ひげネロは、目の敵にしたキリスト教徒たちへのどんな仕打ちで悪名高いかな？」

「えーと……ライオンに食わせたかな」私が言った。

片眼鏡がぎらりと光り、身を乗り出す。「そうとも！　あとは？」

「えーと、全身にタールを塗りたくって火をかけ、人間たいまつとして使いまし……。えっ、そんな！」息をのみ、あやうく飛び上がりそうになった。

沈黙。それからフォン・アルンハイムが言った。「アリソンは念願の役を得たんだ」

モーターボートが滑るように接岸、船着場にどすんとぶつかった。

13　ダンスタンは語り——ドネイが聞く

その日の昼食はあまりにぎやかではなかった。降りてきた顔ぶれはルヴァスール、ダンスタン、公爵夫人だが、あとの者は顔も出さない。乏しい会話の埋め合わせにミス・アリソンが陽気な大声を張り上げるのが聞くともなく聞こえた。バンコランとテーブル越しにやりとりしていたが、大量のワインをきこしめしてちょっと酔っぱらっている。ダンスタンは出された料理にろくに手をつけない——これまで見せたことのない心配顔で、一度など水のグラスを派手に膝にこぼしてしまった。ルヴァスールはいかにも食べ物にうるさいフランス人らしく目の前の料理に関心を寄せ、浅黒い顔をろくに皿から上げようともしない。目ざといフォン・アルンハイムにテーブルをくまなく見られているというのに、ダンスタンのお行儀は一向にましにならなかった。やがて公爵夫人が猥談を始め、かなりきわどい話だったので、各人各様の反応に興をそそられた。バンコランはからっと笑い飛ばした。やるねえ、と、ひとりほくそ笑んだルヴァスールはローストダック掘削事業を続行した。フォン・アルンハイムの耳にはまったく入らなかったらしい。だが、ダンスタンはわずかに青ざめた。ショックで露骨に当惑し、それ以上に——両手でちゃんとナプキンを持っていられないありさまだった。そんな話がもうひとつ披露された。情事たけなわに、寝取られ夫が思いがけず帰宅したという……。

食事がすむと公爵夫人はよっこらしょと腰を上げ、杖をどんどんと叩いてバンコランにチェスの勝負を挑んだ。話のたねなら無尽蔵なこのフランス人探偵と、しばらく邪魔のこない階上《うえ》の私室でさし向かいのよもやま話としゃれこむ気なのだ。ルヴァスールは食べ終えるや知らん顔で出ていった。フォン・アルンハイムはごくかすかな頭の動きで、けどられないようにダンスタンのほうを指しておいて、ぶらぶら二階へ行った。そして、あの若者は私の予想通りに動いた。ためらいがちに二階へ行きかけ、思い直して図書室へ。やがて本を持ってベランダへ向かった。予定では私が内々でちょっと話を聞かせてもらっている間、イゾベル・ドネイの押さえをフォン・アルンハイムがつとめることになっている。

ポーチの軒先にはもう、赤白縞の大きな日除けが出ていた。ダンスタンは隅の籐椅子で手足を投げ出してはるかな川面をにらんでいた。今日は派手な混色のクリケット用コートに、スカーフを首に結んでいる。両脚を組んでせかせか上下に揺すっていた。傍らには読みもしない本が転がっている。持ち出した本は『ブラッドショー鉄道案内』、どんな本と間違えてこうなったのやら、なるべく知らん顔をしておいた。

こちらから話しかけて、「この辺にテニスコートはないかな？　あれば二セットぐらいいけるんだが」

うつむいたままのダンスタンがスカーフの中に言葉を吐き出した。「まったくだ！　あればいいのに！　二、三回、バシッとやればちょうどいい——スマッシュの稽古になるね」あいかわらず脚をぶらぶらさせている。「運動ジムはあるんだよ。だけど体操用棍棒をぶん回したい人なんかいる？　ひとを殴らずにはいられないよ。他は、うーん、どうだろう。ただ……。あ、そうだ！」と、いいことを思いついたという顔でこっちを見た。「気つけに一杯やりましょう」

まったく痛々しいほど若かった。しかし、そういう気分がどんなものかは身に覚えがないでもないし、同情も感じた。それで、ことさら明るい口調で言ってやった。

「日が高いうちからじゃ早すぎるよ。夏の昼ひなかに酔っぱらいでもしてみたまえ、太陽にあぶられて頭と目がずきずき痛み、最悪の気分になるぞ」

「まったくだ！　その通りだよ！　そこはちっとも思いつかなかった」新しい考えのおかげで一瞬だけ気がそれたが、またしても憂鬱がしっかりと根を張り、片脚がまたぞろ、ぴょんぴょんと上下に躍りはじめた……。

「何ならあのモーターボートを借りて、ちょっとストルツェンフェルズまで飛ばしてみてはどうだろう」私が提案した。「運転が君にできれば、それがいいよ。ぼくはできないんだ」

「ああ、できますよ。うちの屋敷には、ぼく専用のきれいな小型船があるので――」はっと身体を起こし、こちらを見てきたが、私は空っとぼけて地平線を眺めていた。すると、どなるように言い放った。「でも、あのいまいましいボートには近づきたくない、聞いてるかい？　嫌だよ、触るのだってごめんだ」

あとは、やれビリヤードには飽き飽きだの、他にも帯に短したすきに長し、とひとしきり出尽くしたあげくに裏手の森の散策を持ち出して彼を承知させた。船着場からの分かれ道が家のイが戻りがけにその道を使ったせいで、ずっと頭から離れなかったらしい。

石段をくだってその小道を見つけ、大地をえぐる断崖沿いに登っていく。屋敷の側面に沿ったところでは、道は二階バルコニーに通じる外階段のすぐ近くを通っていた。やがて、樹々がふんだんに雨露を含んだ下枝をさしかわし、涼しいトンネルを作る場所にさしかかった。石壁を巡らした高台へようやくたどりつくかなり前に、ある問題が自己解決できた——殺人のあったあの晩、ダンスタンとイゾベル・ドネイはここへきていない。この抜け道は——今のように晴れていてさえぬかるみ、ごつごつ岩がちで険しく、うっかりすると足を踏み外しかねない、ひとつ間違えば危ない道なのだ。いたるところ黒苺やセンダングサの深い藪だらけ、すぐ足もとが五十フィートの断崖絶壁という場所まである。大の男の私が昼ひなかに登ってさえ大変な思いをする。いつの時間だろうがイゾベル・ドネイのようなか弱い女が登ってこられるわけがない、まして夜など論外だ。

山腹から小さな棚状に突き出たこの場所は白樺や菩提樹に囲われ、幹の向こうに川を一望する絶景が開けている。苔《こけ》と、湿った土の香に満ちた緑の黄昏。正体不明の気配が、私たちの出現でがさごそ音をたてて逃げていった。ダンスタンは低い石壁に腰をおろして両膝を抱えこみ、絡み合う大枝をじっと見上げた。顔にできていたみっともない小じわは、そのうちきれいに消えた。藪の中で何かがぎしぎし言い、キツツキのかすかな音がする。ライン川の眠るような息遣いが、周囲を静けさでみたす。とりとめない話をあれこれしたあと、こう言ってみた。

「女連れなら最高の場所だね。ここまでがあんな険しい道でなければの話だけど……」

「ああ……それは言えるね……」と、若者は顔をそむけた。今のをぶしつけな言葉と取ったのだ。

「でも、川を渡るほうがうんと楽だね」私が思案のふりで指摘した。「ボートがあれば、対岸のどこかに小さな入江が絶対あるだろうし」

樹木のざわめきがふっと途絶えたような気がした。もう、シダの葉陰の息遣いはない。ダンスタンからずっと目を離さずにいたわけではないが、長い指が石壁の端を割れんばかりに握りしめたのが見えた。恐ろしい沈黙！　石壁の端に並んで腰をおろすと、私は自分の時計を出した。

「遅くなった」と言ってみた。「二時ちょうどか……」

「馬鹿を言うな！」私が話題を変えたと思ったダンスタンは、楽に息をつけるようになるといきなり大声を出した。「何を言ってる。ぼくの時計ではまだ半過ぎ――」

そこで言葉を切った。私は目を上げなかったが、時計のガラス面に相手の影が落ちていた。着実な時計の音が不自然なほどに響く。悟ったのだ。ダンスタンは言葉にならないほど激しい恐怖の声を押し殺した。しだいに怒りがたぎり、わだかまって険悪にかたまる。彼は立ち上がった……。

「落ち着いて」私は声をかけた。「ぼくなら、半分の力も出さずに君を石壁の向こうへ放り投げてしまえるよ。わかってるだろう」

「このいまいましい下司野郎《げす》!」と彼が激しく言った。「あの伝言を書いたのはおまえだな」

「いやいや、ぼくじゃないよ。かりにそうなら、お怒りごもっともと言うべきだけど」

「じゃあ、誰だったんだ?」

取り繕おうともしない。秘密に通じるドアはノックされてしまった。寄せ手を阻もうと立ちはだかり、曲げた腕をむやみに振り回して、鼻の穴を広げている。青いクリケットコートのなかで、貧弱な腕の筋肉がふくらんでいた。私は立ち上がると彼の両肩をつかんで揺すぶり、まともに目をのぞきこんでやった。両目とも険しく血走らせている。

「汚い引っかけだった」彼に言ってやった。「誰がやったかはこのさい問題じゃない、だろう? だから、ここを切り抜ける手をなんとか一緒に考えないと」

「切り抜ける手? 何を言ってるんだ! お笑いだよ! 屋敷中に知られてるかもしれないのに」

「誰にも知られていないよ」私は嘘をついた。「バンコランとぼくだけだ。そして――これは彼の仕事だ。もしも彼が知っていることを洗いざらいしゃべってしまったら、フランスでは今後かなりの人が安眠できなくなるだろう。でも、そんな人じゃないよ。目をさましたまえ! こんな窮地はなにも君が初めてじゃない。世の中にはよくあることだよ」

彼はけげんな顔で私を見た。ジャムの盗み食いでおまわりさんに捕まるのを恐れる子供をさとすような口ぶりだったからだ。震えるように息をつき、また腰をおろした。「確かかい」と食い下がる。「知られていないというのは? あれ以来、本当に生きた心地がしなかった――」

「大丈夫だよ」

「あの、どういう意味かな」とためらいがちに尋ねた――「世の中にはよくあることだって?」

肩をすくめながら、思いつくままにいろんな実例をあげてやった。けげんな顔が、しだいに驚き顔になる。どうやら安心のあまり、頭の働きが止まってしまったらしい。それでも猛然と、

「じゃあ、一体なんでそんな――!」

目下の急務は殺人捜査であり、不倫なんか調べている場合ではない、と納得させるのにずいぶん骨を折った。この男には、不倫現場を押さえられるほうが絞首刑よりましだとわからないのだ。それで私はあのいまいましいモーターボートの証拠を持ち出すついでに、こう強調しておいた。彼の潔白が証明できれば、どんなにいかがわしい行為をしようと世間に公表はしない。これから打ち明け話を聞かされるのは目に見えていた。早晩、胸の重荷をおろさないではいられなかったのだ……。

「いいかい」私は締めくくった。「君とマダム・ドネイはあの時、本当はモーターボートで出かけていたんだろう?」

「君になら話すのは構わないよ」と彼は言った。「でも、あの探偵には話せない。言っておくぞ、絶対無理だ。なんでかわからないんだけど――」

「まあ、そっちはぼくが何とかしよう。君自身がじかに会うには及ばないよ」

どういうわけか、このひとことで彼の恐怖は雲散霧消した。「それに」ぽつりと言う。「君のまったく知らない部分の問題もあるんでね。ああもう、泥沼だよ!　実はぼく――ぼく、あの

人に首ったけなんだ。あきらめるなんて無理だよ、そんなつもりもないし。聞いてるのか？」石壁に拳を打ちつけ、振り向いて私を睨みつけた。「彼女があのろくでなしの夫にどんな目にあわされてきたかを知れば、君だって――！」

昔ながらの世迷言《よまいごと》だ。何と楽しげな（それに私が知る限りでは何と真実味のある）歌だろうか。クリスマスキャロルでいう、「名にしおうグリーンランドの山々」から「アフリカの陽光たたえたる泉水」と夢見がちに表現された場所まで、世にあまねく歌われてきた歌だ！　途中でちょっと調子っぱずれの狂騒曲《ラプソディ》になりかけた部分も真顔で傾聴してやった。人生はメロドラマそのものだ。こんな言葉さえ出るほどに。「もしも夫が殴ってくれさえすれば――！」なぜ血も涙もない夫を持つ妻たちは、常に夫に殴ってほしがるのか、殴られなかったらむしろまごついた顔をするのかわからない。まあとにかく、そういうことだ。それに同情もできる。というのも――昔風の尺度に照らせば――ジェローム・ドネイはだめな夫からは程遠い。もっとひどい、狭量で横暴、ただの卑劣な人間というだけだ。

「彼女と出会ったのは一年前のブリュッセルだ」ダンスタンが続けた。「ぼくのほうはそれっきり忘れていたと思う。それで先週、新作舞台のデザインの件でアリソンに会いにここへきたんだ。彼女が泊まっているなんて知らなかった。何でそうなったかさえ正確にはわからないんだけど、ただ、彼女にお茶のカップを手渡してもらったはずみに互いの手が触れ、こっちはいきなり真っ赤になっちゃって大慌てさ。すごく馬鹿みたいに聞こえるのはわかっているけど、そんなんじゃないんだよ」

だんだん早口になり、言い分もほとんど支離滅裂だ。

「なかでも最悪だったのはね、ぼくはここに泊まっている女の子と婚約も同然の仲なんだよ！　そっちは知らなかっただろう？　あの小娘——サリー・レイニーさ。つまりね、君は告げ口なんかしないよね……もうこんなこと続けていられないけど、面と向かってあの子に言う度胸はないんだ。ずっとこのままじゃいられないのはわかってるんだけど、どんどん深みにはまるばかりなんだ。ぼくをネタに軽口を叩く女となんか、一緒にやっていけるもんか！　だって、あの生意気娘が本気なのか、からかってるだけなのか、ちっとも読めないんだぜ……。

でね、あの晩——殺人のあったあの日の晩だけど、ドネイのじじいが眠り薬を飲んで、絶対起きないと彼女は知っていた。それで階下《した》へ降りてきた。で、初めは二人でポーチでただ話すだけのつもりだった。そこでぼくは——われながら、どうかしていたよ。こう言ったんだ。『あのボートに乗って、川向こうへ行こうよ』君も見た通り、あそこからは小道づたいに山腹の小さな森を通って川辺へ簡単に出られるんだ。それであのボートに乗っていった」

「待ってくれ、アリソンも一緒に渡ったのか？」

若者は独演会から力ずくで引き戻され、ぽかんとした。「アリソン？　なんのことだ、ないよ！　アリソンのことなんて誰が言った？」

「あのね」私は言った。「傷口に塩を塗るのは本意じゃないけど、やむをえない。この午後じゅうずっとそれを君の頭に叩きこもうと頑張ってきたのに、君ときたら、あっさりこうだものな。『アリソンのことなんて誰が言った？』嫌になるよ！　そこがいちばん肝腎かなめの点じゃないか！　アリソンは何らかの方法で向こう岸へ渡り、モーターボートの音が聞こえたのは一度きりなんだから」

「ああ！……ああ、そうか。まあ、手漕ぎ舟かもしれないね」

「手漕ぎ舟は一艘しかないし、そっちはホフマンとフリッツが使った」

「言っておくぞ」ダンスタンが声を上げた。「ぼくたちと一緒でなかったのは絶対確かだよ。ぼくが間抜けだとでも思ってるのか？　気づかずにうっかり連れて行ったとでも――」

そこで私の顔を見て絶句した。私の呆然自失ぶりが、おつむの靄《もや》を突き抜けて彼の脳髄へ届いたに違いない。石壁からのろのろと立ったその瞬間、私には見えたのだ。一瞬だが、くっきりとした図に頭の底をがつんと一撃されたようになり、アリソンが実際にどうやって川向こうへ行ったか、鮮やかに見えた。ああ、まったく馬鹿だな！　ずっと見えていなかったなんて、信じがたいほど凝り固まった愚鈍な石頭だ！

「あの靴だ」声に出した。「あの靴が――」

「靴って、どの？」相手が詰め寄る。

答えないでいるうちに、頭の中で因果関係がどんどんはっきりしてきた。あの散歩用の靴にはくるぶしまで泥と緑のヘドロがべっとり固まっていた！　髑髏城へ登る道でついたはずはない。前に自分の目で見た通り、とんでもないどしゃぶりの時でさえ、私の服についていた泥はねはほんの少々の黒土だけだった。ここでふと、あんな汚れがべっとり靴についたことのある場所を思い出した。祖父の屋敷で池さらいをした時のことだ。川床……つまり、川の下をくぐる抜け道があるのだ。

あんな城にはたいてい地下の抜け道があって、領主が攻撃を受けた時の脱出路に使えるようになっている。ここの抜け道は川床の下をくぐって対岸のアリソン邸内に出るというわけか。それに、あの夜会靴が影も形も見当たらなかった件！　どうやらアリソンは抜け道に入ってすぐに夜会靴を脱いで、あの丈夫な散歩用にはきかえた――戻ってきたらまた夜会靴にはきかえ、床を汚泥まみれにしない用心だろう。あの部屋の主らしい、実にきちょうめんなやり方だ。ただし、戻ってはこなかった。何もかも辻褄が合う。クローゼットにかかっていたあのみすぼらしいコート。ドアに鍵をかけて一人きりで回想録を書いていた件……。

そんなこんなのすべてが瞬時に稲妻となって脳裏を駆け抜けたが、文章にすると長々しくみえる。他の枝葉もことごとく瞬時にぴたっとはまった。たいまつをかざして狭間胸壁にいたところをホフマンに目撃された謎の男。ホフマンたちは、やつが城門から逃げ出して山腹を駆けおり、モーターボートを操っていち早く対岸へ行ったという説明をこころみていた。ばかばかしい！　あの連中に出くわさずに、あの坂をおりられるはずがない。百歩譲って、かりにあの茂り放題の藪だらけの急な坂を無理やり押し通ろうとすれば――危うく首の骨を折るのはほぼ確実として――音を立ててあの二人に聞きとがめられずにはすまない。だめだ。やつは川の下の抜け道を戻ったのだ。前に意味が通らないと思えたことが、こうしてあっけにとられるほど明白に解けた。アリソンの居間と寝室の間にあったアルコーヴのことがここで思い出された。ゆがんだ絨毯と、床の緑っぽい汚泥。あそこが抜け道の入口だ！　さらに、あの泥をつけた者は明らかにアリソンではない――犯人が戻ってきた際につけたのだ。あの恐ろしい晩、抜け道に入るアリソンを見かけた者がいる。その誰かはアリソンの私室の抽斗からピストルを取り、ラインの川床の下を追っていき、離れ業をやりとげて引き揚げてきた。バンコランにはとうにこれ全部が見えていたのだ……だが、彼は模索するまでもなく、昨夜たちどころにそれを見抜いた。一方、私たちはモーターボートの戻りに惑わされていた。そのボートにはダンスタンと愛人しか乗っていなかったというのに……。

「……一体、どうしてしまったんですか?」若者に詰問されていた。

「ちょっとひらめいたんだ」と、私。「そのまま続けてくれたまえ」

「でも、いい加減にしてくださいよ。何が知りたいんです? 自分たちがしたことなら、もう認めましたよ。二人で向こう岸へ渡り、ぼくが船着場へあのボートをつないでおきました……。ああもう、またどこかへ行っちゃったんですか?」

ある意味、その通りだった。この新しい天啓のおかげでホフマンの証言を思い出したのだ。髑髏城の船着場にモーターボートがつながれているのを見つけたが、屋敷の者がいつもつなぐ側と違っていたと言っていた。たとえ便乗でも、アリソンがあのボートに乗っていなかったのはこれではっきりした。それこそ、バンコランが真相を察する糸口となったに違いない。

「……やつが何者か、何をしていたのかはさっぱりですが」ダンスタンの言葉が耳に入った。「でも、地中から出てきたあの男を見かけた時はもう――」

私はくるりとそちらへ向いた。「いつ、何を見たんだって?」

「男が地面からひょっこり出てきたんだ。今だから言えるけど、肝をつぶしたよ！　一分ほどは怖くて気が変になりそうだった。何かの束のようなものを引きずっていて。密猟者じゃないかな。本当は地面から出てきたわけでもないだろうけど――」

「その件を話してくれないか、初めから終わりまで」

若者の顔が次第に赤く染まってきた。すがるように私を見たかと思うと、怒りに歯を食いしばった。「でも――嫌だ、死んだって話すもんか！　そんなことをして君に何の役に立つ、こんちくしょうめ。あれは――神聖なできごとなんだぞ」ぼそっと吐き捨て、「それに君の知ったことか――」

「それは何もかもよくわかっている」力の及ぶ限り、辛抱強く説いてきかせた。「美しいロマンスの詳細ならまったく触れなくていいよ。ぼくがどうでも知りたいのは、地面から現われた男の話だ」

「ああ、そっちか！――まあね、その」ダンスタンは何度か関係ない話を言いかけた末に、ようやく説明してくれた。「二人で小さな森の中にいた。さっきも言ったけど、山腹をほんの少し登ったらすぐ出られる場所にあるんだ。きれいな月だったなあ。ぼくたち――なだらかな土手みたいなところに立つ大きなブナの木陰に座って、ぼくが――ああ！　本当におかしくなってしまって、心の中はがたがた震えてるんだ。その場所がぼくの目の前でぐるぐる回ってた！……知ってる？」両手を震わせ、激しく詰め寄る。「あの森、そしてあの夜、そして誰からも何マイルも離れた場所にいる感覚。そこで、あのめくるめく悟りが――じかに心に届いた――

自分がこれまで知っていた誰よりも、近しい人に巡り合ったという。まさにその通りなんだよ！」と両手を握りしめた。「すんでしまうと、まるで骨という骨が砕けたみたいになった……。覚えているよ。ぐったりして草むらに伏せていた顔を、ふとなにげなく上げてみた。

ぞっとしたよ。二十フィートぐらい先の茂みの地面から、男がいきなり出てきたみたいだった。背中をこちらへ向けて、ちょっと前かがみで。なにやら重いものを地べたに引きずるのが聞こえた——黒苺の茂みの中をめちゃくちゃに引きずっていた——そのあいだ、ずっと男は鼻歌を歌っていたんだ。

やがてそいつは見えなくなった。行き先は知らない。ほんのしばらく心臓が止まったかと思った。それに、一緒のところを誰かに見られたんじゃないかとイゾベルが怖がって、繰り返し半べそをかくんだ。『二人とももう帰らないと。二人とももう帰らないと』って。だけど、怖くてそれさえできない。そうやってひたすら待ちながら、ありとあらゆる恐ろしい可能性を話し合っているうちに、あの悲鳴が聞こえてきた……。

あれがとどめだったね。悲鳴がはっきり聞こえ、顔を上げてみればあの燃える人間が走り回るのが見えた。イゾベルはすっかり怖がって、まともに立てなかった。それでぼくは何とかモーターボートへ連れ戻ろうとした。しまいに抱きかかえて行くはめになったよ。おかげで二人してさんざん音をたててしまった。だって、ぼくのほうは転げ落ちないようにするだけで精いっぱいだったんだから。そして船着場に下りたとたん、あの手漕ぎ舟が対岸から近づくのが見えた。それで二人で茂みにひそんで、ホフマンとフリッツの到着をやりすごした。いっときは見つかりそうになってひやひやしたよ。だって、あいつらったら、あたりかまわず懐中電灯で照らし続けてたんだから。何とか無事にしのぐと、ぼくらはモーターボートに乗りこんで急いで戻った。イゾベルはあの脇道を上がり、ぼくは石段づたいにポーチへ出た。神のご加護だね、彼女が部屋へ入ったときもあの旦那は起きなかったよ……」

そこでようやく二人とも、その場に居合わせた自分たち以外の者に気づいた。おそらく数秒前には、聞くともなしにシダの葉ずれや小石の転がる音を耳にしていたのだろう。小道のはずれで大きな菩提樹の木陰に立ち、まったく動かずにこちらを見ていた男がいた。

ジェローム・ドネイだった。

14　髑髏城への道

われながら、どんな修羅場を予想していたのやら。ドネイは間違いなくダンスタンの話の後半部分をすべて聞いていたはずだ。時ならぬ登場の驚きがさめると、私は素早く低い石壁の向こうに目をやり、下の木々とがれ場を見てとった。うかつに転落しようものなら、大の男でも首が折れる。長いこと誰も口をきかなかった。扇形にゆらめく木洩れ日がその場を照らしだし、ドネイの靴の横についた泥はねにふっと当たる。ひきつづき、遠くでキツツキの音が聞こえていた。

やがて、不思議なことに気づいた。ドネイはいぜん不穏に押し黙って身じろぎもしない。わずかにあごを引いて両手はポケットに突っこんでいるが、顔はほころびかけているのだ。すました大きな顔の口もとに自己満足らしきものを色濃く漂わせ、まぶたは両方とも半分おりているが、奥の目はうれしそうだ。そよ風が葉むらをすり抜けていった……。

沈黙を破ったのはダンスタンだった。「で？　さっさと言え！」

「ああ、こんにちは。サー・マーシャル・ダンスタン」ドネイが英語で応じた。発音はひどいが、そこそこ流暢にしゃべっている。「君を探しにきたんだよ。ふたりがこちらへ向かったとホフマンに聞いたのでね。そうとも、おれにもちょうど話があったんだ。家内の件で」

ドネイは数歩前へ出てきた。今日の服装は趣味のわるい極彩色のまだら模様のゴルフスーツに、派手な赤と緑の靴下を合わせている。その下に隠された本音はいぜんとして読めない。

「フォン・アルンハイム男爵がね」と続けた。「妻を尋問していた。その最中に入っていったら、いろいろと思いもよらず蒙《もう》を啓《ひら》かれたよ」

ダンスタンはちょっと青ざめたが、しっかりと見返した。「遅かれ早かれ、あなたに話さないわけにはいかなかったでしょう」

「すまないが」とドネイは下手に出て、いやに気取ったそぶりで片手を上げた。無愛想な顔とはまったく不釣り合いだ。「個人的に聞きたいことがある。私には答えてもらう権利があると思う。だろう? 君は家内を愛しているのか?」

「そうです」

ダンスタンはもったいをつけて一息入れるつもりが、ヒュッと音をたてそうになった。

「もしも、あれが——自由の身になれば、結婚するつもりかね?」

「そうです」

「なるほど」ドネイが言った。「大変けっこうだ。では、あの女を進呈しよう」

ざらつく声でその言葉を吐き出した。鋤《すき》の刃のようなあごと、冷たい、警戒怠りない目が、口あたりのいい言葉を裏切っていた。「おかげで、ずいぶん手間が省けた。あの女ではうちの屋敷の奥向きはつとまりかねる、と長らく感じていたんでね。見栄っぱりの着道楽、こっちは仕事があるのにほうぼう旅行ばかりしたがる。屋敷で客をもてなすだけの才覚もないし。それに――率直に申し上げるが――子供のできない体なんだ。要するに悪妻だね。こんな展開を望んではいたが、それには貞節すぎると思っていた」笑顔にはユーモアのかけらもない。「叩き出してもよかったんだが、こちらの体面に傷がつきかねないのでな」

自分のゴルフシューズをしげしげ見ながら、あれこれ思い返すふうだった。

「二時四十五分だ」私が時計を見て、口に出した。「ずいぶん時間を取りすぎたな。君たちがよければ、失礼しても――」

「いいよ、ご苦労さん」ドネイが言った。「君がそこまでお行儀よくする気なら。おれはこちらの英国人の友人と、細かい点をちょっと詰めておきたいんでね……」

石壁の傍らに立つ二人を残して、私は引き揚げた。ダンスタンはこわばって固まり、ドネイは何やら考えこんでいた。私は小道をくだりながら、ドネイが保護者ぶった態度で申し出た動機に、いくら考えてもいくつか疑いを抱いていた。だが、と思い返す。腹を立てるいわれがあるか？　ろくでなしの夫かもしれないが、物わかりの良さを示したおかげで、まずい事態は免れたのだ。体面を重んじて頑なに突っ張れば、事態は手の施しようがなくなっていたかもしれない。思うだにげんなりするが、この屋敷では誰かしらがいつも喧嘩腰で事を構えようとする。ともあれ八方丸くおさまり、みんなが貧乏くじをひかずにすんだ。ただし、あのひねたユーモアの小妖精、サリー・レイニーという娘だけは……。

だが――ここで思い当たった――ドネイがあの情事を嗅ぎつけていた、とするとずっとそれを見守り、焚きつけていたのか？　本当はヴェロナールを飲んでおらず、しっぽをつかんでやろうと狸寝入りしていたのか？　妻が部屋から抜け出したとき、前後不覚でぐっすり寝ていた、とする証拠はない。まあとにかく、急いでおりていってバンコランをつかまえ、この新たな展開、向こう岸で「地面から現われた」あの男の件を伝えなくては。

玄関に入ったら、あたりには誰もいないらしかった。二階へ上がると公爵夫人の居間からぼそぼそと声がする。バンコランの声が「そっちはいずれわかりますよ、賭けを五にレイズ」ルヴァスールが残念そうに宣言する。「降りた」そして公爵夫人が息巻く。「その手を読んでやるからね、この悪魔面《づら》のペテン師め」私はドアをノックした。

みんなは窓辺のカードテーブルについていた。私の入室を見計らったように、バンコランがクラブのフラッシュをさらした。目の前に、早くもべらぼうな高さの青チップの山ができている。ルヴァスールは礼儀を守りつつも気を悪くした顔で、バンコランのカードを見つめた。公爵夫人はロング・トム・コリンズをぐいと飲み干して葉巻をつけると、カードの二枚替えでフラッシュを作ってしまった男の引きの強さに、盗人だの強盗だのと不穏なコメントをずらずら並べたてた。

「あんたもおはいり、坊や」私に声をかけてきた。「そうすりゃ、そこの変てこなひげおやじの当たりがもうちょっと和らぐだろ」説明しながら、ずんぐりした人さし指をバンコランに向けた。「コルセット以外は全部こいつに持ってかれちゃったよ、まったく！　午後じゅうずっとひどい手を引きつづけなんだから！　ま、おかけ。賭け《ベット》の上限は五マルクね。それ——椅子をお引きな」

ちょっと言葉を切って、メイド帽で脇に控えたむっつり顔の娘へグラスをかかげた。「あのさ！　その子、ぜったい何か見つけたんだね！」と大声を上げた。「そらフリーダ、ジン・スリングもう一杯。こいつは飲まなきゃ——ほら、そいつを見てごらんよ、すっかりのぼせちゃってさ」ルヴァスールに矛先を向け、はっはっはっと笑い飛ばした。「ルヴァスール、この人殺しめ、とうとう捕まっちまったじゃないか。今のうちに自白したほうが身のためだよ」

ルヴァスールがにっこりする。「お願いします、マドモワゼル。そういうことは冗談でもおっしゃらないでください。申し上げるまでもないでしょうに……」

「その調子、その調子！　あたしゃただ、あんたの脚を引っ張ってんのさ！」と、本当に手を出して相手の片脚を引いた。「わかるだろ、悪魔面のおっさん」とバンコランに向かって、「この男をいじめてやりたい誘惑に逆らえなくてね。あの髪がぐしゃぐしゃになったとこを見てみたいもんだ。床にぺっと唾を吐くとか、足をすべらせて階段を転がり落ちるなんてとこを拝みたいもんだね。どんなにひどい目にあっても乙にすましてるんだから。いやちょっと待って、出ていかないでおくれよ、ルヴァスール……。それはそうと、この子はあの知らせをもう聞いたんだろ？」

「知らせって、何のことです？」私が尋ねた。

バンコランがカードを配る手を止め、額にしわを寄せてちらりと目を上げる。「われわれみんな招待されてね」と答えた。「フォン・アルンハイム男爵の主催するささやかな見世物に出席することになった。会場は髑髏城、そちらで今夜は夜明かしだ。こちらのミス・アリソンが、さらにあることを提案なさった――城のマリーガーの広間で、正式な晩餐会をしようと――」

「あの片眼鏡がそこまで芝居っ気たっぷりなら」公爵夫人が口を挟んだ。「みんなでとことん受けて立って、召使たちに気分転換になる仕事をちょいとあてがってやろうじゃないの。うちの使用人は全員もうあっちにやったよ。ああ、ちょっと待って！　あんたたちがコブレンツで会ってきた、あの新聞記者《ぶんや》のやつはなんての？」

「ギャリヴァンですか？」私が言った。

「そうそう、ギャリヴァン」彼女がうなずいた。「片眼鏡のやつったら、人の屋敷で行き届かないったらありゃしない。いいかい坊や、すぐそいつに電話して、晩餐会から出ろと伝えてちょうだい。服がないなら何かあてがうし、なんならそのまんまでも構わないってね。ああいった記者連中は好きだけど、片眼鏡野郎はどうもいけ好かないよ。したたか飲まないと話にならないのは、あいつもご同類だね……。さ、ひとつひとつ片づけよう、片づけよう！　それで神様、後生だから、あたしにツキを回しておくれ！」

まさにその時、鋭いノックの音がした。フォン・アルンハイムが興奮したおももちであらわれる。

「お邪魔するよ」ぶっきらぼうに言った。「ぜひとも内々で、すぐさまムッシュウ・バンコランとマールさんにお顔を貸していただきたい。重大な件だ。いや、待て」と公爵夫人を品定めするようにじろじろ見た。「あなたにもお力添えをいただけるかもしれませんな、ミス・アリソン」

「この上なく確実にね」とルヴァスールがつぶやくと腰を上げた。浅黒く鋭い顔を懸念に曇らせて女主人に会釈した。「賭け金の件は後できちんとさせていただきますよ、ミス・アリソン。私はこれから練習がありますので、よろしければこれにて失礼いたします」

公爵夫人はメイドに合図してさがらせた。そして、私たち四人だけになったところで、「いいわよ。で、何の話だい？」見るからにいらいらしていた。

「ミス・アリソン」フォン・アルンハイムが続けた。「この屋敷に隠し通路があるかもしれない可能性をたった今知りました」

ばれたか！バンコランが破顔し、音を立てずに拍手した。ここで初めて公爵夫人が、本気でびっくりした。

「隠し通路だって？」と辛辣な目でフォン・アルンハイムをじろじろ見る。「誰かにかつがれたね、片眼鏡。あたしゃ、この家に隠し通路があるなんて聞いたこともないよ。もしかするとあっちの城にはひとつぐらいあるかもしれないけど、たぶんね……。いったい誰にそんなことを？」

「誰かに聞いたわけではありません。ですが、動かぬ証拠を握っております」

公爵夫人は狐につままれた。「まあねえ。あたしゃ、ここんちに住んでかれこれ十八年になるけどさ、まったくの初耳だよ。なにを言ってんだい！　でも、百歩譲ってそんなものが本当にあって、あたしが知らなかったとすれば、絶対に偶然じゃないだろ？　どこにあるんだい？

で、出口はどこだっての？」

「そう信じるだけの根拠がありまして」ドイツ人が応じた。「亡き兄上の私室から入って川の下を通り、髑髏城へ出る道です」皮肉な顔でバンコランに向き直り、「君が〝泥んこ靴〟で言いたかったことがこれでわかったよ、旧友どの。私もずっと調べてきたのだ」

アガサ・アリソンが口笛を鳴らし、目を細めてつぶやいた。「いやあ、まったく。それならありかもね！……まあ、そうかもしれない。本当にそうなら、作らせたのはマイロンだね。いかにもあいつのやりそうなことだ。この家を建てたのは兄貴だもの」

「あえて申し上げますが、川下の隠し通路は何世紀も前のものですよ」フォン・アルンハイムが言った。「私が確認した限りでは、あの城は十五世紀、最後は魔術に手を染めたかどで死刑になった貴族が建てたものです。たびたび敵に包囲され、一度は何らかの隠し通路をたどって逃げおおせる寸前だったと記録にありました……。それでわが友バンコラン君、大昔の手の込んだ籠城仕掛けがこの事件に何かしら関わっているという君のご指摘、これでよくわかったよ」

「そうだね」バンコランが言った。「ゆうべ、君にはそう話した。あの砦にあれだけの仕掛けがあるなら、地下の脱出路ぐらいあったっておかしくなかろう。その道がライン川の下をくぐっているのは、寄せ手に川への道をふさがれた時の用心だ……」

「あの部屋に泊まりたかった理由もお見通しだぞ」ドイツ人がどなりつけた。初めて敵意をあらわにして椅子の背を叩いた。「ばかな仲間割れなどしている時間はない！　もう見つけたのか？」

バンコランは上の空で自分にカードを配りながら、「ああ、もちろん部屋の間のアルコーヴだよ」と、ため息をついた。「ただし、開け方については貴君のお手並み拝見といきましょうか」

「じゃあ、みんなしてここで何をぐずぐずしてんの？」声を上げたのは公爵夫人だった。「さっさと行って確かめようじゃないの！　こんちくしょう！　よりによって、この家に隠し通路だなんて！　むかつくったらないわ。マイロンたら、どうしてひとこと教えといてくれなかったかねえ？　そこがおかしいじゃないの。あたしはね――」

「アリソン氏なりの理由があって、誰にも内緒にしていたんだと思いますよ」フォン・アルンハイムが冷静に言った。「誰にも教えなかったんですから。そうですとも、なにか理由があったんですよ」

「で、この新発見は君の推理とどう合致するのかね、男爵？」バンコランがカードを配りながら、片眉だけひょいと挙げて尋ねた。

「それを確認したいんだ」フォン・アルンハイムが一喝した。「来たまえ！」

四人で廊下へ出ると、公爵夫人は何やらぶつくさこぼしながら杖をついてよたよたと歩いた。廊下にはさんさんと日が当たっていたが、もはやさほど心楽しい眺めという気はしなかった。不気味で耳障りな曲が忍びこんできた。またしてもルヴァスールが一階でヴァイオリンを弾いていたのだ。曲目はブラームスの『ハンガリー舞曲第五番』だが、飛躍した旋律に乗って飛びはね、トリルし、さみだれに降る音たちが連想させるのは、さらに古く恐ろしい死の舞踏《ダンス・マカーブル》だ。

翼棟への途中で、どこかの部屋ですすり泣く女の声をはっきり聞いた。どの部屋かはわからなかったが、妙にぞくりとさせられる。さんさんと日の当たる廊下、楽しげなラインの流れにも、しゃくりあげ、むせび泣く声がかすかに……。

「耳をすまして！」バンコランだった。

われわれは翼棟への曲がり角まで来て、心ならずもそろって足を止めた。

「またあのヴァイオリン弾きだよ」公爵夫人が言った。「ああいうのを聞いてると、あたしは時々――」

「いえ」バンコランが言った。「アリソンの私室に誰か人がいます」

そこで、前夜の恐怖がはっきりと実体をとって忍びこんできた。ひときわ高く野放図に、『ハンガリー舞曲第五番』が鳴り響く。駆けだしたのはフォン・アルンハイムだったと思う。みなで先を急ぎ、フォン・アルンハイムが猛烈な勢いでアリソンの書斎のドアを開けた。

なかは、高窓から入る日光だけだった。舞っているのはもうもうたるほこり、ほこりにまみれたアリソン遺愛のタイプライターのニッケル部分が光を弾いていた。まだ生きていた時に、謎の隠し通路に入る前に脱いでいったタキシードが、安楽椅子の腕にひっかけたままになっていた。むっとするほど暑かった……。

ドイツ人が荒っぽく合図してアルコーヴへ走り寄り、寝室のドアを開ける音がした。やがて、足音荒く出てきた。

「誰もいない」と言った。「今は誰も、だがそちらに……」

私は窓枠につもったほこりを眺め、絨毯の茶といぶし金の模様を目でなぞった。暖かい日なのに身震いする。あのヴァイオリンは相変わらずだ。フォン・アルンハイムはアルコーヴのカーテンを引き開け、オークの羽目板を張りめぐらした壁面を調べた。

「ここに違いないんだ」と続けながら板をこつこつ叩いた。「だが、手触りはむくだな。下はどうやら煉瓦壁らしい。もしもここに隠し通路の入口があるのなら――絶対あるはずなんだ、くそいまいましい――巧妙にできている。なんとか入口を探し当てないことには」

「手斧を持っといで」公爵夫人が提案した。「壁をそっくり叩き壊してもいいよ」

「厚すぎます」バンコランが言った。「そのどこかに梁が通っていますよ。そんなことをしたら、屋根がそっくり崩落しかねない。それは抜きにしても、下は本当に煉瓦ですからね。そら――筋道立てて進めていきましょう」

私たちはたっぷり四十五分間がんばった。力任せに押し、探りを入れ、音を聞いた。角をぎゅっとひねり、羽目板に指を走らせ、あらん限りの知恵をしぼった。が、何の役にも立たなかった。オーク材の壁に変化はない。とうとう公爵夫人がいつになく不満をつのらせて真っ赤になり、どたどたと書斎へ出てきた。

「ばっかじゃないの！」と愛想を尽かした。「あんたらみんな、どうかしてるよ。よければ斧か金梃《かなてこ》を調達してきてケリをつけるけど、もううんざりだ、こんなこと」

「反対側の端から入口へ出るしかない。それで充分だ」フォン・アルンハイムがどなった。「手がかりはあるんだから。あのたいまつだ！　ホフマンが胸壁で見かけたあの男が通路に投げ捨てていったあれだよ！　あの付近にあるはずなんだ。そうでなければ城番の住まいか――こっちかもしれん」

「待ってくれ！」私は声をあげ、さっきダンスタンに聞いた話を勢いこんで伝えた。その話の出どころはよく気をつけて個人名を出さないようにするかわりに、謎の男が「何かの束」を月明かりで引きずっていたくだりはことさら生々しく色づけした。フォン・アルンハイムは喜んで踊りだしかねなかった。

「それだ」と嬉しそうに両手をすり合わせて相槌を打った。「君もおそらく聞いての通り、私はあの――あの女を尋問した。だが、地面からそんな男が出てきたなんて話はおくびにも出さなかったぞ。ああ、そうとも！　それですべてが符合する！　この隠し通路の端は川向こうに出るんだ。そこから別の道を通って城内へ行くんだな。地下をずっと掘り進んであの山腹へ出られるはずはない。そんなことをしたら、丘の重みでトンネル自体が潰れてしまう。さて――対岸へ行くぞ」

「ちょっと！」公爵夫人が待ったをかけて杖を振り回した。鼻の上で思い切り曲がった眼鏡ごしに睨んでいる。「こんちくしょう。あたしにも話させてよ！　なんでこんな変な話になんのよ？　そいつを見たってのはどこのどいつ？　向こう岸から出てきたってやつは誰なのよ？　あんたら探偵どもときたら、まったく嫌になる。あんたらは――」

私たちは、約束と説明をこもごもに、寄ってたかって公爵夫人をなだめにかかった。それでも公爵夫人は怒ってどなり散らし、私へ杖を振りたてて、引っぱたいて叩き直してやらんことにはどうしようもないやくざ者の若造めと罵り、腐れ壁に仕掛けたありもしないクソ隠し通路探しなんかで、非の打ちどころのないポーカーの勝負を台無しにしてしまうような、口にするのも忌々しい連中は、みんな頭がどうかしちまってるんだとわめきたてた。

フォン・アルンハイムはわれわれを説き伏せて川向こうへ同行させようとした。私には見当もつかない理由でバンコランは断った。ああ、だが、フォン・アルンハイムは断られても余裕しゃくしゃくだった！　目的に――何であれ――近づいているのを悟り、少しばかり見下すような態度になっていた。その場で解散し、ドイツ人は急いで帽子を取りにいった。アガサ・アリソンは自室へ引き揚げた――椅子をいくつかぶっこわす予定だそうだ。バンコランと私は一緒に階段をおりて玄関ポーチへ出た。午後たけた低い日ざしがラインの川向こうからさしこむ。各自、やれやれと籐椅子に腰をおろした。

バンコランが深々と息を吐いた。「ふう！　煙草をどうかね、ジェフ。あの二人のおかげで、しばらくはどうなることかと思ったよ。一度か二度は見つかってしまうのではないかと本気で心配した」

私は座り直して彼を睨みつけた。「じゃあ、ありかを知っていた――？」

「そりゃそうだよ。だが、あれを探しあてるまでにゆうべのあらかたを費やした。あとは朝まで隠し通路の内部を探検してきたよ」

私は思うところをあれこれ並べてやった。

「入口はたしかにアルコーヴにあるのだよ」とバンコランは私をなだめた。「だが、それを開けるからくりは寝室で見つかった。すこぶる頭がいいね。あの部屋の壁のガーゴイル飾りの一つをひねると、アルコーヴのドアが開く仕組みになっている。ドアはよく油をさした装置に完全な一枚岩の石板をとりつけ、両側から錠を開閉できるようにしてあるんだ」

「ふうん、じゃあ、どうして教えてくれなかったんだ?」

バンコランは指先で椅子の腕をとんとんやった。「それはだね、ジェフ。中にあるものを彼らに見せたくなかったからだよ。フォン・アルンハイムが自分なりの答えをわれわれに突きつけてきたら、その答えが間違っているとあの二人にも知れてしまい、そうなったら早晩、よそへ漏れるだろう。みんなには、引き続きフォン・アルンハイムの推理を信じ込ませておこうじゃないか。それがいちばんだろうよ」

「わからないのはそこだよ」私がしょんぼりする。「ぼくの頭がさほど上等じゃないせいもあるんだろうけど、さっぱりだ」

「ああ、そっちはいずれわかる。さて、私はこれから二階でちょっと仕事がある。どんなものかは聞かないでくれ。ただし、ほうきと頑丈な靴一足はどうしても欠かせないね」

バンコランがにやにやしながら立って行ってしまうと、私はぐったりと椅子に沈みこんだ。低く傾いた午後おそい太陽が、ラインの川面とほぼ水平にまばゆく目を射る。かそけき蒼みを帯びた翳《かげ》が木陰を這い進み、明るい光にゆっくりとヴェールをかけていく。そこで暖かい風がふと氷のように感じられた理由も、お茶の時間を告げる深い銅鑼《どら》の音で、無気力な全身を名状しがたい驚愕が貫いた理由も、なぜかはわからずじまいだった。

15　天網恢々

こうしてあの夜を思い返してみると、ひとつだけどうしても腑《ふ》に落ちないことがある。われわれ全員が気違いじみて陽気にふるまったという一事だ。夜っぴて——絞首台ケーキが誂《あつら》えられた時から、ガラス天井の広間で迎えた恐ろしい終幕まで——だれもかれも配慮をかなぐり捨て、ほとんど醜悪なまでに浮かれ騒ぎに憑かれていた。全員同時にそんな気分が降りてきたのだ。てんでばらばらな気質の一同が一致団結して思い切りよくその中に飛びこんだ。そのかつて経験したことのない風変わりな晩餐会のハイバックチェアには死神が座っていたのだが。思うに、この死神はむしろフォン・アルンハイムに似た洗練された物腰で、片眼鏡に夜会服をまとって行儀よい客人に徹していたのではないか。

正体不明の殺人犯と同席しているという思いのせいでことのほか杯が進み、みんなしたたかに酔ってもいた。不気味な会場も少なからぬ効果を及ぼし、ひと皮めくれば各人各様の事情はむろんあったかもしれない。そんな状況で最高に輝くのがバンコランの真骨頂であった。公爵夫人は浮かれ騒ぎならいつでもどこでもという人だ。フォン・アルンハイムは勝利を目前にして気が大きくなり、用心深い猫なみに愛想よくふるまっていた。小ざっぱりしたブロンドの口ひげの陰で笑みのかたちを作る口や、緑の目が笑み崩れるさまが思い浮かぶ。ルヴァスール一流の死生観はこの雰囲気にすぐなじみ、満足のため息をついた。冷たい理性の人、油断ならない試合巧者のドネイは魅せられたように見物していた。ダンスタンは用心しつつもほろ酔いでいつしか空気に染まり、元気も戻ってきてイゾベル・ドネイへ明らかに引き寄せられていた。それにイゾベル・ドネイはもはやドネイ家の女主人でなくなったと悟って華麗に変身し、そんな晩というのに陽気な美女になっていた。幽霊や殺人を愛してやまないギャリヴァンはこの死神の晩餐会にはおあつらえ向きだが、座の誰よりとち狂っていたのはサリー・レイニーだった……。ともに杯を上げるには、この上なくふさわしい顔ぶれだ。

　その午後は駆け足で過ぎた。モーターボートと手漕ぎ舟が両岸をこまめに往復し、ホフマン、フリッツ、フリーダの他にそれまで見かける折のなかった使用人三名を運んだ。コブレンツから仕出し屋と肉屋がやってきた。リネンのクロスやナプキン類、銀器、飾り付け、果物、ワイン、盛花などを運ばなくてはならなかった。どこからか煙突掃除人まで調達されてきた。亡き城番は働き者とはいえ、不要不急の場所までは手も目も回りかねたからだ。

　すべて完璧な一夜になりそうだった。しっとりと涼しい夜にコオロギの規則正しい鳴き声。鈍色の雲にふちどられた、いぶし銀の光とともに月がさしのぼり、黒い松のいただきを奥まで照らしだした。私が着替えている時も、屋敷をあげて抑え目ながらせわしない気配が伝わってきた。その晩は髪にいつもより念入りにブラシをかけ、念を入れて蝶ネクタイの両側をぱりっとさせ、ほんの気まぐれでパリから荷物に入れてきた、いささか派手なダイヤモンドの飾りボタン一式までつけた。そして指示通りに一泊分の荷造りをすませ、ホフマンが回収してくれるようにベッドの足もとに出しておいた。晩餐開始は遅くなる予定だったので、部屋を出たのは九時をゆうに回っていた。廊下の窓越しに見えた何かにふと目をひかれ、よく目を凝らしてみると……。

灯をともした髑髏城のたたずまいは息をのむ壮観で、その晩、ライン川を行きかう者たちはさぞかし呆然と見入っただろう。途方もなく大きな死者の首が頭を上げて、光る目で睨んでくる。両目はすみれ色のガラスをはめた巨大な楕円窓だ。鼻部分は黄色ガラスの三角窓、歯並びを形作る回廊のアーチ窓も同色だった。それらすべて悪魔の灯に輝いて、見る者を嘲《あざけ》っている。そして光がほんのちょっとでも揺らごうものなら、そのつど違う表情が浮かぶのだ。たった今、小ずるそうに片目でウインクしていたかと思うと、一転してにやにや笑いがひときわ大きくなる。かと思うといきなり、油断もすきもない凶悪さを浮かべて凍りついた亡者の目を据える。胸壁沿いに篝火《かがりび》がいくつも焚かれ、針先で突いたほどの光が塔の窓にともり、中で動く人々が見えた。その帽子がいやに光る理由がとっさにわからなかったが、よく見れば警官の黒い金属ヘルメットだった。このすべてが空中に浮かび、月に映えた巨大髑髏が銀灰色に変じる。髑髏はじっと待っていた。髑髏はそうして何世紀もライン川を見下ろし、(ご存じの)野蛮なユーモアセンスをたたえて見守りながら、文字通り頭に巣食う虫のように己の内部を動き回る小さな人々が重い足を引きずり、詩人の頭に巣食う幻さながらに鮮血のカドリールを踊っていた、いにしえの時をしみじみと味わっていた。ああ、フォン・アルンハイム男爵、なんと見上げた興行師よ！　ここまでお膳立てするとは、あなたのフランスの好敵手はへりくだって褒めたたえてしかるべきだ……。

私は階下へおりた。誰かが音楽室でピアノをさらりと流し弾きし、図書室からはカクテルシェーカーを聞こえよがしに振る音がする。

図書室にはもっと驚くことが多々あった。入ったとたんに場の狂熱にさらわれ、現代の世を特徴づけるリズムのビート、カクテルシェーカーの音がかもしだす妙に興奮させられるリズムの虜になった。一座に親しみが生まれ、突然、みなに連帯感がめばえた。われわれみんな異様な船に乗り合わせた相客、まっさきに足を向ける場所はバーだった。だが、カクテルシェーカーを振っているこの人は断じてイゾベル・ドネイではない！　顔をほてらせ、茶色い目を躍らせて、頭をのけぞりぎみにして、手首のひねりをきかせてシェーカーを振っているこの人は……。

今夜の彼女は大胆な襟ぐりに、きらめくスパンコールを散りばめた黒いドレスで磨き上げた肩の美しさを惜しげもなくさらけ出していた。ほてった頬に淡色の髪がはらりとかかる。幽霊が生命を得たのだ。彼女が大声を上げた。

「お入り遊ばせ、マールさん！　おかけになって、このカクテルをおひとつどうぞ。黄金の黎明《ゴールデン・ドーン》と申しますのよ。ずっと作ってみたいと思っていましたの。材料はジン二に対してオレンジジュースとアプリコットブランデーが各一ですの」

「はい、すぐ行きます」答えたところで他の者たちに気づいた。

サリー・レイニーは緑のドレスで、寝椅子から楽しそうに手を振ってきた。片眉を高く上げている。二本指でなんとか落とさないようにグラスを持っていた。「あーら、あたしのお気に入りさん！　こっちの隣へいらっしゃいよ。どうもあんたって人は、物書きとしてはずいぶん怠け者だけど、その髪型、気に入ったわ。あら、それとギャリヴァンさんとはもう知り合いよね？」

ギャリヴァンも予想外の変身を遂げていた。夜会服は申し分ない着こなしだ。おかげで痩せこけた体格が優雅にすら見える。きれいにひげをあたって髪をきちんとなでつけ、パンチネロそっくりの顔にけだるい笑いを浮かべている。まるで指抜きを呑む鮫みたいに、かぱっと開けた口にまたカクテルを放りこんだ。刹那だが、グラスごと飲んでしまうんじゃないかと、ぎょっとさせられた。そこでまたふにゃりと眠そうな笑顔になる。

「そんなに目をむくなよ、お若いの」警告のしるしに指を曲げ、こちらへ振ってみせる。「この装備一式を、どこで調達したんだろうと思ってんだろ。教えてやるよ、コブレンツの貸衣装屋さ。ギャリヴァン家の人間は代々、詩人かたぎなんだ。おれは――」

「そうよね！」サリー・レイニーが調子を合わせた。「わかる。仕事の約束でこの人を抱きこんだんでしょ。ほんと、よく考えたわね。一杯ちょうだいよ」

「実を言うとな」空のグラスを引き取って、ギャリヴァンが続けた。「あんたには知らせとくべきだったかもしれんね。おれ、社交のお行儀なら一通りできてんだよ。雑誌広告に出てる講座なんかをけっこう取ってたんでね――あんたなら居眠りしちまうようなたぐいの講座だよ。

『先週は恥をかかされました。私は壁の花で、恋人を危うく横取りされるところでした。というのも、ラテン語をひとことも話せなかったからです。もう一度言ってくれと頼んでどれほど笑いものにされたことか！——ですが、私が『アエネーイス』全四巻を引用してみせたとき、にやにや笑いは魔法さながら驚きに変わりました』とかね。あんまり魔法が効きすぎてさ、友達連中みんなの度肝を抜いちまって、おれが遊びに行くたびに家の銀器類をしまいこんで鍵をかける始末よ。空き時間にこつこつエチケット講座の初歩レッスンを取って、出されたスープを女主人の顔に投げつけちゃいけませんとか、ズボンなしで人前に出ちゃいけませんとか、いろいろと教わってきたんだ。サクソフォンが吹けるし、指紋採取もできる。普通の社交の場で要求されるあれやこれやなら何でもござれだぜ。おれはね——」

「ああもう、おとなしくカクテルをおあがりなさいな」イゾベル・ドネイがうながした。「そんなの面白くもなんともないわ。わたくし——」

「雑誌を読んだんですね」私が言った。

「あたしも読んだ」サリー・レイニーが教えてくれた。「うちの親父がアメリカからひと山送ってくれたの。探偵小説は好きなの。登場人物が絶対に悪態をつかなくて、シカゴのギャングが声を張り上げて、『ああ、神よ！』とかなんとか言うやつ。タフなやくざが編集長の朱筆ひとつで猟奇事件に、なんてのもいいんじゃない……」

そこで口ごもった。ジェローム・ドネイが入ってきたからだ。ちょうどそのとき、私はその夫人からカクテルを受け取っていたので、わずかに彼女の手が震えたのがわかった。夫人は背後に目を走らせると私に視線を戻した。息づまるような緊張があった。まったくだしぬけに気づいたのだが、この女はもう夫を恐れていない。

「やあ、こんばんは」ドネイがフランス語で言った。「今夜はなかなかいいじゃないか」

ドネイはにこやかに笑っていた。昼間にほんの一瞬のぞかせた危険な感じはどこかへ行ってしまった。イゾベル・ドネイは冷たく英語で答えた。「それはどうも。お飲みにならないの?」

その言葉の及ぼした効果に満足したらしく、女の顔はいっそう紅潮し、好意の目を周囲へ向けた。近づいたドネイが注いでもらったカクテルを取った。そしてちょっと唇を引き結ぶように笑いかけ、グラスをかかげて会釈した。その瞬間の彼女は見たこともないほど美しく思えた。が、私は急いでギャリヴァンを紹介した。ドネイと会釈しあう記者の顔に妙な表情が浮かんだ。ドネイも戸惑ったようだ。

「前にお会いしたことがあったかかな?」大きなあごをさすって尋ねた。

「それはなさそうですねえ」

「ふうむ」ドネイがつぶやく。「そうだな、そうだな。たぶん、君の顔が誰かを思い出させるんだろう、それだけだ。それが誰だか、さっぱり思い当たら――」

「カクテル? カクテルなの?」公爵夫人が戸口からとほうもない大声をはりあげた。巨体を黒いドレスに無理やりねじこんで、あちこち突拍子もないふくらみ方をした、毒気も度肝も抜かれるような姿で、身をねじるようにしてしゃにむに進んでくる。真珠のネックレスは自分の首を絞めそうで、髪はウェディングケーキみたいに段々に積み重なっている。一陣の突風のごときご来場で、みんないっせいにしゃべりだし、座が一気ににぎやかになる。

ひときわ目についたのは、輝きを放ちながら上下に振られるカクテルシェーカーだ。大きなシェーカーだったが、ひっきりなしにおかわりを作るはめになっていた。そのさまを、壁面からマイロン・アリソンの照明つき肖像画が悲しそうに見ている。ダンスタンが入ってきた――われとわが両手を扱いかね、どうしていいかわからずにちょっと不安げな感じだ。ちらりとサリー・レイニーを一瞥する。ふと気づけば、ちょっと前まで寝椅子にいたはずのサリー・レイニーは、私の椅子の腕に腰をおろしてカクテルを差し出していた。次に、ダンスタンはドネイを見た。するとドネイはわざわざやって来てことさら嘲るように彼を迎え、若者をよけいにいたたまれなくした。カクテルをがぶ飲みしているイゾベル・ドネイの姿を何とか目に入れまいとするのだが、どうしてもうまくいかない。自分がこう思ったのは覚えている――この連中はとことんまで飲む気だ、ドネイ夫人はへたをすると足をとられるぞ。ふたたび、霧に包まれて暗い水面を進む幻の船が見えた……。

サリー・レイニーが私の耳たぶを引っぱり、強引にぴったりくっついて座ろうとしたおかげで、私のカクテルが景気よくこぼれた。「ちっともあたしの言うこと聞いてないのね。何かいいことでもあったの――！」

そこへ、バンコランとフォン・アルンハイムの輝かしい姿が入口へあらわれた。ドイツ人は意気揚々として荒っぽく陽気で、あるかなきかのブロンドの口ひげを猫のひげみたいにワックスでぴんと立てていた――ほくそ笑みながらうろつく細身の猫だ。バンコランは真珠のカフスボタンで装ったメフィストフェレスと化し、練りあげたしぐさでフォン・アルンハイムに煙草を勧めた。相手が受け取って声を低めて何やら言うと、その言葉にバンコランはうなずいた。二人とも、なにやら決闘にでも行くみたいにカクテルをもらいに行く。ああもう、まったく！この緊張、この気違いじみた浮かれ騒ぎの渦に彼らもとらえられたのだ！　二人はおごそかにグラスを合わせた。

「あのね、お願いだから」サリー・レイニーが言うのが耳に入った。ざわめきの中で、低くした声をひときわ激しく、「今夜、あたしにせいぜいよく気をつけててちょうだい。馬鹿げたまねをしでかすのは嫌だから……」

公爵夫人が香水をむんむん漂わせて、どたどた通り過ぎた。連れだったギャリヴァンが、スコットランド人がどうとかいう話をしてきかせている。とうとうダンスタンはふらふらとイゾベル・ドネイのそばへ寄っていき、ぎこちないもいいところで、どうでもいい話をやりとりしていた——なんなら喜んで誓ってもいいが、お天気の話かなにかだ。やあやあ！　バンコランとフォン・アルンハイムがまたなみなみとおかわりを注いだ。ベルリン警察の名誉のために、あの決闘の合図が、さしで飲みくらべの一騎打ちなどでないことを切に願った。ある晩、バンコランがペイネのロンドン・バーで派手な飲みくらべをやらかしたあげくに、ブルッジとかいう赤ら顔の英国人を完全に潰したのを見たことがある——どうやら国へ戻ればなんとか卿とか、なんたらかんたら伯爵と呼ばれるような名だたる貴族だったらしいが、それはさておき、パリきっての大酒飲みで、ザルの名を奉られていたやつだった。

そんなふうに、妙な取り合わせの荷を積みこんだ異様な船が、幻の錨を上げた。霧の中で警笛が鳴った、と思ったら、公爵夫人がこうどなっただけだった。

「いいかい、控えめにね！　向こうへ渡ればまた何杯かカクテルが出てくるんだよ。今度は何をおっぱじめようっての？」

「そいつは実にありがたい」ドネイはそれまで、ずっとポータブル蓄音器の具合を試していた。どうやら動くかどうか調べていたようだ。「腹がすいてきた。まったく！　腹ぺこだよ！　で、みんな揃ったか？」

その声には、耳をそばだてるような何かがあった。「みんな揃ったか？」のせりふ自体は別になんでもない。その声だ。醜悪な意図をわずかにのぞかせていきなりはねあがり、にぎやかなその場を沈黙させた。サリー・レイニーが緑のドレスの体をひねって椅子の腕に座っていたせいで、ドネイの顔までは見えなかったが、その声で思わず腰を浮かしてしまった。ドネイ夫人とダンスタンは窓辺のゆったりしたソファに並んで腰かけていたが、その足元でイスパハン産の絨毯がずるっと動いた。バンコランと一緒にカクテルシェーカーのテーブル脇にたたずむフォン・アルンハイムは折しも乾杯の途中、ギャリヴァンは自著『ラインの伝説』を手に、公爵夫人の椅子の腕ごしにかがみこんでいた。座がしんとする。

誰かが言った。「ルヴァスールさん以外はね」

優雅かつ慇懃無礼な返答として、ヴァイオリンの旋律が長く伸びて耳に届いた。どこか違うようだったが、みんな黙って座っているうちに軽妙な曲が始まった。ひとつひとつの音が鋭い舞曲のスタッカートを打ち、指さばきの速さを強調する。『アマリリス』だ。

サリー・レイニーがグラスを置こうとしてひっくり返した。今までカクテルにことさら夢中になっていたのは、恐ろしい数々のできごとを考え過ぎないためだったと、ここで初めてまざまざと実感した。決然たる音を小さくたて、フォン・アルンハイムが手にしたグラスをカクテルテーブルのガラスの天板に置いた。ダンスタンのくぐもり声が「おいおい！」と支離滅裂な抗議を始めたが、あとの者はまったく口をきかない。あのルヴァスールという男は何をしているのか、どんな気違いじみた目的で、あの曲をやろうと思ったのか。私にはさっぱりだった……。

図書室の折り戸が押しあけられた。ルヴァスールが入ってくる。見えないヴァイオリンはあいかわらず軽妙なリズムを奏でていた。

誰かが「ああ、神さま！」と言い、ジェローム・ドネイがとほうもない勢いで笑い出した。だが、ルヴァスールに目をやると冷静そのもの。実際、微笑みさえ浮かべている。その事実が彼の登場で生じたとまどいに拍車をかけた。つやつやの黒髪に光が当たり、同じ光がエメラルドのカフスボタンに、小馬鹿にしたように大きく広げた浅黒い手にはめた、いくつもの指輪に当たってきらめく。

「ハイフェッツのレコードですよ」はっきり言った。「演奏は音楽室の蓄音器です。私が自分で掛けてきました。今回の犯罪になんの関わりもないと、実地に示すためにね」

わずかに進み出た。浅黒い細面がドネイへ向く。

「なかにはねえ」と続けた。「メロドラマの傾向が過多な方もいらっしゃいましてね。今日の午後、ムッシュウ・ドネイがぶしつけにもこうほのめかされました。私のは作りもののアリバイだ。音楽室の締め切ったドアの奥で蓄音器のレコードに演奏をやらせておいて、その間に――いろんな芸当ができるとおっしゃいましてね」さもさも見下げ果てたというふうに手首をひねった。そして、笑い出した。「安いドラマではそういう小細工がおなじみなのは知っていましたので、別に驚きませんでしたよ。そんなどう見ても馬鹿な考え、どんな場合でも取り上げる値打ちもない。相手にする値打ちもありませんが、百歩譲って私が人を殺すとして、そんなしょぼいトリックに頼るだなんて、侮辱もいいところです。あの蓄音器がひとりでにレコードを替えて何時間も演奏し続けるなどありえない話ですが、それもまあよしとしましょう……」思い入れたっぷりに黙り、ドアを指さした。「だが、皆さまには知っていただきたいんです。そんなことを信じる人は誰であれ、レコード製作に関する知識をまったく持ち合わせていないのだと。聞くだけなら、違いはおわかりにならんでしょう。これからピアノ伴奏が聞こえてくるはずですよ……。ところで」また笑顔になって、「どなたか、私にもカクテルをいただけませんか?」

耳をすますまでもなく音の違いははっきりしていたが、みんなじっと耳をすましていた。一部の心の奥に当初からなんとなくあったその種の疑惑を、ルヴァスールに払拭されたのだと思う。相変わらず、みんな黙りこくっていた。ドネイはスフィンクスのようにじっと固まって、両手をきつく握りしめていた。イゾベル・ドネイはあわてて腰を上げて、ルヴァスールにカクテルを注いでやった。グラスを取って乾杯する手に指輪が、グラスの縁に嘲笑をたたえた黒い目が、それぞれぎらりと光を放った。

16　死のカクテルタイム

そうして今度という今度こそ、この事件の異常性をぞんぶんに味わうことになった。

私は帽子もかぶらずに髑髏城の胸壁で夜風にあたって涼んでいた。歯をかたどるアーチが並ぶ回廊の中央に、前には気づかなかった扉が開放されている――灰色に塗装した鉄ドアなので、前夜に持参した懐中電灯の光ではわからなかった。が、数分前に一同そろって到着すると、そのドアがそれまで思いもよらなかった世界を目の前に開いてみせた……。

麗しい夜に、猛スピードで川面を跳ぶあの気分！　思い出すのはサリー・レイニーの黒マントと白い毛皮の飾り襟が、揺れる船中で私のコートに密着したこと。思い出すのはイゾベル・ドネイの金の夜会靴、天の高みから川面を千々に乱す月の光、それより何より、光る紫の眼で睥睨《へいげい》する孤高の大髑髏。狂気だ！　モーター音をかき消さんばかりに胴間《どうま》声をはりあげて、公爵夫人が童謡を歌う。「……あらしもさんざんくるだろう――！」（イギリスの童謡『行け行け船よ』の一節）別のボートが謎の待つ場所へ向けてすでに出発していた。対岸の船着場はたいまつでにぎやかだ。誰かが三途《ステュクス》の川などと言いだすのをしりめに、女たちはめいめい華奢な夜会靴に防水用のオーバーシューズを重ねばきして、これからの坂に備えた。さんざん笑いあい、ため息をつき、恐れをなし……。

　そして今、私が立つこの胸壁にはかがり火がいくつも燃えていた。緑の制服に黒いヘルメットの警官が一人、端っこの薄闇で歩哨をつとめている。私はきびすを返し、あの鉄ドアが開いたときに姿をあらわした中央通路へと向かった。前の夜歩きで目にした多色ガラス窓と弧を描いた階段が付属しているが、今ではこれが城全体からすればほんの添え物にすぎないとわかっていた。

　この中央通路は広いが簡素なつくりで、奥には大階段があり、はるか上の壁際の踊り場で二手に分かれた回廊へと続いている。床と階段はふかふかの黒い絨毯が足音を消している。回廊の壁にはずらりと蠟燭受けが並んでいるものの、低層階のここまでは照らしきれない。階段を上がったところの壁際に十五世紀のミラノ式金象嵌《ぞうがん》の黒甲冑一式が立っていた。内部にともした蠟燭の炎が兜の透き穴に揺れ、大剣を杖がわりにしてこちらを見ている。

　階段を上がりながら、わけもなくぞくりとした。あらためて気づいたのだが、昼間ならば鼻にあたる黄色ガラスの窓からの自然光だけなのに、夜間はすぐ内側の天井に、蠟燭をたくさん立てた巨大な燭台が鉄鎖で吊ってある。場所がだだっ広すぎ、薄気味が悪すぎ、赤毛の幽霊をしのばせるものが多すぎる。踊り場の甲冑の陰で、何やら動く気配にたじろいだ。

「ずいぶん探したわよ」サリー・レイニーの声がした。「なんで逃げ出しちゃったの？　みんなは上の階よ——小さくかたまってる。ほらね！」

　黒甲冑の陰にいると、小柄なのがよけいに目立つ。黄色い光が口紅を不気味な色に染めていた。ひときわ大きくなった黒い目でしっかりと私を見上げ、グラス二つを手にしていた。ひとつを私に手渡す。ぐいと飲みほすと、またしても黄金の黎明《ゴールデン・ドーン》だった。アルコールのおかげで体がほんのり温まる。

「終わっちゃった」甲冑の陰から、サリーがかすれ声を出した。「あいつ、酔った勢いで話しちゃったの。あたし——あたしは、実はそんなに残念じゃないみたい」

私は甲冑の台座にグラスを置き、両手でその顔を包みこんだ。

「気をつけてね」彼女はまばたきもせずに言った。「もう火傷するのはごめんよ」

一拍おいて、ぐさりと刺さった。遊びでこの娘とは付き合えない。他はどうあれ、いつも空恐ろしいほど一途なのだから。しかも今夜のお遊びは——

「上へ行こうか」私は言った。

さらにいくつも階段を上がり、ダイニングルームの階を素通りして、髑髏の頭頂を独占する広間へ出た。とたんに押し寄せた喧噪が鼓膜を乱打しぐるぐる渦巻く中で、待つ身の緊張が吐き気とともにぶり返した。天井はガラス張りのドーム屋根になっている。その天井を支える黒檀彫りの柱が高くそびえていた。床は黒と金のモザイクで黄道十二宮の円環を描きだしているようだが、ほうぼうに散らした毛皮の敷物にさえぎられてはっきり見えない——アリソン邸で異彩を放つ玄関ホールの敷物と同じく、頭つきの毛皮は油断ならないあの世の傭兵みたいに、がっと口を開けて白い牙をむいている。ほうぼうで、いろんな人がその頭に蹴つまずいていた。天井から途方もなく大きな王冠型の吊り燭台四つがさがり、床のモザイクにまばゆい光を投げかけていたが、室内くまなくとまではいかない。あちこち暗いところがあるせいで、細かい部分はきちんと見えなかった。

中央のオットマン椅子にイゾベル・ドネイとルヴァスールが一緒に腰かけていた。大きな紫ガラスのワインフラスコ――チュニスの屋台で売っているようなやつ――から酒を注いでいる。ルヴァスールは露骨に浮かれて声高にイゾベルをほめそやしていた。真っ赤になって笑いながらおやめ遊ばせなどと言いつつ、イゾベルも心ゆくまでお世辞を堪能している。ダンスタンといえば、酒を手にしてこれ以上ないほどの決意の表情で室内をぶらついていた。どうやら何かを探し求めているようだが、それが何かは自分でもよくわからないらしい。誰かが薄暗がりでピアノの鍵盤をとんでもない調子っぱずれに叩きだした。いくつもの声がにぎやかに歌いだす。声の主はバンコラン、ギャリヴァン、公爵夫人だった。こんな合唱だ。

「そうれ、将軍は殊勲十字賞《クロワ・ド・ゲール》をもらったぜ、パーレヴー、
そうれ、将軍は殊勲十字賞をもらったぜ、パーレヴー――！」

バンコランがこういう場でここまではめを外したためしはついぞなかった。彼らしくないし、何を企んでいるのだろうと思った（いつもそうなのだ）。合唱は将軍の下馬評を説き、アルマンティエール（第一次大戦の激戦地）の多芸多才なお嬢さんによる驚天動地の武勇伝を、情感こめて披露した。早晩、このどんちゃん騒ぎの果てにどんな結末が待ち受けるかと思うにつけ、私はもう

少し酒がほしくなった。奥の片隅に一本だけ蠟燭をともした漆のキャビネットのそばに、腕組みしたフォン・アルンハイムが彫像のように立っているのが見えた。

　サリー・レイニーがはしゃいで歓声を上げ、私の横からピアノの一団へと駆け寄る。私は蠟燭のそばのフォン・アルンハイムのところへ行った。そこで全身に震えがきた。あの男の顔つきたるや——死人のように冷たい顔で、一分の隙もなかった。細めた緑の目で室内をゆっくりと見渡している。あの黄色い光のただなかで、高い本棚にもたれ、その場の喧騒から何マイルも遠ざかって。ピアノの騒々しい一団と、この「ダリエンの頂に黙し、見通す者」（ジョン・キーツ「チャップマンのホメロスを一読して」より）のへだたりようには、こちらまで居心地悪くなった。刈り上げ頭にわずかに残したブロンドがそこはかとなく脅しをかけているようだ。この男がいささか怖くなってくる。近づくにつれ、風変わりな恐ろしい考えに襲われる気がした……。

「ご主催のパーティは、フォン・アルンハイム男爵」と声をかけた。「成功しそうですね」

　男爵はゆっくりと頭を向けた。「成功なら、とうにしているよ、来てすぐに。今晩が終わるまでにはさらなる成功を収めるだろう」

　沈黙があった。そこへダンスタンがぶらりと通りかかった。大事そうにグラスを支えている。と、虎の頭に足を取られ、立ち止まって、真顔でその頭を見直すと、また歩き出した。そうぞうしい歌声が鼓膜を乱打する。歌が別のに変わっていた。軌道をゆく惑星のようにダンスタンがまたもや近づいてくる。足を止めてすこぶるはっきりと「美しく青きドナウだ」と言うと、行ってしまった。こちらはフォン・アルンハイムのせいで——最大の元凶だ——ひどく神経をかき乱されている。誰かが緑の液体をなみなみと注いだグラスを、チーク材のテーブルに置きっぱなしにしていた。味見したらペルノーだったので、そのまま飲んだ。フォン・アルンハイムは相変わらず腕組みして睨みをきかせている。

「なあ、どうだろう！」どんちゃん騒ぎの向こうで、今度はギャリヴァンの声がした。「ここには五ヶ国を代表する顔ぶれが揃ってるだろ――英国、ドイツ、ベルギー、フランス、アメリカだ。それぞれの国歌斉唱といこうじゃないか。ムッシュウ・バンコラン、この場でまともに歌えるのはあんただけだ。だから頼むぜ、音頭をとってくれ。それ！『ラインの守り』！（戦前ドイツの準国歌）」誰かが声援を送った。ピアノのさみだれ弾きが仕上げにポロンポロンと鳴る。ルヴァスールがイゾベル・ドネイの耳元で大声を張り上げるのが聞こえた。「まったくお美しい！　ひたすらかわいい！」そこへ大きな雷がとどろき、調子っぱずれのピアノに妙な威厳を足しにかかった……。

私はあたりを見回した。「そうですね。晩餐前からこの調子ですから……。そろそろ食事じゃありませんか？」

「おっつけ、ホフマンが呼びにくるだろう」フォン・アルンハイムが答えた。

「そうですね。みんな、いつでもいいみたいですし」誰か一人欠けているが、すぐには思い当たらなかった。「ところで、ムッシュウ・ドネイは？」

またしても細めた緑の目がこちらへ向いた。フォン・アルンハイムはいかめしい顔でじろりと私を見た。

「ムッシュウ・ドネイは晩餐に出ないよ」

「出ない？」

虫の知らせめいた寒けが私の背筋を這いのぼりはじめ、ドイツ人は何やら思案しながらそっけなくうなずいた。

「出ないよ」フォン・アルンハイムは言った。「ムッシュウ・ドネイは死んだ」


……ここで一息入れさせていただくのは、目と耳はともかく、ここで頭が停止してしまったからだ。ギロチンにかけられればかくもあろうか、というほどの断ち切られようだった。胃がせり上がり、照明が一瞬ぼやけた。やがてフォン・アルンハイムのブロンドの生え際が目に入り、奇遇とはいえ凶々しくも、混声合唱でがなるベルギー国歌『ブラバントの歌』が耳に入ってきた……。

「今のはくれぐれもご内聞に願えますかな」フォン・アルンハイムは言った。「誰にも教えないように」

「それはつまり」私はつとめて声の動揺を抑えながら、「また殺人が起きたと――」

「違います。心臓の具合が悪かったそうだ。ちょっと試してみたんですよ。まさか、こんなことになるとは思わなかったが」

「でも、どこで――いつ――？」

「しっ、声が高い！　誰にも知られないように、このパーティは続けるんですから。さて、ちょっと失礼しますよ。食後のコーヒーが出る前に、犯人を捕まえる予定なので……」

「では、ドネイは違った――違う――あの、つまり犯人ではなかった？」

「アリソン殺しなら、違います。他言無用でね、いいですか？　遺体は別室に安置してあります。覆いをかけて。皆さんにはあとで伝えますよ」

　フォン・アルンハイムは行ってしまった。驚天動地の知らせにまだ頭がついていかない。みんなそろって和やかに会食する予定なのに、仲間の一人をずっと――「覆いをかけて」――別室に寝かせておくというのか。「覆いをかけて！」とは。フォン・アルンハイムのなんとお優しいこと！　このガラスドームを旅立った（まあ言わば）魂をさしおいて、ピアノはガンガン、カクテルシェーカーはしゃかしゃか、ルヴァスールはイゾベル・ドネイの耳もとで「美人！かわいい！」などとわめいている。大銀行家にして金融王国の大王ともあろうものが、壊れたブリキの安時計みたいに動かなくなってしまった。「覆いをかけて」。またしても、いまいましいほど雄弁なあの言葉が蘇る。じきにブリュッセルの証券取引所《ブルス》が恐慌を起こし、いくつもの血走った目が刻々と相場を印字する紙テープと、あの株式市場という、フランの金袋を上下させる馬鹿げたシーソーゲームの動向に釘づけになるだろう。だが、さしあたってこの時点では、大王の亡骸に果物やワインの邪魔をさせてはいかんというわけか。だから休ませる――覆いをかけて。

　私はひどく気分が悪くなり、酒瓶が林立するテーブルへぶらぶら寄っていった。ペルノーなどというアルコール風味のタバスコソースより強い気つけがほしかったのだ。そこで目当ての酒瓶とグラス一つ、サイフォン一つ、ぶっかき氷適宜を調達した。他の酒のラベルは——アムレット、アメールピコン社謹製ビール・デュボネ産などとある。そんなものでは喉の渇きはとうてい癒えない。その時だった、ジンのボトルに立てかけてあった額装写真が目に入ったのは……。

マリーガーだ！　子供の時の劇場以来いちども見かけていないが、ぱっと飛びこむように目に入ってきた。古い写真で、赤毛のマリーガーと一緒に女が写っていた。そういえばギャリヴァンによると、昔のマリーガーには愛人がいたそうだ、それに子供も。愛人は——黒髪を往時のはやりに結いあげ、目のさめるような美人だった。女ざかりの年頃、三十五歳ぐらいか……。ああ！　あの顔にはどこか見覚えがある。子供——子供——母親似だろうか。この場の誰かを思わせる顔立ちなのだ。マリーガーの子供はすでに大人だ。ほんの数分前、この目であの顔を見かけたぞ。男か、女か？　息子か、娘か？　手が震えてきて、グラスをあおった。その写真の出どころはいったいどこだろう。ずいぶんほこりっぽかった。しまいこんであったのを、誰かが掘りだしてきたのだ……。

ダンスタンがふらりと通り過ぎた。片目でじろりとこちらを睨みつけ、もう酒が過ぎたんですかと言われた。そういう自分は酒が過ぎてもうへべれけですよときた。追い払おうとしたが、ぜひなみなみと一献さしあげたいとしつこく絡んできて、私が飲みほすのをしっかり見届けた。やがて納得してうなずくと行ってしまった。ただでさえ、あの写真ですっかり頭が混乱しているところへ、先ほどのきついペルノーが今頃になって回りだす。いまや全員がピアノの周囲に集まり、ルヴァスールまでが加わって、酒の番は私だけになった。赤毛のマリーガーの顔が目の前でゆらゆらし、ある本のくだりがひょいと浮かんだ。「かく申す我は底なし穴の王者アバドンゆえ、たとい身は破滅しようとも他の者にかかって想念蘇り、その手にて速やかに鉄槌下しおき、炎雷導き、死神の奇々怪々たる六道《りくどう》までを照らしださん……」「ゆうべは酔っぱらっちゃった」ピアノの一団が声を限りに歌っている。「ゆうべは酔っぱらっちゃった！　もう飲めなければ迎え酒、今夜はとことん酔っぱらおう！」……しかしながら、いざホフマンが呼びにきてみれば、泥酔者はひとりもいないと判明した。ダンスタンとイゾベル・ドネイは別として快活の域を越えた逸脱はなく、みんなめいっぱいはしゃいでいただけだ。それにドネイ夫人は目をみはるほど酒が強い。その晩は意外な顔をいろいろのぞかせた上に、たおやかな物腰に新たな美貌まで加わると、どんなに知性を欠いた言葉でも才気煥発に思えてしまう。夫の死も、まさにそうして受けとめるのだろう……。「誠に申し訳ありませんが」フォン・アルンハイムが話していた。「ムッシュウ・ドネイは晩餐開始に間に合いません。ちょっと急ぎの長距離電話で……」

まあ、まったくの嘘ではないと思う。

そんな話をにこやかにするフォン・アルンハイムの顔は、見ていて気持ちのいいものではなかった。誰も何も言わない。金融帝国の王者たちの習性について私がおぼろげに考えていたのと他の者も大差なかったので、男爵の話はもっともらしく聞こえた。私は最後に見かけたドネイの姿を思い出そうとした。あの甲冑回廊を行く姿がどうもそうらしく、仲良さそうにドネイの肩に腕を回して歩いていたのはフォン・アルンハイムだったように思う。

すでに述べたように、ダイニングルームはすぐ下の階の正面側にあった。そこへ弧を描いて降りる通路は大理石張りで、青しっくいのフレスコ壁にまるで物置の中みたいに雑に重ねてかけた絵の中には正真正銘の名画が何枚もあって、ぎょっとした。コレッジオの『眠るヴィーナス』、ルーベンスの散逸作品『サッポー』まで。大半は裸体画で、肉感的でけだるい魅力にあふれていた。やがて鉄の格子門をくぐり、ダイニングルームへそろって入室する……。

まっ黒だ！　紫ガラスをはめた大きな楕円窓を別にすると、漆黒のビロードの垂れ布が、途方もない高さのアーチを覆っていた。闘龍群像をかたどった青い磁器の吊り燭台が天井からさがり、ゆうに百本はある蠟燭が、激しく揺れる灯影を純白のテーブルクロスに、銀器に、セーヴル磁器のセットに、真紅の花をあふれんばかりに活けた中央の大花瓶に落としていた。部屋の四隅に香炉を配し、白檀の細い煙が立ちのぼる……。

楕円形の食卓に十人分の支度がしてあり、席順はこうなっていた。

フォン・アルンハイム
私　　　　　　　　バンコラン
サリー・レイニー　　イゾベル・ドネイ
ギャリヴァン　　　　ダンスタン
ルヴァスール　　　　ドネイ

　晩餐ではお決まりの静寂の中で一同着席した。ふと気づけば、テーブルの中央で青い磁器の花瓶に活けてあったのは――花もあろうに――阿片ゲシであった。はるか上の視界の隅で、あの楕円形の紫の窓が蠟燭の灯をはじいて不気味な光を放つ。テーブルをほのかに照らす卓上蠟燭はほんの数本だが、人を不安にさせるほど炎が躍り、ぎらつく天井の灯影のせいで明るすぎるほどだ。バンコランは前菜のキャビアと、目の前にずらりと並んだワイングラスを無表情に検分していた。イゾベル・ドネイはどこか小ずるい横目遣いで、うるんだ目をダンスタンの顔に走らせていた。ところがダンスタンのほうは――頭のてっぺんに髪がひと房だけはねていたのを思い出す――どのくらいワインが飲めるかなと考えてご満悦らしかった。公爵夫人が剣闘士の開始合図よろしくナプキンをひと振りし、なんだか魚みたいな目をして、ルヴァスールの悦に入った浅黒い顔をじろじろ眺めた。私の席からはギャリヴァンの顔が見えなかったが、しみだらけの手が不安そうに銀器を操るのが見えた。

「見て！」サリー・レイニーがまったくだしぬけに大声を上げたので、一同飛び上がってしまった。「ねえってば、見て！　あれ、ちょっとやりすぎ！」

　指さす先は、中央の阿片ゲシの脇だった。言われてようやく気づいたのだが、大きなケーキに白いアイシングをかけ、意味深長な青い忘れな草で周囲を飾ってある。ケーキの上には菓子職人にでも頼んだのか、白いアイシング細工の絞首台をのせてあった。いみじくもサリーの言葉通り、やりすぎだ。暑い室内がどれだけ息苦しいかにあらためて気づき、なんだか襟元が苦しくなり、白檀の香が肺を圧するほどになってきた。フォン・アルンハイムの細面を盗み見ると、テーブル唯一の空席を薄笑いと共に見ていた。スペインの型押し革を張ったハイバックチェアには、本来ならジェローム・ドネイが座っているはずだったのに……。

イゾベル・ドネイが笑い出した。テーブルに白い両肘をついて、テーブル越しにすまし顔で、「あら、おわかりにならない？」と言いだした。「皆さんが追っている犯人はわたくしですのよ。わたくしがやったの。ええ、本当よ！ ジェロームも殺しました。あの人がこの場にいないのは、だからなのよ……」

座がぴいんと張り詰めた。何杯ものカクテルが効いたのか、さもなければわざと一同に活を入れようとしたのかは何とも言えない。いずれにせよ、みんなが笑っていちどきにしゃべりだした。ルヴァスールは白い歯をちらりとのぞかせ、片手を上げて誓った。はい、私です。一連の殺人に関与した上、いましがたジェローム・ドネイを胸壁から突き落として片づけてきたばかりです――本人が指摘したように、そうする理由はいやというほどあった。公爵夫人はどうせそんなこったろうと前から思っていたと言い、私に賛同を求めた。ドネイの椅子は相変わらず空っぽで、何かを暗示しているふうだ。誰の思いつきにせよ、ドネイが死んだなんてすごいジョークだとみんなが思った。証券取引所の大立者は、大天使より不死の存在なのだ……。

スープが出てきた。ザリガニのビスク、喉を通れば非常においしい。ただし、あの空席を絶えず目にしながらではそれも難しい。一緒に出されたワインは白のモンラッシェ一九一五年だった。お仕着せの使用人たちが影のごとくあらわれ、猫のごとき目配りで、居並ぶ席の肩越しに、きらめくワインを手際よくお酌して回った。料理のほのかな湯気が白檀の薫香や阿片ゲシの重苦しい香りに取りこまれる。しだいしだいに室内は蒸し風呂と化し、座もおのずと沈みがちになった。マクベスに殺されたバンクォーの幽霊があの空席にあらわれるのではなどと恐れていたのに、だんだんとそれどころではなくなってきた。ドネイなら、この格式ある城の謁見の間かなにかで、「覆いをかけて」相変わらず安らかに寝ているはずだ。

ひときわにぎやかに皿の音をたてて、魚料理が到着した。惜しげなくソーテルヌを使ったディジョン風舌平目だ。あやうくタコと相思相愛になりかけた、たった一度のてんまつについて、サリー・レイニーが緑のドレスと快活すぎる目で生き生きとしゃべって楽しませてくれた。とりとめないおしゃべりが蠟燭のあいだをとびかう。こんなふうに大声で、「――つまりね、ルヴァスール。こんちくしょう、あたしゃ、きちんと調子を取った歌が好きなんだよ！ そら例えばさ、『麗しのメアリ・オブ・アーガイル――』なんてところをちょっとやってよ」「――それに『美しく青きドナウ』だよ、イゾベル。美しく青きドナウを船旅しようじゃないか――」「――お願いだからちょっと黙っててくださる、マーシャル？」「――ああ、ですがマドモワゼル・アリソン、一つの曲ばかりを何度も何度もやるのではお気に召しますまい。それでは気がどうかしてしまいますよ。だったらいかがでしょう、二つか三つの曲をかわるがわる演奏するのでは？」

そこへ主菜が届き、おしゃべりがとだえた。誰かがグラスを倒し（ギャリヴァンだったと思う）、思わぬ間があいたすきにサリー・レイニーがこう言いだした。

「わかった！」と大声で、指をパチンと鳴らした。「ねえ、みんな聞いて！　たった今、思いついたの——答えを。これぞ正解よ、五ドル賭けるわ！」

世に名高い女の勘というやつは、とルヴァスールが声を上げかけると——

「そうじゃないの、でもほんとよ！　こうしてお互いにおまえが犯人だと言い合ってるけど、お約束ならいちばん疑われない人が犯人じゃない。それならフォン・アルンハイム男爵よ！　だからね、あの人がこのパーティを企画したのは、デザートの最中に起立して白状するつもりだからよ……」

みながいっせいに口を開いた。まるで神を冒瀆する言葉でも吐かれたような奇妙なショックがその裏にあった。何もかもが不思議の国さながら理不尽に感じられ、私はあの空席を見てから、フォン・アルンハイムの顔色をうかがった。彼はあごに手を当てて座り、わずかに目を細めている……。

「それはそうと」サリーが続けた。「あのおかしなドネイさんはどこにいるの？　最後に見かけた時はフォン・アルンハイム男爵と一緒だったわよ。ほらね！」

明らかに冗談のつもりで言ったのだが、笑いは起きなかった。たとえワインのせいで生暖かい霧がかかった頭でも、電話にしては時間がかかりすぎる、とそろそろ気づきだしたのだ。サリーの甲高い声が、まだめいめいの耳に残っている。私は彼女の腕をつかんで、つい言ってしまった。「おとなしくしてろ！」——事態を悪くしただけだった。空席がいよいよ存在感を増し、場をゆがませるほどになったのだ。沈黙のなかでイゾベル・ドネイがサリーを睨みつけるのを見ていると、ダンスタンの酔いどれ声が池に投じた石のように響いた。ぐらりとテーブル越しに乗り出した彼は、いまにも倒れそうな体勢でフォン・アルンハイムの丸刈り頭を指差した。

「その頭」きつく問い詰める。「最後に散髪したのはいつだ？」

誰かがヒステリックにくすくす笑いだし、すぐやめた。イゾベル・ドネイが大声で、「やめてったら！」と制したが、その手をダンスタンは振り払った。

「答えてもらおうじゃないか」頑として続けた。「だって、殺人のあった晩、ぼくは川のこっち側にいた。ほんとだよ」とにっこりした。「そこへ誰かがひょっこり地面から出てきた、な？　いきなり地面から——ぴょこんとね！——何やら引きずってた。あれは死体だったと今にして思い当たる。これまでは思い出しもしなかったけど。たった今まで……」

げんこつを固めて自分の頭をこつんとやった。イゾベル・ドネイの息遣いがせわしくなる。

「それで」と続けた。「他のこともちょうど思いだした。話してやれたのにな、もっと早く。犯人はアリソン邸のぼくたちの誰でもないって。地面からひょっこり出てきた男は……あいつは絶対に……泊まり客であるはずがない……」

油断ならない沈黙のただなかでバンコランが初めて口を開いた。「なぜですか？」

ダンスタンが背筋を立て、満面の笑顔をテーブルのそこかしこに向けた。

「だって」勝ち誇ったように、「その男は赤毛だったんだ」

17「コーヒー前に指名しましょう」

フォン・アルンハイムははじかれたように立った。その爆弾発言でさえ、彼がこの場の主導権を握っているという事実は揺らがなかった――うつむきかげんの小柄な針金のような男が、緑の目をテーブル全体に油断なく配っている。

「さよう」はっきりと言い切った。「殺人犯は赤毛の男だ。魔術師マリーガーの手で行なわれた犯行だったのだ」

あえぎでもうめきでもない、奇妙な音がテーブルに広がった。震えるように吐き出されたその息ひとつに、内なる闇の恐怖から解放された一同の安堵がうかがえた。サリー・レイニーの手がワイングラスにぶつかり、皿にがちゃんと当たってひとしきり震えた後でおさまった。なぜか私はその時たまたまルヴァスールを見ていた。真っ青だった。それまでは自分が犯人と名指しされるのではないかと生きた心地がせず、震えるほど安堵しているのが見てとれた。ひとしくショックを受けた一座の中で、片眼鏡で睥睨するフォン・アルンハイムだけが違った。しゃんと立ち、両手の指をいっぱいに伸ばしてテーブルに広げている。催眠術にかけるような声で英語を話し、一同、頭を動かすことさえままならない。

「どなたも動かないで」と言った。「私が話し終えるまで、どなたも、ひとことも口を出さないでいただきたい。あなたがたにこれからお見せしようと、あるものをここへ持ってこさせてあります。わがフランスの友、すこぶる卓越した知力を有するさる紳士は、自ら脇道に逸れておしまいになった。今回の席を設けるに至った理由の大元はそれです。ムッシュウ・バンコランには一目置いておりますし、彼もご同様にしてくれているのは存じております。ですが、今回の安いメロドラマとはかけ離れた真剣勝負で火花を散らしていた昔に言われたことが、いまだに残っておりましてね……」

と、バンコランを見た。フランス人の顔にはまったく何の感情も読みとれなかったし、その目は私の肩越しにしっかり闇を見据えていた。裁きの場に出された魔王だ。

「私にこう言ったんですよ」フォン・アルンハイムが続けた。「『友よ、あなたは多才な人だ。ですが、結局はやりそこなうでしょう。想像力に欠けておいでだから』こんりんざい忘れませんよ。この期に及んでこうして持ち出すのは、その教訓こそがこの部屋のすぐ外まできている肝腎の謎を解く鍵だったからです」

フォン・アルンハイムがテーブルをこぶしで打った。「人生の道筋、成功か狂気か、二つに一つの道筋は、弱点に目を向けるふとした言葉がきっかけで決まるのです。そして、こうした言葉が長年かかって毒を醸し出す。言ったほうはきれいに忘れているのに。陸軍学校の少年たちがさんざんかかし呼ばわりしたコルシカ人が、その愚弄をばねにボナパルト砲兵隊を鍛え上げたように。人がどもると、私たちは笑いますが、そうしたことがやがてデモステネスばりの雄弁家を生みだすのです。人間とはそういうもの。それというのも、自分はあざけられた通りなのではないか、と怖れてやまぬ心情が底にあるからです。

　今からちょうど二十年前、マリーガーという魔術師が、大喝采を浴びたマイロン・アリソンの劇場公演の楽屋へ入っていきました。そしてこう言いました、おまえは終生本物の役者にはなれない。両者の間で続いた恐ろしいまでの確執。そして、アリソンの頭のどこかで不安が根を張り、彼をつねに悪夢へと突き落とし続けた……」

　フォン・アルンハイムはごくかすかに身振りした。

「詳細は話さずともよろしかろう。ただ、アリソンがマリーガーを嫌う理由はすでに充分すぎるほどあった。いつも勝ち誇っていたマリーガーは、アリソンから莫大なダイヤモンドを騙し取っていたのです。ちょうどジェローム・ドネイの裏をかいたように。今日の午後、ベルリンから送られてきた一件書類で私は一部始終を知りました。それを今ここで持ち出して皆さん方を退屈させるまでもありますまい。ですが、アリソンを特別な狂気に駆り立てたのは金銭的損失ではありませんでした。ひとえに、嘲笑を繰り返されたせいです。

　ドネイは実際家です。マリーガーに二人して騙されましたが証拠はありません。ゆえに《エルゴ》、自分の金を取り戻さなくてはならない。ドネイは冷えた理性の持ち主、かたやアリソンは野放図な想像力に恵まれています。二人はそれを出し合って殺人の計画を立てたのです。そして私がそれを悟った理由は——想像力がないおかげです」

　他の者を見るゆとりはなかった。血の気がなく、にこりともせず、力みなぎるフォン・アルンハイムの顔から目を離せなかった。紫の窓を背に負い、漆黒の垂れ布と吊り燭台を頭上にいただいてそびえ立つ、その姿から。

「二人が練り上げたのは、前例のない、きわめて狡知に長《た》けた悪魔の計画でした。まさに天才の仕事です。ドネイの冷たい論理とアリソンの飽くことなき演劇への愛を二つながらに満たすものでした。私には想像力がありませんのでね、この計画の全容がいきなり頭に浮かんだのです。状況はご存じでしょう。マリーガーは一人で列車に乗っていました。付近には誰もいなかったと車掌が断言しています。それがふっと姿を消したかと思うと、後になって川から死体が上がる。事故かもしれないし、ことによると自殺かもしれない。ですが、その状況で殺人という可能性は考えられない。

それに実際、殺人ではなかった。マリーガーの〝死ぬ〟数日前の晩、二人はマリーガーの所有する髑髏城でやつを捕えました。マリーガーの私生活も、その旅も謎に包まれていました。あまりにも風変わりだったので、その動向、不在、あるいは奇癖をとがめる者はなく、召使たちにさえ何も怪しまれませんでした。

二人でやつを捕え、マリーガー自身がこの城に設けた無数の隠れ場所のひとつに拘束しました。そしてやつから指輪、腕時計、印章を奪い取り、肌身離さず持っていたあの幸運のお守りの指輪さえ取り上げてしまいました。あの男自身の生活スタイル、彼自身の天才のおかげで、二人はまんまとその居城にやつを囚われの身としてしまったのです。

これであの日の午後、あの列車に乗っていた人物の正体はおわかりでしょう？　かつてのマリーガーを、悪魔の業かというほど巧みに演じて見せる人物のお心当たりは――」

「なんてこった！」ギャリヴァンが大声を上げた。「アリソンだ！　わかった！　それでか――」

「アリソンです」フォン・アルンハイムが言った。「アリソンが一人で列車に乗っていました。替え玉の彼がごまかさなくてはいけないのは、マリーガーを知っている人々の目ではなく――ドネイとアリソン以外に彼をよく知る者はいませんでしたから――車掌と、ドーランを塗りたくった舞台の姿しか知らない半ダースほどの通りすがりの乗客でした。アリソンはアクロバットができましたから、列車の窓からけがひとつせず身軽に飛び降りて、変装を脱ぎ捨てるくらい朝飯前でした。それから医学部の解剖用か盗掘死体かに、あらかじめ指輪類や時計や印章などを装着させておいて、ライン川に投げこめばよかったのです。あの晩、アリソンとドネイの二人がかりで……。

殺人などとうてい不可能という状況は作ってありました。それにマリーガーの遺言書があります。立会人がマイロン・アリソンとジェローム・ドネイであったことをご記憶ですか？　つまり、どれほど偽造が容易であったか、おわかりですね？　よろしい！　本来の案が実行されていれば――その時マリーガーを殺し、亡骸は石壁の奥深くに埋めておけば――二人の身もそのまま安泰だったでしょう。ですが、アリソンはそれだけでは満足しませんでした。もっと気違いじみて、危険で邪悪な行為で、時代錯誤の性癖を満足させずにはいられなかった。マントと剣で時代物の舞台に立っていた彼は、いわば数百年遅れて生まれてきた人間でした。実際の年齢を考えれば子供じみた残虐な行為でも、せずにはいられなかったのです」

　相変わらず、誰も動きも話しもしなかった。ダンスタンさえ素面に戻って、妙に血走った目をしばたたいて自分の皿を見ていた。テーブル越しにバンコランを見ると、その表情からフォン・アルンハイムの言う通りだとわかった。

「わが想像力の」ドイツ人探偵が続ける。「おもむくままに、途方もないところへ連れて行かれました。それでも目に見えるようですよ。嵐吹きすさぶライン河畔の一夜と、いくつもの人影——おそらくはこの部屋の様子がね。マリーガーとされた替え玉の葬儀後です。棺はしめやかな表情の者らに担がれ、もう出てしまいました。つつしんでシルクハットを脱ぐ参列者、弔い用の花輪の香はまだ濃く残っている。そして、悲しみに沈む友二人が牧師への支払いをすませる。髑髏城の鎧戸が引き上げられる。だが、当のマリーガーは囚われの身のまま、いぜんとしてこの世にいたのです。

　友人たちは狡猾にも待ちました。最後の聖歌が歌われ、穿鑿好きな質問者たちが最後の一人まで満足するその時までは片時も油断はできない。もししくじったら、マリーガーはまだ生きている——これはぞっとするほどひどい悪ふざけ（ただし、あくまでもおふざけ）で、二人は、他人にその手の悪趣味なおふざけを仕掛けるので有名な人物に同じことをしている、そうやってしっぺ返しをしているのだと、警察に言ってやればいい。彼には危害は加えていません。二度とそんなことをしないよう、身をもってわからせているまでです、とね。はっ！

　こういう光景も見えますよ。あの紫の双眸窓と黒い垂れ布のこの部屋で、磨き上げた特大の卓上に蠟燭が一本だけ灯っている。弔問客や召使たちは去った後です。後はきちんと積み上げた簡易スツールと花の香りだけ。もう夜更けで、雨が窓を叩いています。（いかがかな、わが友バンコラン。こうしてみると私の想像力は？）ドネイは蠟燭の脇に一人きりでブランデーの瓶を前に腰をおろしています。アリソンは自ら買って出て穴の中へ降り、ライン川の隠し通路を通って、仕事にけりをつけに行く。

座して待つドネイですが、あまり酒は進みません。景気づけは必要ない。筋道だてて考えた末の結論です。そしてアリソンの戻りを待っている。やがて戻ってくる足音がする。アリソンがあらわれた――あのドアをくぐって、笑いながら。ドネイが目で問いかける。生粋の役者であるアリソンが手首を返すと、思わず引用が口をついて出る。『やってしまった』（『マクベス』第二幕第二場、王殺しの後のマクベスの台詞）城はなおも静まり返り、窓辺の雨音ばかりが響く」

いきなり息が詰まったような声を上げて、公爵夫人が目の前の皿を押しやった。何も言わないが、何といってもフォン・アルンハイムが話しているのは血を分けた兄の所業だ。ルヴァスールの魅入られたように輝く目と、イゾベル・ドネイのこわばった白い顔も目に入った。

「やつを殺してきた、とドネイに言わなくてはならないと、アリソンにはわかっていた」フォン・アルンハイムはぴしゃりと言った。「あの豚野郎をひと思いに始末して後腐れを断ちたいという、ドネイの筋の通った要求はわかっていた。だが、狂気じみた妄念の羽音が、アリソンの頭から物の道理をかき消してしまった。やつは妄想に取りつかれていたんだよ。

ここで諸君に、十七年近くもの長きにわたってマリーガーが囚われていたさまを、わざわざお伝えする必要があろうか？　鍵をかけて番人を置いた城？　夜毎、アリソンがライン川の下のトンネルを通ってくる？　窓のないあの塔の部屋で、のぞき窓をつけた分厚いドアに閉じ込められて。油をさして手入れした手錠をはめられ、壁の鉄鉤ふたつに鎖の先をつながれて？　ひとつひとつがアリソンの大成功を報じる記事ばかりの古新聞をアリソンが読み上げてやり、捕虜の責め苦に一層の彩りを添えていたことを？　おつむのたががはずれかかった城番兼看守がマリーガーの食事を運び、独房の掃除をしていたことを？

またしてもわが想像力の活躍ですな。今度見えるのは、なぜアリソンが十七年もそうしてマリーガーを監禁していたか、なにゆえ彼の狂気が時とともに消え失せず、あべこべに暴走していったかです。私にはわかります——そうしなければ、とは何度も考えたはずですが——慈悲深いリボルバーの一撃でかたをつけて、おぞましい秘密を抱えた危険な立場からなぜ抜け出そうとしなかったのか。戦時中でさえここを離れず、英国市民権を放棄した理由が私にはわかります。なぜなら、マリーガーの精神を壊すことが、彼にはできなかったからです！

犬のように、マリーガーを鎖で壁につないでおくことはできました。風も通らない窓のない独房に閉じ込めて、打ち捨てておくことはできました。干からびたパンを食わせ、汚れた藁の寝床をあてがい、体をすっかり壊して視力を奪うことはできました。ですが、あの笑いを消し去ることも、あの反骨精神をへし折ることもできなかった。堕天した光の王ルシファーの笑いと反骨です。あの傲岸な巨人の笑いに打ち勝つことは、ほんの一瞬たりともできなかった。

夜でした。ランタンがいくつか、湿っぽい塔の階段を上がってきて、青ずんだ恐ろしい闇に光の車輪を投げかける。扉ののぞき窓はちょっと開いていた。というのもあそこの分厚い壁は叫び声など通さないからです。見張りのバウワーが壁にもたれて含み笑いしている。アリソンはのぞき窓にかがみこんでいる。古新聞がさごそいい、色のない白い唇がランタンに照らされて動く。『……魔法にかかったようだ……間違いなく史上屈指の名優……』そこで、その部屋の中から初めて藁の気配がし、金具の音につれて、むっと異臭がする。そしてじきに、もがきながらやつが高笑いを響かせる。『もう、地獄へ逝っちまえ』と、マリーガーがかすれ声で、『この安っぽい大根め』」

フォン・アルンハイムはそこで言葉を切って一礼した。こうして再現した話の内容に自分でも震えがきたらしく、関節が白くなるほど拳を握りしめ、テーブルにのしかかるように身を支えている。私の頭の中に不屈のマリーガーの大きな姿がゆらりと浮かんできた……。

「クロイガー！　リーバー！」フォン・アルンハイムが呼んだ。「やつを連れてこい！」

さっき入ってきたのとは別のドアへ片手をさしのべた。すると三人が入ってきた。二人は緑の制服に黒ヘルメットの警官、両脇から三人目を支えている……。

自分はいったい何を予想していたのか。考えられる場面はひとつしかなかった――べたべたに汚れた赤毛に力みなぎる灰色がかった黒い目の、猿のように長い手の大男が古臭い身なりでよろめきながらやってくる。そして、いざ警官たちが蠟燭のそばへくると……。私は心ならずも椅子を立った。ギャリヴァンとルヴァスールもやはり席を立っていた。驚きが塊になって、胃の腑にどすんと落ちてくる。

警官たちが両脇から支えていた者は、どうやら男であった。何とか身づくろいして、しかるべく扱おうと努力した形跡があった。そいつが着ているのはごま塩のだぶだぶのスーツで、サイズが大きすぎて体が泳いでいる。襟につけたセルロイド製のカラーもぶかぶかで、痩せて骨ばった首に巻いたはいいが半ばねじれている。さらに、新品のぶかぶかでどぎつい黄色の靴が、しんと静まった室内を歩くたびにことさらキュウキュウ鳴っている。

赤毛はあらかた白髪に変わり、首筋でちょっと切り揃えてあった。顔はどこもかしこも汚らしくたるんでしまい、肉がだらっとあごに垂れて、頬骨でてかてかに張っていた。鼻ばかりがその垂れ肉から突き出していたが、それすら上唇へと垂れ気味だ。両目は奥深くに引っこみ、外に出ようとあがくおぞましい二匹の甲虫みたいだった――が、ほとんど見えないのはわかった。しじゅうまばたきを繰り返し、人間の残骸となりはてたものを、警官たちがつんのめらないように支えている。ろくに見えないまま右へ左へと向きを変えられるたびに、その両肩に中風じみた震えが走る……。

贅沢な絨毯に、黄色い靴が耳障りな音を立てる。何かつぶやいて、垂れたあごとかすんだ眼を交互に警官たちに向けた。不屈のマリーガー、堕天した光の王マリーガーが……。

ダンスタンがいたたまれずに立つと、顔をゆがめて自分の席を示した。イゾベル・ドネイが飛びのいて身を避け、喉を詰まらせる。警官の片方がダンスタンの椅子を引くと、もう一人が優しくマリーガーをかけさせてやった。マリーガーは逆らわなかったが、相変わらず手の施しようもないほど頭をがくがくさせている。警官たちが座らせてやった豪奢なテーブルの目の前には、セーヴル磁器や凝った銀飾りをあしらったグラス類、真紅の阿片ゲシをどっさり活けた花瓶が並んでいる。ぼんやりした目で、前にあるものをなんとか見ようとしているらしい。その口がまたおもむろに半開きになった。まるで、ちゃんと閉まったためしがない上げ下げ窓みたいだ。歯が何本か抜けているので、呼吸のたびに歯抜けの穴から風音が洩れる。

「口もきけないほど恐れなくてもよろしい」フォン・アルンハイムは落ち着いていた。「正気も、視力のあらかたも失っています。自分がどこにいるかわからんのですよ。最後のおぞましい乱闘で、アリソンを胸壁へ運んでいったところで精力を使い果たしてしまったのですな。奇蹟ですよ――憎悪の奇蹟――あれだけのことをやってのけたのは、まったくもってそれに他なりません」

おぞましくも人なつこい笑みが、崩れかけた顔におのずと浮かんできた。ずっとがくがくしていた頭も、フォン・アルンハイムへの相槌ととれなくもない。うつろな目がアイシングの絞首台をのせたケーキにとまり、わずかな興味の光を点じた。わななく手を鉤《かぎ》に曲げ、そちらへ伸ばそうとする。爪はすべて剥がれ、青い血管がくすんだ白い肌に浮いている……。

「きれいだ！」しわがれ声で、「きれいだなあ！」

「マリーガー」フォン・アルンハイムが大声で、「私の声が聞こえるか？」

男の頭がわずかに反応したが、けげんな顔をしただけだった。「きれいだ！」またうなずくと、嬉しそうにした。むっとこもった室内にまた違う悪臭が漂ってきた。忘れようにも忘れられないおぞましさ、それ以前に一度だけニューヨークのさる病院でかいだ覚えのある臭い。サリー・レイニーが私の首に腕をまわして肩に顔をうずめ、泣きながら聞き取りづらい声で言っていた。「こいつを――連れて――行って――！　ああもう、連れてってよ――！」

「フォン・アルンハイム」私が声をかけた。「彼は――？」

「そうだよ」ドイツ人が答えた。「癌《がん》なんだ。服役は無理だね。精神病院にさえ行くことはあるまい。もう、とうに手遅れなんだ」

　相変わらず頭をがくがく揺らすマリーガーが、うれしそうな顔をしている。

「ああもう！　それで、このまま晩餐の席へつかせておくおつもり？」イゾベル・ドネイが声を上げた。今ではバンコランの椅子の陰に逃げている。ダンスタンがそちらへ寄って行き、無言で腰に腕を回した。ダンスタンの目には、奇妙な同情がたぎっていた……。

「騒ぐな！」テーブルの上座で、公爵夫人がぴしゃりと言った。大きな口をへの字に曲げ、鼻眼鏡の奥でかっと目をむいている。「あたしがいいと言ったら、ここにいていいんだよ！　ホフマン、ワインを持っといで！　いちばん上等なやつだよ。それと――」

「胃癌なんですよ、ミス・アリソン」フォン・アルンハイムが優しく言った。「恐れるには及びませんよ、マダム・ドネイ」にっこりして「うつりませんから。じきに連れ出しますので……」

「実に興味深いですな！」ルヴァスールだった。

「これでおわかりでしょう」フォン・アルンハイムが続けた。「持ち前の生命力のおかげで、本懐を遂げるまで、なんとかもたせてきたのです。あなたがたはご存じないかもしれないが、アリソンが上演したがっていた劇がありましてね。皇帝ネロに火刑に処されたキリスト教徒の指導者を主役に据えたものです。ですが、マリーガーはそれを知っていて、望み通りにしてやるという一念でしぶとく生きながらえてきたのですよ……」

「ネロ」と聞いたとたん、あと一歩で理解できるのにというもどかしさがマリーガーの目にちらついた。歯なしの歯茎から叫びめいた音がごぼごぼ洩れた。せりだし中の奈落仕掛けにはまってしまった人のようにふらつく。

「マリーガーだ！」自分で言った。

かすんだ目が室内をおもむろにさまよう。他人には聞こえない会話が、なにやら頭の中で続いているようだ。はたはたと片手で胸を叩き、頭の揺れが今度こそ本物の了解のうなずきになった。そして、肩をそびやかそうとした……。

誰かが止めるひまもなく、ダンスタンの飲んでいたブルゴーニュワインのグラスをわしづかみした。口もとと襟もとに盛大にこぼしたが、喉を通ったのはごくわずかだ。今度はよろよろ立つと、かつての威風堂々たる長身を縮んだ体でいくらかでも再現しようとする。目が恐ろしいほどはりつめているが顔にはしまりがなく、かえって痴呆じみていた。セルロイド製のカラーが首にきつく食いこむ。今、彼が見ているのは見えない観客席だった。片手をくるくる回しながら掲げてみせる。

そこで目にとまったものがある。公爵夫人が皿の脇に置きっぱなしにしていたハンドバッグの口が開いて、ポーカー勝負に備えて常時携帯している愛用のカードがのぞいていた……。

「何やってるの、あいつ？」サリー・レイニーがヒステリックに言いつのる。「止めて！」

マリーガーがよろよろとテーブルをつたい、四苦八苦して近づく。曇った目を釘づけにして、がたがた震えてグラス類を揺らす。そして、あのカード一組をつまみあげた……。

「マリーガー！」フォン・アルンハイムが大声で叱りつけた。

もごもごと、マリーガーのあごから意味不明な言葉があふれた。そして向きを変え、片手をぴくつかせて掲げる。その指で扇形にカードが開き、曇った目に勝ち誇った光がきざす。だが、束の間に終わった。おさまる気配のない肩と頭と手の震えが災いして、カードははらはらとテーブルに散ってしまった……。

事情がのみこめない顔で、マリーガーはしばらくカードの惨状を睨んでいた。やがて、すすり泣きめいた声にそうぞうしい喉音がまじる。呆けた両目に大粒の涙が浮かび、ぬぐい去ったように全身の生気が消えた。しばし突っ立ってわなないた末に、ゆっくりとドネイの席へ崩れ落ちた。

18　フォン・アルンハイムは笑う

「あんたには脱帽だよ、片眼鏡さん」公爵夫人が言った。「よくやってくれた。あたしはなんでか、別のやつに賭けてたんだけど……」

公爵夫人とフォン・アルンハイムと私だけで、あのガラス天井の部屋で腰をおろしていた。他の者の居どころは知らない。だが、バンコランとギャリヴァンはじきに合流するはずだった。マリーガーが倒れた後のダイニングルームはてんやわんや続きで、それはもういろいろあった。とうに深夜だ。時計は二時を過ぎていた。すでに蠟燭の何本かは燃え尽きかかって往生際悪く蠟の塊になったところを吹き消された。今では、燃え残ったほんの数本が揺らめく黄色い炎をともしている。頭上のガラス屋根いっぱいに夜空が開け、星が出ていた。

フォン・アルンハイムは寝椅子の混色クッションにもたれ、肘先にチェリーブランデーのグラスを置いて、黒檀の円柱に蒼くかかる星影を眺めていた。すっかりといっていいほど角が取れ、くつろいで煙草をふかしている。公爵夫人はうわの空でカードをシャッフルしていた。

「いまだにわからないのだが」フォン・アルンハイムが言った。「わが友バンコランはどう推理していたのか。ただ、おそらく持ち前の想像力を働かせなかったのではないかな。マリーガーが生きているという示唆を、初めからかたくなに却下していたからね。思うに、執拗に私を誤った方向へ誘導しようとしていたのではないかな」

フォン・アルンハイムはいぶかしむように煙の輪を吐き出し、続けてこう言った。「だがね、他はどうあれ、あの人は公明正大なスポーツマンだよ。私に心からおめでとうと言ってくれた。

むろん、結論を出すのはさほど難しくなかった。そもそもの出発点は、あの謎の男がたいまつをかざして狭間胸壁に現れたところからだ。殺人後に召使二人に見聞きされずに、山腹を駆けおりるのは明らかに不可能だ。そこから、やつは一度も城を離れなかったと推測するのはさほど飛躍した結論ではなかったよ……」

肩をすくめた。

「あの隠し通路の発見すら、頭の中でこの推理の蓋然性を狭めることにはならなかった。マリーガー以上に、ここの隠し通路のことを知っていそうなやつがいるかな。自分の城内なら隅々までくまなく知っていた男だぞ？　それどころか、あの発見こそが求めてやまなかった事物を結びつける手がかりを与えてくれた。あれこそが、凶器のピストルが誰にも気づかれずにアリソンのクローゼットの古コートに入った経緯を教えてくれた――それはそうと、今日の午後を思い出してくれ。われわれみんな、あの部屋で誰かが動く気配を聞いたのに、誰も見つからなかっただろう？　むろんマリーガーがうろついていたのさ。その直後に私は対岸へ渡り、もうひとつの入口を見つけた。警官数名で手分けして、難なく発見したよ。

城側の入口は、目立たぬよう山腹に巧妙にはめこまれた石の一枚板の下にあった。階段をおりてみると、石造アーチの通路が完全に川床の下を通っている——川のあの辺りはさほど深さがないんだよ。だが、十五世紀の石工たちはさんざん骨折ったに違いない！　あの当時にあれほど長持ちするものを作ったんだから。いたるところ汚泥と水垢でね、ひどいざまだったよ。そして階段の昇り口の手前で気絶して倒れていたマリーガーを見つけた。すっかり精根尽き果てて、続けて二語以上は口にできなかった。警察の鑑識医が言い切っていたが、今週いっぱいもつまいとのことだ」

「まあねえ」公爵夫人がふさぎこんだ。「せめて命がある間は、手を尽くして看取ってやってよ。あの兄貴のやつめ……」手に力をこめてカードを睨みつけた。下唇を折り返し、らちもない感傷を振り払おうと身を揺する。「ちょっと待って！　隠し通路の屋敷側の出口までたどりついたくせに、あたしらが今日の午後さんざん探したあげく空振りに終わったのを黙って見てたのかい？」

「あいにくと時間がありませんでしたので。マリーガーを尋問するほうに気をとられていましてね。もちろん無駄でした。ですが……」と言いよどむ。

私が「ですが？」

「ひとつだけ、あの通路の途中で妙なことに気づきました。あなたがたも予想しておられたでしょうが、あの道はくるぶしまで沈むほどのぬかるみようです。マリーガーの足跡には気づきました。ですが、もっと屋敷に近いあたりに、泥をかき混ぜたような一種の跡を見つけました。まるでマリーガーがほうきを使って、自分の足跡を消そうとしたかのような痕跡です」

「ほうき?」私はギョッとした。

フォン・アルンハイムの頭がゆっくりとこちらを向いた。「ああ、そうだよ、マールさん!ほうきに何か?」

「いやいやそんな」私が急いで言った。「ちょっと別のことが思い浮かんだだけで。先を続けてもらえませんか?」

「それに、モーゼル銃の空薬莢《やっきょう》も三つ見つかった。実際に撃ったのは、どうやら地下のあの隠し通路のようだ。おかげでその後のできごとがかなり明らかになった。マリーガーは何らかの方法で縛《いまし》めを解くチャンスをようやくつかんだ。どうやったのかは未来永劫わかるまい。おそらくは、あの城番の目がしばらくゆるんだのではないかな。ドアの鍵をうっかりかけ忘れたというのがいちばんありそうだ。ご記憶かな、あの城番の頭蓋骨は、銃で撃たれる前に何かでめった打ちにされていた。おそらく、マリーガーが背後から襲いかかって気絶させ……。マリーガーは復讐の手だてを長らく思いめぐらしていたに違いない。そんなチャンスが訪れるようにと長年ずっと祈り続けてきたはずだ。それで、ひとたび自由になると、さっそく隠し通路を通って敵の住む屋敷へと……」

「ちょっと待ってください!」私が割って入った。「隠し通路は二本あったんでしょう?一つは城から山腹へ出るもの、もうひとつは山腹から川の下を通るんですよね?」

フォン・アルンハイムがブランデーを味わいながらうなずいた。「思いだしなさい」と私に言った。「あの二重壁にひそんでいた城の隠し通路を、見せかけの窓がついていて――バンコ

――われわれが城番の死体を見つけたあの晩に発見しただろう？　山腹へ下る地下トンネルの入口は、城番の住まいの物入れにあった。マリーガーは二重壁の裏階段を通って、城番の物入れに出た（そこで灯油缶を見つけた）、それから地下通路に入って、まずは丘のふもとへ出てから川の下をくぐった。灯など必要なかった。かくも長年薄暗がりの中で生きてきたおかげで、光など目つぶしでしかなかったんだよ。永の歳月で、たったひとつの悪魔じみた妄想が芽生えていた。自由になったらアリソンを焼き殺してやるとずっと考えていたのか、灯油缶にたまたま行き当たったのをきっかけに、おぞましい詩想が浮かんだのかはさておき――むろん、われわれには知るよしもない。まあとにかく、あのいちばん下の通路へ入っていったわけだ」

蠟燭がまた一本燃え尽き、またたいて消えた。さらに深まる闇が忍びより、ガラス天井越しに神秘的な夜空の高みで星明かりがいっそう鮮やかになる。やせさらばえた赤毛の亡者が最後の力を振り絞り、よろめく足を踏みしめて必死に進むさまに私は思いをはせた。フォン・アルンハイムの冷たい目がまた夢見る表情になる。

「川の下の、不快な泥まみれの隠し通路が見える。壁という壁に緑の汚泥が厚くこびりつき、四百年前のアーチ通路がライン川の重みをしっかり支えてきたのが見える。見えたのは、アリソンの懐中電灯が近づいてきたからだ。よりによってその晩に、どうした風の吹き回しか、アリソンは虜囚を見てやろうという気を起こした。びちゃびちゃと泥を漕いでくる音をマリーガーは聞きつけた。それでまたうずくまっていると、いきなり懐中電灯に照らし出されてしまった……。

そこで、マリーガーが出した声がいかに凄絶だったか？　あの病魔、何年も血と汗にまみれた暗黒の日々、嘲りと責め苦によっていかなる苦悶を味わい、その全てがたぎりたって狂気と勝利の恐ろしい雄たけびに変じたことか！　そしてアリソンは――天井に届くほど猿じみた両腕を振りかざした恐ろしい赤毛をいきなり懐中電灯で見て、心臓が止まり、立っていられないほど怖かっただろう。ライン川の底を通る汚泥まみれのトンネルで、死神に出くわしたのだ。こうした城通いにはいつもピストルを持参していたが、抜く間もあらばこそマリーガーが襲いかかってきた。あの銃撃は意図さえしなかったと思うよ。おそらくは、両者がもみ合ううちに発射したのでは……」

「あのさ、見てきたように話すのもほどほどにしてくれるかね」公爵夫人がここで割って入った。「何が言いたいかってと、片眼鏡さん、別にあたしゃ兄貴のことが特別好きだったわけじゃないけど――」と、さもいたたまれなそうにした。

それでフォン・アルンハイムははっと我に返り、どこまでも冷たく控え目な物腰に戻って頭を下げた。「申し訳ございませんでした」

「あたしが言いたいのはね」公爵夫人がむっとした。「まるでどぎつく煽《あお》るみたいな物言いじゃないかい、片眼鏡さん。いざ自分の身に起きてみな、ぞくぞくもへちまもないよ。まあね、それでマイロンがあっちへ担いでいかれたのはみんな知ってる。それに思うんだけど、マリーガーがあの城番を撃ったのは、わが身を守るためじゃないかねえ。ふむ」夜会用バッグから葉巻を出し、がさつにも片方の靴のかかとでマッチをすった。「ひとつだけおかしな点があるよ」

と顔をしかめる。「いったいどうした風の吹き回しで、マリーガーはあのピストルを屋敷に戻して、マイロンのコートのポケットになんか突っこんどいたの？」

「あの男の脳内の働きは、ミス・アリソン、われわれのあずかり知らぬ領域ですよ……」

「それをいったら、ぼくにもあるよ」私が口を出した。「ドネイもこの件にそれだけ関与していたのなら、なぜマリーガーは彼を追わなかったんだろう」

フォン・アルンハイムは穏やかに言い聞かせる口調になった。「あのねえ、マールさん。そもそもやつに、ドネイがその場にいるなんてわかったはずがありますか？　城のそこらじゅうを自由にうろついて、客人たちを目にしていたわけではないんですよ。やつとて、何もかも知りつくしていたわけじゃない。あの殺しの後は、髑髏城に隠れひそむのが精一杯です。自分が監禁されていたあの塔の部屋に、城番の死体を吊り下げるのが関の山だったんですよ……」

そこで男爵は言葉を切った。通路側のドア、あの先の尖った高いドアがゆっくりと開きかかっている。黄色い光を浴びてバンコランの姿があらわれた。薄暗い室内にななめの影法師を落として、何やら用ありげにしている。バンコランがフォン・アルンハイムを手招きした。ドイツ人はブランデーを飲み干して立ち上がった。

「知りたいとおっしゃるんですな」私たちに言う。「ドネイの身に、実際に何が起きたかを。ご一緒にいらっしゃい」

みんなで狭い脇の間へ出ると、らせん階段がそこからドームの下へ降りていた。階段をもう一階分くだり、大広間を見渡す回廊へ出る。公爵夫人さえ、かるがるとついてきていた。回廊の端で止まった。燭台の蠟燭はあらかた短くなっていたが、まだ一本も消えていない。死者の鼻をかたどった黄色いガラス窓の奥では、鉄製の吊り燭台で溶けた蠟の塊がゆらめく炎をあげている……。正方形の空間の三辺を形づくる回廊の中央に、黒い絨毯を敷きつめた大階段があった。階段の背後の壁に並んだ蠟燭を、風がなでていく。心なしかミラノ式黒甲冑が、大剣を握る籠手《こて》によけい力をこめたようだ。金象嵌は鮮やかだが、やはりまったくの無表情だった。はるか下の大広間から階段をくだる行列が見えた。

警官二名が漆塗りの衝立をたたんで担架がわりにしていた。その上に遺体が安置されていた。あのエナメルの夜会靴が見えているが、銀糸を織りこんだ大判のスカーフがすっぽりかけてある。華やかな遺体覆いが、陰鬱な広間にひときわ目立った。イゾベル・ドネイが担架脇に付き添っていた。気の抜けた整った顔は、やはり事態を了解しきれていないようすだが、自分のあごにおざなりにハンカチを当て、魂が抜けた眼で担架を見ていた。ダンスタンは階段口でぐずぐずしていたが、駆けおりて女のすぐ背後についた。いつのまにか、ギャリヴァンが動きひとつないわれわれの一団に加わっている。

フォン・アルンハイムが小声で話しだした。「推理の裏づけをとろうと実験してみたのです。さりげなくジェローム・ドネイを誘って城内一周の探索ツアーに連れだしました。そして、ごく打ちとけた態度でまったく灯のない一室に連れこみました。ドネイがそこで葉巻を吸おうとしていたのを覚えています。私は警官二名に大声で蠟燭を持ってこさせました。そのとき、ムッシュウ・ドネイは椅子にかけて自分を見ているマリーガーに気づいたのです……。どうも、あの人の心臓は意志の力ほどしぶとくなかったようですな」

私がまだ欄干にもたれて睨んでいると、公爵夫人に肩をがしっと押さえられてしまった。フォン・アルンハイムは別れの会釈をすると、川向こうへ遺体を移送する采配のために、急ぎ足で降りていってしまった。

「では、階上《うえ》へ行こうか？」背後からバンコランが提案した。「ギャリヴァンさん、じきにお目にかかれますかな？　新聞に送る記事には載せられない点がいくつかありますのでね」

弔いの行列が玄関から風吹きすさぶ戸外へジェローム・ドネイを連れ出すとき、あのエナメル靴がどれほど輝いたか！　よく考えると、あの男を川辺へ担ぎおろすのは大変だったろう。最後に見えたのは、ダンスタンがイゾベル・ドネイの手を握りしめて出ていく姿だった。蠟燭の一本が揺らいで消えた――小さい蠟燭だ。甲冑飾りはこれっぽっちも気にしていない。

みんなで蠟燭を頼りに、ガラス天井のあの部屋へと向かう。

「ほんとにいけ好かないやつだった」公爵夫人が思い返しながら言った。「だけど、それがなんだってんだい、ちくしょう！　死んじまったのに。それにあたし、眠いわ。どうもさあ、こんなに怖い思いをさせられたのってしばらくなかったねえ。あのとき以来さ――ああ、その、昔の話ね！　ねえ――誰かポーカーやりたくない？」

彼女とバンコランと私がガラス天井の部屋へ入ると、燃え残った太蠟燭はほんの二、三本になっていた。月が雲間にそっと顔を出し、獣皮にそっと青白い光を投げた。なんだか、黒檀の柱が行列をつくってゆっくり動きだしたみたいだ。公爵夫人がくしゃみともため息ともつかぬものを洩らし、カードを出して見入る。私もだるくなってきた。

ドアが閉まると、室内はしんとした。紺碧の夜空をいただくガラス天井の下、私たちは宙に浮かんでいるような気がした。ここで幻の船がその旅を終える。青い月明かりを見上げるバンコランの目が奇妙な緊張をはらんでいた。それからふっと優しい目になり、太った手で不器用にカードをいじくる公爵夫人の、しまりなく太った輪郭を見守った。

「お話しください、ミス・アリソン」優しく言う。「どういうわけで、兄上を手にかけたのですか？」

19　バンコランは笑う

紺碧に冴えた夜空、炎に身をよじる蠟燭、カードをさばきにかかる、肉づきのいい両手。だが、その手はもうカードをさばいていない。力を失い、指は不安にわなないている。こぼれたカードが滝のごとくなだれ、足元のそこらじゅうに落ちてしまった。膝の上にたった一枚、ダイヤの八が引っかかっている。

沈黙。やがて月に銀髪をふちどられた公爵夫人が、めっきり老けこんだ顔を上げた。そして、眼鏡の下から不思議そうに目をすがめた。

「知ってたんだね、悪魔面《づら》め」ひとごとのように突き放した口調で探りを入れにかかった。「おおかたそんなこったろうと思ったよ。あんたのことだ——まあね、そんだけ頭が切れりゃ、見逃しっこないやね。だからさ、あの片眼鏡はそこがどうしても遅れを取るわねえ。あいつはうぬぼればかり強くてさ、しかもあんだけ知ったかぶりで。そうはいっても、当たってたところもたくさんあったし……」

「そうですね」バンコランが静かに言った。「当たっていたところもたくさんありました」

「あたしゃ今晩ずっと、それを待ってたんだよ」相変わらず、まるでひとごとだ。「どうでもよかった。まったくね、ちくしょう！　もうこの年だもの。われながら、ろくな玉じゃない。これまでさんざん好き放題してきたし」と、すがめた目で月を仰いだ。「それに、マリーガーのことだってもうどうだっていいのよ、今さらね……。でも、片眼鏡があの川の下の隠し通路に降りてったと聞いた時は、もうこれまで、足跡が見つかったと思ったね。で、どうだったかいって聞けば、少しばかり入っただけだって言うし……」

バンコランがかぶりを振った。まさにその瞬間だった。バンコランがこの女に、あの性格が許す限り本物の愛情に近いものを抱いていると悟ったのは。月に憑かれた魔王だ。

「どのみち見つかったはずは万に一つもありませんよ、ミス・アリソン。私がほうきと頑丈な靴で、見分けがつかないようにしておきましたから」

「ええ？」と公爵夫人が言った。驚きの声ではない、ゆっくり洩れ出たため息だ。近眼をしばたたかせてバンコランを見直した。

バンコランはくすりと笑った。「いいですか！　大事には至らなかったのですよ。あなたの秘密は口外しませんし、ジェフも口の堅さは保証します。それに、なにも不都合はありますまい？　死にかけた兄上をあの胸壁へ担ぎあげて火をつけたのはマリーガーですよ。あの男は自分の行為をこれっぽっちも悔いていませんし、ああするだけの誠に無理からぬ事情があり、責める者は誰ひとりいないでしょう。だったらなぜ、あなたが罪に苦しむいわれがあるのですか？」

額をさざ波だたせて、苦い顔でそう問いかける。バンコランは腰をおろした。そこでふと気がつけば、私自身はとうに腰をおろしていた。今のとどめの一撃は、ジェローム・ドネイが食らったあの恐ろしい一撃なみの痛打だったのだ。アガサ・アリソンは視界がきかなくなったように前かがみになり、足元に散らばったカードを拾いにかかった。しばらくは喘息じみた息遣いだけが響いた。とうとうまた椅子にかけ直すと、片手で目をかばった。

　誰も口をきかない。幻の船が星の彼方を旅している。

「悪魔面」やっとのことでそう言いだした。「あたし――あんなつもりは。わざわざ出てって銃弾を――ぶちこんだりしたくなかった。お天道さまはご存じさ。やりたくなかったんだよ、本気で。他の連中には誰かれ構わずいつも説教してきたように、もしもあたしに分別ってもんがありゃ、そういうことから極力遠ざかって、関わりにならなかったろうね……。おかしいじゃないか、お若いの？」いきなりこっちに矛先が向いた。「昨日、あたし、自分の部屋であんたにうまい年の取り方なんてもんを講釈してたよね。それなのに、言った自分が誰より肝《きも》に銘じてなきゃならない人間だった……。いや、ちゃんと言えば違うね。そんなの、きれいにどっか行っちまってたのさ。わかるかい、いざ土壇場になってみて初めて――で、マイロンがあの人をあの城に捕えてるって気づいたのさ。だってね、あたし――」

「マリーガーの奥さんでしょう？」バンコランが静かに尋ねた。

「あんたには隠しごとなんかできないね。だろ、悪魔面？」そう問い詰めながらも、嬉々として椅子の上で身をよじった。「さて、それでだ。どうやってわかったの？」

「写真を見つけましてね」バンコランが答えた。「あなたの私室を捜索していたときに。申し訳ありませんでした！　探していたのは別の物でしたが、その写真のほうがかなりいろんな決め手になるとわかりましてね。つまりですね、ギャリヴァンに聞いたんですが、マリーガーと秘密結婚した相手は、身内の反対にあってひた隠しにしていたそうですね（あの兄上なら、いかにも反対しそうじゃありませんか？）。それで、その写真をここへ持ってきました。あなたのお部屋にあるよりも、そのほうが安全だと思いまして……。おそらくジェフは気づいたはずですが……」

間抜けな私は、どうして写真のあの女の顔にあれほど見覚えがあったのか、ここにきてようやく思い当たった。女ざかりのアガサ・アリソンの美貌だったのだ。それなのに私ときたら、てっきり母親似の息子でもいるのかと混同してしまっていた。それでぼそりと、

「じゃあ、あの写真は愛人じゃなかったんだ――！」

「何を言っているのかね、ジェフ！」バンコランに言われた。「覚えていないのか、愛人ならブロンドだとギャリヴァンにはっきり聞いただろう？　あの写真の女は黒髪だったぞ。それぐらい気づいたはずだ。ああ、そうとも。ギャリヴァンに秘密結婚の話は聞いていたし……」

公爵夫人が特大のハンカチで猛烈に鼻をかんだ。「言っただろ、これでも若い頃は美人だったんだよ。マリーガーに死なれてからは――死なれたと思いこんでからは――ちっとも構わなくなっちゃったけど。あたしゃ――ああもう、まったく！　悪魔面のペテン師め、葉巻をよこしな！」とバンコランを睨んだ。「どうやって尻尾をつかみやがった？」

「その意気ですよ」バンコランはそう言って、ケースごとさしだした。「当初はフォン・アル

ンハイムとまったく同じ線を疑っていました。彼自身の――想像力のひらめきを私も得ていたのです」曖昧な笑顔になった。「特に、マリーガー死亡とされる件ではね。ことさら目的なしの列車旅行に、最初から最後まで付き人なしというのは、伝え聞くマリーガーの流儀とはおよそ似つかわしくない――」

「でも、言ったじゃないか」私が異議を唱えた。「あの死亡偽装の推理は筋が通らないって――」

「いやあ、そんなことはないよ、ジェフ。それどころか、あの件にはひとことも言及していない。思い出してくれればわかるが、私が言ったのはこれだけだ。『マリーガーは断じて自分の死亡を偽装しようともくろんだことはない』どこからどこまで純然たる事実だよ。ことはそう一筋縄ではいかない、もっとはるかに悪魔じみた企てだと言ったんだ。そこへいくとフォン・アルンハイムは疑いなしの想像力に導かれて、マリーガーを犯人とする推理へと向かった。マリーガーが死んでいなかったのは明らかだ。マリーガーはアリソンの体を川下のトンネルから城まで担ぎあげ、胸壁に放り出して火をつけた。だが、マリーガーの指は絶対にあのモーゼル銃の引き金を引いていない」

公爵夫人が葉巻の端を嚙み切る。「はっきりお言いな」と凄んだ。「誤解させるような物言いじゃなく、ちゃんとしゃべるんだよ、悪魔面！　あたしゃ――ぜひとも話してもらうよ」

バンコランが葉巻に火をつけてやった。詮索がましい切れ長の目に浮かんだ、面白そうな笑みをマッチの炎が照らしだす。「驚きましたよ」と続けた。「フォン・アルンハイム男爵がそもそもの初めにそれとなく教えてくれた要点を、彼自身が見落とすとはね。あのモーゼル銃を撃った人は手袋をはめていました。マリーガーなら絶対に、わざわざそんな手間はかけません。それに、彼の監禁当時、指紋捜査法は実用化すらされていなかったのです。さらに言うと、あの引き金にきちんと指が届かないほど小さな手だったのをご記憶ですか？　つまり、マリーガーのような大男では絶対にない……」と、肩をすくめてみせた。

「城のしっくい壁についた血の手形を発見した時点で、実行犯が二人いるという見極めはとうについていました――アリソンを撃った者と、あとでとどめを刺した者です。その前から、あの隠し通路にも既に疑いを向けていましたしね。あの高いところにある手形を、ジェフ、君にはとくに強調しておいたんだが、あの手形はアリソンをあの階段から担ぎおろしたのは非常に背の高い男だったと示している。アリソンは背が高いが、とらえた相手に担ぎあげられてみると床から三フィートより下へは手が届かなかった。そんな犯人像は、銃についていた短い手袋跡と合致しない。二人いるという見極めの裏づけはそうやってとれた……」

公爵夫人が葉巻を斜めにくわえ、ぽっちゃりした自分の手を表、裏と返してつくづく見ていた。そして、音をたてて葉巻を吸った。

「あの屋敷の誰かが犯人なのは明らかです。あの銃を見つけた時からそれはわかっていました。人間の理屈では、マリーガーがなぜあのモーゼル銃をわざわざアリソンのコートのポケットに入れたか、筋の通った説明はつきません。フォン・アルンハイムの詩的な想像力をもってしてもね」

「そこを尋ねたのに」私は顔をしかめた。

「説明できなかったよね、あの人」

「それに」バンコランが続けた。「アリソンの私室にあった隠し入口近くの床に、小さな泥汚れがひとつだけありました。マリーガーは替えの靴を持っていませんし、はるばるあのぬかるんだ通路を通ってきてから靴を替えたりもしなかった。かりに、マリーガーがあの部屋に上がってきてコートのポケットに銃を忍ばせたのなら、部屋中が豚小屋そっくりの惨状になっていたはずです。コンラート判事すら、見落としようのなかったはずの事実ですよ。

ですが、もう一度思い返してみてください。かりに殺人犯が屋敷の者なら、彼――または彼女――がお客の一人とは考えにくい。お客ならば、あの隠し入口のありかを知る可能性さえ、ほぼ皆無なのは認めていただきません と。それにアリソンが都合よく手近な抽斗にピストルをしまっているのを心得たお客など、およそいそうにないのもお気づきでしょう。相当に無理がありますよ。ただしドネイは例外ですね。それ以外は全員、今まで一度もこの屋敷に来たことがない人ばかりなんですから！　思い出してください。あの悲劇が起きるわずか一日前ですよ、あの人たちが来たのは。で、ここでご想起いただきたいのは、アリソンが隠し通路に入った時、廊下から彼の私室に入るドアにはつねに頑丈で手の込んだ錠がかかっていました。したがって殺人者が私室に入るには、アリソンが隠し通路に入る前でないといけません。合鍵は鍵穴に蠟をはめればむろん作れます――ですが、たったの一泊でそんなものを調達できるなんて考えられない！　アリソンは一本しか鍵を持っていなかったのを思い出してください。

そして、火を見るより明らかな決め手となる事実がひとつだけありますよ、ですが、みなさんまったく見落としておられるようだ――こう申すのは遺憾ながら、あのフォン・アルンハイム男爵ともあろう人までが。アリソンが隠し通路に入った時、当然ながら廊下から私室へ入るドアには鍵をかけました。ところが彼の死体が屋敷へ運ばれてきた時、あのドアは鍵が開いていました。そうでなければ、どうやってホフマンがあの焼けた靴を持って上がり、クローゼットに放りこんでおけます？　では、その間に鍵を開けたのはいったい誰でしょう？　答えは、明らかにこの屋敷にいる誰かが合鍵で開け、アリソンの後を追って隠し通路に入った。以下の推測が成り立ちます。(1)殺人者はこの屋敷から来た、(2)殺人者は滞在客ではなく、住人である」

　蠟燭がまた一本消えた。この広間を照らすのは、あとたったの四、五本。公爵夫人は魅入られたように固まり、ひたすらバンコランを見つめている……。

「君はそう言うけど」これは私だ。「そうなれば、ドネイ以外の客全員が除外される。ドネイは古い友人で、すべての勝手を知りつくしていても不思議はない。ドネイなら合鍵を調達できたかもしれない。ドネイの指はずんぐりで短かった。ドネイの細君は部屋を抜けだしていたから、彼のアリバイはない。自家用車を大破させて、ここへ向かう途中の君を始末しようとしたのはドネイだったし――」

　バンコランがうなずく。「そうだよ。そのことは考えた、ジェフ。当初の勘では（覚えているかな？）やつを疑っていた。だが、そこでよく考えてみたんだ。絶対間違いないという筋書きを知ってしまうと、こんなことは想像もできなくなった――できるかね？――ドネイとマリーガーが共犯だなんて。とんでもないし、ありえないことこの上ない筋書きだろう？　わからないのかね、この二人があの隠し通路でばったり鉢合わせたとすれば、ドネイがマリーガーを殺すか、マリーガーがドネイを殺すか、あるいはどちらかがショックで死ぬかしかない。いずれにせよ、その出会いは断じて旧交を温めるものではなかったはずだと言っていいだろう。そうは問屋がおろさないのだよ、ジェフ。ドネイはマリーガーが死んだと思っていた。前に話したように、やつがあの車を大破させようとしたのは、私ならマリーガーの〝死〟の真相をつかむだろうとふいに悟ったからだよ。頭の中で何かの回路がぱちんとつながったのだ――ほんの一瞬だが。それで自制心を失ってしまい、あのような……」

バンコランがいらいらと手を動かした。「だが、なんたる悪魔のはからいだ！　ここでこうして、チェスの問題でも扱うように殺人事件を論じているとは！　かりに、あなたにすでに疑いを持っていても、ミス・アリソン、私が証拠をつかんだのはあの隠し通路におりた時です。あなたの靴跡はかなり見分けやすいですからね。それに、杖の跡もあの泥にくっきりついていました。あなたの寝室のクローゼットに泥まみれの靴が見つかったし――隠し通路からまた出て来た時に、絨毯を汚さないよう、室内ばきのスリッパにはきかえたのでしょう？――そっちは私の一存でライン川へ捨てておきました。あの写真を見つけたのも、そのクローゼットです。ジェフに話したようになかなか動機が見つからなかったのですが、そこで氷解しました……」

公爵夫人が口にくわえていた葉巻をはずした。「おかしな話だよねえ」重苦しく評した。「こうして腰をおろして今の話を聞いてるとさ。そりゃ、あたしにも張りぼてのアリバイならあったさ。あいつの炎上中は、フリーダとおみこしをすえてポーカーをやってたんだから。ただしね、いっぺん十五分ばかり席を外してたの。ずうっとポーカーやってたわけじゃなかったんだよ……。おかしいねえ！　ぶっちゃけて言えばそういうこと！　今晩、あの片眼鏡が詩人になっちゃって、マリーガーがマイロンを隠し通路で殺した場面を延々と語りだした時はさ――悪魔面、誓って言うけど、もうヒステリーを起こしそうだったよ！　年も年だしね」とバンコランに目をすがめてみせた。「間違いなくこんな老骨だからね、あんたがこれまで手がけた殺人犯ではいちばんの変わり種だろ。こんちくしょう！　あたしゃ、何ひとつ昔と変わっちゃいないのに！……」

その姿は、眼鏡をかけた仏陀が座りこみ、ぜいぜい息を切らしているようだった。火のついた葉巻の先が赤くまたたき、煙が夜空めざしてゆらゆらのぼっていく。見ていると、太った顔がちょっとゆがみ、思い出せそうで思い出せない何かに必死で追いすがるようにした。そして片手を突き出すと、指を引きつらせるようにして握りしめた。

「いいかい、よくごらん。銃を握って実の兄貴を撃ったのはこの手さ。ヒステリーを起こすとかなんとかして当然だよね。でもさ、誓ってもいいけど、針金に吊るした大きなかかしを撃ったのと変わらなかった。つまり、生きてないものを撃ったのと変わりゃしないの！　あたしにとっちゃ、マイロンはまさにそういう存在だった。こうなってみると、あいつも人間だったってわかるけど――ああもう、やんなるくらい人間だったよ！　でも、生前の兄貴はなんだか歩く蓄音器みたいなものにしか思えなかった。鳴らす時にネジを巻けば、暗誦するとかぎゃあぎゃあ歌うとかしてくれるわけ。それとも、おかしいのはあたしのおつむのほうだと思うかい？」と、質した。「兄貴があの通路で振り向いて、お互いに光を当て合い、あたしの手に銃を見た時、兄貴はかかしみたいにばらばらに分解しちゃった。あたし――あたし、悪いことしたとは思ってない。ただね――何だか――くたびれただけ……」

凝ったウェーヴに結いあげた白髪頭が、かるくうなだれた。

「いや」とかすれ声になって続けた。「あんたには、話しといたほうがいいね……。これでもね、昔はマリーガーのことを好きだった頃もあったの。あの人を本当に理解できるのは自分だけだなんて。あたしの口から出るんじゃ、ずいぶん滑稽よね？」と片手で鼻をこすった。「悪《ワル》だったかもしれないよ。そんなの気にしない。あの人の中には地獄の業火が入っていたからね！　やろうとしたことは何であれ大成功したし、あたしは――あの頃は三十五歳でね――やっぱり、めろめろになっちゃう気持ちもあったのさ！　今となっちゃ違和感しかないけど。もう、そんな気持ちは起きない。二十年というもの、その気になったことはないんだわ。マイロンを撃った時も、そんな気持ちは起きなかった。でもね、悪魔面」――ひきつった顔になって言いよどみ――「ただ、どうしてもやらなきゃならなかった。

あの隠し通路をたまたま見つけてから、二週間もたってないよ。偶然だったのさ。その晩、マイロンたら出かけちまって、あくる日はお客が何人も来ることになってた。それでマイロンが自分の部屋に作りつけた壁の耐火金庫からネックレスを出してきて、糸替えしといたほうがいいかなあって。金庫が寝室にあるのは覚えてた。羽目板の裏だよ。けど、その羽目板の開け方をちゃんと思い出せなくてさ。それでいろんなものを手当たり次第に引っぱってたら、何だか音がして、アルコーヴの方であのドアが開いちゃった……。

もちろん初めは何にも疑ってなかったよ。でも、妙なことが、あれもこれも思い出されちゃってさ——マイロンの城行き、あのへんてこりんな靴、絶対おかしいと知ってたあんなことやこんなこと。そんな変なあれやこれやを全部まとめて……。

悪魔面」腹をくくったように片手で膝をぱんとやり、「あたしは自分の部屋へ戻った。頑丈な靴を出してきて、あの隠し通路の入口ではきかえた。マイロンが銃を抽斗に入れてたのは知ってたから、あの銃と懐中電灯を持ってね。それでも、お次はどうなるか見当もつかなかった。ほんとだよ、完全に川の下を通り抜けて階段をあがったら反対側へ出た。もしかするとあたし、超能力でもあるのかねえ。でもやっぱり頭がおか……まあその、別の隠し通路があっさり見つかっちゃってさ、丘の下を通るやつ。あの階段を上がりきるのは全然あっさりじゃなかったけど。どうやったかわかんないくらい。いくら金を積まれたって、もう二度とごめんだね。自分を馬鹿呼ばわりしつつも、道すがらずっと寒けがして、何かにせきたてられるようだった……。

でね、あの城番の物入れにひょっこり出る頃には、もうぜいぜい息が切れてて、壁に寄りかからなきゃ一人で立つこともできなかった。すっかり泥んこだわ、脇腹は痛いしでさ。でも、そこで居場所の見当がついた。だしぬけに誰かの声が聞こえたから——低い声で口ずさむみたいな。知ってるだろ、あの二重壁。多色ガラスの窓がある、翼部分のやつだよ。あたしがいる物入れの隅から階段がじかにのびてて、そこをランタンかざして登ってくバウワーが見えた。

あいつうんと耳が遠くて、だから一人で歌ってたの。その歌の文句を聞いて、あたしは――」

両手の指を髪に走らせて、その端をぎゅっとつかんだ。

「悪魔面」息もつかずに一気に言った。「こう言ってたんだよ。『マリーガーに餌《えさ》、犬野郎に餌』手にしていたのはブリキの皿とカップだった。そんなの歌ってやがったんだよ、わかる？恐ろしい声を張り上げて。あたしはそのランタンを追いかけた。あいつに音が聞こえないのはわかっていた。

一緒にずんずん上がってった。もう脇腹が痛くて痛くてたまんなかったけど、後を追った。そして、やつは塔のいちばん上で、のぞき窓のついた大きなドアのすぐ手前にランタンを置いた。それからのぞき窓を開けてげらげら笑いだし、口笛を吹いて中のやつを呼び寄せたんだ。犬を呼ぶみたいに。そうしといて皿をがたがたさせて、話しかけ、やがて鍵束を出してドアを開けると入ってった。鎖の音が聞こえてね。あたしが事情を悟ったのはね、悪魔面、その時だよ。突然、何もかもがいっぺんにわかった。中を見るまでもなかった。やつがランタンを置いて、長い棒で藁の中の汚いものを突っつきだしてね……」

（ああ、アガサ・アリソンが語ったこの独白は、フォン・アルンハイムがでっち上げた見てくれのいい絵とは何とかけ離れていたことか！　声を張り上げもせず、葉巻はほぼ尽きかけていた。ただし今の彼女は、自分の話をバンコランにわかってもらうことに全世界の命運を賭けているかのようだった）

「吐きそうになってたみたい。胃のあたりが冷たくなって、全身だらだら汗が出てくんの。わかるでしょ、その感じ？　でもあたし、あの時ばかりはただ落ち着いて、ただしっかりしてて、まるでポーカーでこれからどうやって勝負しようかって時の気分みたいだった。わかる？　それで、おかしいのはさ——まさにその時、あたしが何を考えてたかわかる？　ある夜の思い出よ——ああ、あれから二十年もたつんだねえ！——マリーガーと一緒にロンドンで舞踏会に出た夜のことさ。もちろん、あの人は自分じゃ踊らなかった。ただ見てただけ。でもまあとにかく、婦人用化粧室の鏡にうつる自分の姿に見とれてたのを思い出してね。女性連はみんなおしゃべりの花を咲かせ、外のオーケストラはワルツを奏でてる。あたしは黄色いドレスのウエストに赤い薔薇を飾り、頬をまっかに染めてさ、われながらほんとにきれいだった……。ちょうどその時、なんかで音をたてちゃったんだろうね、バウワーがこっちを見た。ランタン越しにあいつの顔が見えた。あたしの手はまったく確かだった。眉間に二発撃ちこんでやったのさ。

悪魔面、正直言うとね、その時のあたしは絶対いかれてたかどうかなの。だって、しばらく記憶が飛んじゃって、次には膝をついてマリーガーの頭を抱きかかえてたからね。あっちはただ呆《ほう》けて、ぜいぜい息をついてた。とっさに思ったのは、この人をここから出してあっちの屋敷へ連れてかなきゃって。それから悟ったの。陰で糸を引いてるのはマイロンだって。たちまち悟ったの——マイロンを殺さなきゃって。わかるかい？」と、反応を求めた。

喘息じみた息遣いが薄暗い部屋にひときわ響く。「でさ——おかしいじゃないの！——お次に考えたことときたら、こんな姿じゃマリーガーにあたしだと絶対わかってもらえないって。

洗濯女かってほどの鬼ばばあだもんね。今のあたしはまさにそれさ。ああ、まったくちくしょう！　なんで説明しようとなんかしたんだっけ？　覚えてるのは、あの人の手錠を外してやって、バウワーの死体を隅っこに転がし、鍵束ごと、マリーガーのそばに置いといたことね。それから階段をおりて、まともな食糧をしこたま調達してきて、マリーガーの手近に積み上げといた。つまりね、本当に体を悪くしてるとは思ってなかったわけ。あの人が病気だなんて想像もつかないじゃない。それで腹をくくった——平然とだよ、悪魔面——マイロンには死んでもらうって。

それで戻りにかかった。最後の階段じゃもう降りるのがやっとさ、ずいぶんと古い道だしね。あの隠し通路はうちの屋敷からラインの川底をくぐってるんだね。屋敷へ戻るとまた靴をはきかえ、抽斗に銃を戻しといた。手の跡を念入りに拭き取った上でね。そして一晩まんじりともせずに横になってた。

あくる日、マリーガーは目を覚まして何を思ったんだろうね……。まあとにかく、あたしはマイロンの私室の錠に石鹸を押しあてて型を取っておいた。だって〝仕事中〟は鍵をかけっぱなしなのは知ってたから。そしてやつの戻りを待ち伏せして、隠し通路から出てきた現場を押さえ、ばれてるんだとわからせてやるつもりだった。あれだけの距離をまた歩き通すのは、やろうったってできない相談だったからさ。

で、どうやって機会をとらえたかは御承知のとおりさ、悪魔面。あいつが自分の部屋へ入っちまってすぐ、だいたい九時ごろにあたしはドネイと一緒に上がって自室へ引き取った。で、しばらく入って来るなとフリーダに言いつけといた。あの時ひたすら恐れていたのは、あの銃がマイロンの目に触れでもして、何発かなくなってるのがばれたらって。でも――片眼鏡はそこを間違えたんだよねえ――兄貴はあのモーゼル銃を持ち歩いたことが一度もないの。あたしはオーバーシューズをはいて長いコートを着ると、懐中電灯を持った。廊下には誰もいなかった。マイロンの私室を開けてピストルを出し、たっぷり間合いをはかって後を追いかけた。

思ったよりあいつの足は速かったね。あたしよりもちょっと――また駆け出したはずみにあやうく転びそうになった。なかなかかわいいでしょ？――そしてようやく追いついて、やつに懐中電灯が見える場所までできた。やつは振り返った。その姿を見ると、晩餐の服装にどた靴、ズボンのすそをたくしあげてやがった。金切り声で『アガサ！』と叫ぶ。あたしは冷静だったよ、悪魔面。あの地下通路じゃ、やつの声は大砲みたいに響いた。で、言ってやったさ」――ふいに喉を詰まらせ――「言ってやったよう、『このろくでなし。こいつはマリーガーの敵討ちよ』で、撃ちにかかった。とんでもない音が出ておっかなかったし、煙がもうもうで視界がきかなくなった。でも、やつの口から血がこぼれて絶叫するのが見えた。ああ、まったく！　悪魔面、あの絶叫ときたら！　ナイフみたいに二つ折りになって、どさりと壁にもたれて倒れたよ。まさにその時だ、びちゃびちゃ泥をはねかす音がして、ランタンを掲げたマリーガーが兄貴へ近寄ってきたのは」

彼女はぞっと身震いした。「あれについちゃ、片眼鏡の推理はまんざら外れちゃいなかったよ。マリーガーと出くわした時の話はね。積年の恨みを晴らす機会がとうとうめぐってきた、とあそこで見てとったんだね。やっぱりとんでもない声を上げると、頭のてっぺんから足の先まで垢じみたひどい姿で——片眼鏡がそこだけきちんと言い当てたのはおかしいじゃないの。あたしは自分の懐中電灯を消し、あたふたと引き返しにかかった。その後に何があったかは知らない。ものすごい声を背中で聞いてはいたけど。マリーガーがずっと声を張り上げてたわ。『ネロどうだ？　ネロどうだ？』そして誰かがじたばたもがくような音が……」

その声が、蚊の鳴くようにか細くなった。「それでまあ……あたしは無事に戻ってきた。戻ったのはまだ九時半を出るか出ないかだったねえ。靴をはきかえようと思う程度の分別は残ってた。ピストルはクローゼットのコートのポケットに放りこんどいた。あそこなら警察も見落とすんじゃないかと思って。いかれた思いつきだったけど、そういうあたしもたいがい気がおかしくなってたからねえ。それで、そんなこと考えついたってわけ。部屋へ戻る途中は誰にも見られずにすんだ。で、泥んこのスカートをはきかえて、泥靴はクローゼットの奥へ投げこんどいた。そうしてフリーダがくる頃には、窓辺の席でソリティアなんかやってたわけよ。それまでにソリティアやりながら六杯ぐらい立て続けにあおったからね。また手の震えが収まって、しっかりしてきたってわけ。で、十時十分過ぎに川向こうであんなことが……。

あのね、悪魔面」小声で、「九時半から十時過ぎまでの間に、マリーガーが兄貴に何て言ったのか、マリーガーが兄貴とどうしてたのか、あたしたちには死ぬまでわかりっこない。それでほんとによかったと思ってるの……」

消えゆく蠟燭の炎がぐんと天井めがけて伸び、力尽きた。燃え尽きた蠟かすの、鼻をつく臭いが部屋のそこらじゅうに濃く漂う。公爵夫人は葉巻を指にはさんだまま頰杖をついて、両手で太ったあごを包んでいた。私はうつろう星々のもと、闇の亡者の世界に沈みこんでいた。今、見えているのは城番の死体を背負ってうろつくマリーガーの姿だった。公爵夫人の苦しそうな息がしだいに落ちついてきた。さんざん泣いた後のように、部屋の空気は少しずつ穏やかで、どこかぎこちなくなっていった。謎の海に投げ入れた錨がごぼごぼ音をたて、黒檀の柱は静かに航行する不気味な船のマストに変わった。公爵夫人の顔はもう見えず、うなだれた頭の髪だけが見えている。

「あなたの身は安全ですよ」バンコランの声がした。そこでいきなり声が鋭くなる。「急いで！　しゃんとしてください、ミス・アリソン！　誰か来ます！」

謎の海が岩に打ち寄せ、波しぶきをたてた。バンコランがぱっと立ち、何かを手探りしている気配がした。すかさずマッチをすり、卓上に束ねてあった未使用の蠟燭を探し出す。そしてドアが開くまでに七枚の銀燭台に蠟燭をさしてつけ、公爵夫人のかけていたオットマン椅子のそばのテーブルにのせた。私がそれとなく様子を見るうちに、公爵夫人は深呼吸して下唇をくいっと折り返し、目玉だけこちらへ向けた。

「でさ、お若いの！」われがねのような声で、「まったくよう！　ちょっと誰か、ポーカーやりたいってやつはいないのかい？――よう、サリーじゃないか！　入っておいでな！　ポーカーやりたい？」

サリー・レイニーがゆっくりと蠟燭へ近づいてきた。くたびれた顔をしている。緑のドレスがくしゃくしゃになり、目にも態度にも落ちつきがない。

「そう来るだろうと思った」どうでもよさそうに言った。

「へえ！」アガサ・アリソンが声を上げ、座ったままでおっかさん然とした眉を片方だけ上げ、口角を下げる。「なんかあったんかい、嬢ちゃん？　おおかたあの若造だね？　何ならあたしに話しちゃどうだい？　ちょいとポーカーでもすれば、気分が上向くんじゃないの？」

「あなたじゃ絶対わかりっこないって」サリーがだるそうに答えた。「気にしないでいいわよ」

「そこの嬢ちゃんになんか飲ませておやり！」公爵夫人にうながされた。「お若いの、ちょいとペルノーを気前よく四つ注いで、ちょっぴりセルツァー炭酸水とレモンを足しとくれ。さ、ほらほら。テーブルの上を片づけてよ。そこの悪魔面にこないだのお返しをしてやんなきゃ。他のみんなはどこ？」

「フォン・アルンハイム男爵は」娘が言った。「一部始終を報道陣に発表中よ。ルヴァスールは骨董室のどこかでヴァイオリンを見つけたみたいで有頂天になってる。イゾベルとダンスは……。まあね、みんなそれぞれ手一杯よ。まったくもう」いきなり金切り声寸前にまで声を上げた。「カードをちょうだい――お酒ちょうだい――何でもいいからちょうだいっ！　もうぐでんぐでんになっちゃいたいわ。ああっもう！　ルヴァスールったら、またあのヴァイオリンを弾いてる……」

　せかせかと入口へ行って、ばたんと手荒にドアを閉めたが、それでもどこか下の階で調音中の弦がポロンポロンと鳴っている。公爵夫人が燭台のテーブル席にどっかりと巨体を落ちつけ、慣れた手つきでカードを切っていた。今度は一枚だってやり損じがない。「チップがあるよ」と、みんなに伝えた。「カードや葉巻と一緒に肌身離さず持ち歩いてんの。だって、いつなんどき必要になるか知れたもんじゃないでしょ。ねえねえあんた、まあ落ち着きなって！」

　またしてもおっかさん然と明るく笑いかけるところへ、私が別のテーブルで作った飲み物のグラス四つを配った。サリー・レイニーが乱暴に椅子を引いた。とらえどころのないメロディが下からふわふわと上がりだす。風変わりな、忘れられた悲しい歌にふと目の奥を刺されたような気がした。この広間では、きつく抑えこまれたいくつもの心が炎をあげている！　あのメロディが冷やかな幽霊のような執拗さで、それぞれの心にそっと触れ続ける。バンコランが椅子を引き寄せ、公爵夫人がめいめいにチップを配った。そうしながらも私の胸の内には、妙な空洞がぽっかりあいている。

「初めはあたしが親《ディーラー》だ」公爵夫人が言った。「最初の賭け《オープン》はジャック以上ね……」

「あの曲はなに？」上げかけたグラスを途中で止めたサリーが答えをせがむ。「前に聞いたことある！　あれは――」

「知るもんか、嬢ちゃん」公爵夫人が笑ってカードを配る。「まったく！　目をおさまし！　聞いてんの？――最初の賭けはジャック以上よ。ふむ」

「あなたはいいわよね、そう言ってりゃいいんだから」サリーがくってかかった。「わかりっこないわよ。あーあ、あなたたちの世代に生まれたかったなあ。きちんとした中期ヴィクトリア時代は、通りいっぺんのきれいごとで通りいっぺんの人生を送れるんだから。ふん！　煙草ちょうだい、あたし――」

「賭けます《オープン》」バンコランが中央に白のチップを一枚押しやった。半眼になっている。蠟燭の灯がこめかみの白いものや、小さな口ひげと山羊ひげに囲まれた口元の妙な薄笑いを照らし出した。ヴァイオリンの調べがひそやかに忍びこんでくる……。

「あの曲はね」私は手札のクイーン二枚をたしかめながら言った。「『ユモレスク』っていうんだよ。ぼくも賭けます」

「あたしはステイ」サリーがそう言うと、向かいから白チップ一枚をはじいてよこした。「あなたの歳になっちゃえば、何があろうとどうってことないでしょ、公爵夫人。痛くもかゆくもないわよね。ねえ、あなたがあたしみたいな目に遭ってたら……。全然違うか。この新時代だもの。古き良きヴィクトリア時代より、若い紳士はお気楽なもんよ、ふん！　で、勝負は誰が乗る？」

「ほんとだよね」公爵夫人がそう言うと、ペルノーをぐびりとやった。「そうねえ、あたしゃ様子見といこうか。カードを引くかい、紳士淑女のみなさん？」

訳者あとがき

髑髏といえば、日本では卒塔婆小町がおなじみだ。

野ざらしの髑髏が、眼窩に生えたススキを「あなめあなめ（ああ辛い）」と嘆いていた。そこをたまたま通りかかった旅人が抜いてやったら、あとで幽霊が挨拶にきたという。

そのひそみにならい、いわばドイツの髑髏に刺さった目障りなススキを一掃するために、以下に小文を設けて物語の背景などを少し申し上げておきたい。異郷の髑髏は知らず、いくらかでも読者諸賢のご参考になれば幸いである。

ジョン・ディクスン・カーは一九三〇年の『夜歩く』で鮮烈なデビューを飾り、その印税でヨーロッパ旅行に出かけた。目的のひとつにドイツのライン下りがあったと伝えられる。その見聞をもとに、あくる一九三一年に発表されたのが第三作の本書『Castle Skull』だ。

前作の気負いやケレン味は変わらず、凝り性の度合いはいっそう増したように思われる。た

『不思議の国のアリス』の公爵夫人。
ジョン・テニエル画。

とえば冒頭の風変わりな人物紹介も原書にあったものをそのまま掲載した。異例の仕様だが、物語世界はすでにここから始まっているので、あえて手を加えなかった。

やはり前作同様、カーが愛してやまなかったルイス・キャロルや、エドガー・アラン・ポオもひとひねりして随所に顔を出す。本書の〝公爵夫人〟アガサ・アリソンに色濃く影響したのはテニエル画伯描く「公爵夫人」だ。

説明するまでもなく、チェシャ猫の飼い主として『不思議の国のアリス』ではおなじみの人物だ。ごらんの通り独得の容貌の持ち主で、本文中の描写や、がらっぱちの言葉遣いは『アリス』の「公爵夫人」を踏襲したものと思われる。この機会に読み比べてごらんになるのも一興だろう。

『アリス』の影響はサリー・レイニー嬢にも認められる。彼女の姓はReineと綴《つづ》り、今回採用したレイニーの他にも旧訳のレイン、レン、ラン、ラインなど十数通りの呼び方と、それぞれに付随するイメージがある。たとえばラインなら、ライン川とまったく同じ発音でライン乙女を暗示するし、綴りだけみればフランス語の「女王」を意味する。つまり、ハートの女王というわけだ。

英語ならば前述のイメージのすべてが無理なく含まれるのだが、ミスリードを防ぐために日本語では意味を限定せざるを得ない。よって今回はもっともニュートラルな意味の発音を採用し、本項で補足説明させていただくことにした。読者諸賢のご諒解《りょうかい》を得られれば幸いである。

重要人物 Maleger はご承知のように旧訳ではメイルジャア、三省堂発音辞典にも同様の記載がある。ただし、本作ではスペンサーの『妖精の女王』第二巻十一篇を明確に指定しており、そうするとメイルジャアでは韻が合わない。邦訳はおおむねマリガーあるいはマーリガーだが、英語圏研究者の朗読音声データは第二音節にアクセントをつけて、「マリーガー」と発音する場合が多い。

人物名ではもうひとり、フォン・アルンハイムに言及しなくてはならないが、その前に音楽の説明をすませておきたい。

第一章の初めのシュゼット、リゼット、ミニョネットはいずれも、当時の流行歌で、レイニー嬢がポータブル蓄音機で鳴らした『ラブ・パレード』にそろって登場する。歌詞を要約すれば、まあだいたいこんなところか。「リゼットの目、ミニョネットの笑顔、シュゼットの優しさを兼ね備えた君は愛すべき美点のオンパレード、まさに愛のパレード」

いっぽう、第十六章で髑髏城へ乗り込む公爵夫人の歌『Sailing, Sailing（行け行け船よ）』はなかなかに勇壮だ。一八八〇年に作曲された英国の童謡で、邦訳は見当たらなかったが、男声合唱の定番ナンバーらしい。試みに要約すれば、「いざ紺碧《こんぺき》の海ゆかん、あまたの嵐もなんのその、晴れて故国へ立ち戻れ」。さすがは公爵夫人。

現代ではクラシックの範疇《はんちゅう》だが、執筆当時のドヴォルジャーク『ユモレスク』はれっきとした現代音楽だった。理由はのちほどあげるとして、ルヴァスールの演奏曲目は、『アマリリス』以外はすべてドイツやオーストリア-ハンガリー帝国ゆかりの音楽家ばかりだという点にご注目願いたい。

ところで物語の舞台に近い都市コブレンツは古代ローマ以来の古都だが、初代ドイツ皇帝ヴィルヘルム一世に象徴される近代独仏の確執を煮詰めたような街でもある。本書執筆の数年前、のちのフランス大統領ヴァレリー・ジスカールデスタンがこの街で生まれたのとほぼ同時期に頭角をあらわした政治勢力があった。ナチと名乗るその勢力は、本書が上梓されたわずか二年後の一九三三年にドイツの政権を奪取して独裁制を敷き、やがては全欧州を未曾有《みぞう》の暴風雨に投げこむ。

ナチ台頭の原因はいろいろあるが、一次大戦後のヴェルサイユ条約で課された莫大な賠償金が招いたドイツ国内の困窮がなんといっても大きい。フォン・アルンハイムが国産煙草に不平を洩《も》らしているが、巷《ちまた》の窮状はそんなものではなく、餓死者すら出ていた。

とくに法外な賠償金を課したフランスへの恨みは大きく、当時の国民感情をひとことで言うなら「誰のせいでこんな目に」。ホフマンがフォン・アルンハイムへ寄せた期待は単なる同国人の身びいきではないし、コンラートの敵意も同じところに根ざしている。バンコランはじめフランス勢にとってはアウェイどころか、一歩間違えば大規模暴動に発展しかねない、ルヴァスールさえ空気を読むほど一触即発の火薬庫だったわけだ。


で、ここからがヨーロッパの難しい部分だが。

そういった国民感情とはべつに、貴族と庶民の階級差というものが、ドイツを含むヨーロッパには昔から存在した。前者は大貴族であればあるほど欧州全土に血縁があるために、国境を越えた階級同士の連帯感や、庶民とは違う生まれ育ちへのプライドがある。極言すれば、同じ国でも貴族と庶民はまったく人種が違うのだ。

庶民側からすればそれもまた不平不満の誘発材料で、場合によっては利敵行為の売国奴とも取られかねないし、その流れでナチ政権下に処刑粛清された軍人貴族や昔気質《かたぎ》の軍人は枚挙にいとまがない。典型例はヒトラー暗殺未遂のワルキューレ事件だろう。

軍人貴族の矜持《きょうじ》を守ってフェアプレイを通そうとしたフォン・アルンハイムも、フランス勢と同等以上の危うい火薬庫にいた。その火薬庫を最後まで抑えきってフェアプレイを可能にしたのは、ドイツ人たちすら心服させた、ある人物の器量に負うところが大きい。

フォン・アルンハイムの名は、おそらくポオの「アルンハイムの地所」が発想の源と思われる。黒沢眞里子《くろさわまりこ》氏が「死者のいない墓園」（野田研一編『〈風景〉のアメリカ文化学』ミネルヴァ書房、所収）でご指摘のように、アルンハイムの地所とは壮大な霊園そのもの、しかも〝川づたいにしか行けない特定の人のための場所〟だからだ。

蛇足ついでに、バンコランの代名詞であり、『ファウスト』でおなじみの悪魔メフィストフェレスはなかなかに変幻自在らしく、国ごとに容姿が違う。欧州ではおおむね小鬼じみた男で、本場ドイツでは金髪白皙《はくせき》の絵もまま見受ける。一方で、バンコランの容姿はアメリカに出回っているメフィストフェレス像そっくりだ。本書を欧‐米メフィストフェレスの知恵比べとみるか、独仏の死神対決とみるかは読者諸賢のお好みでどうぞ。

二〇一五年十月

解説

青崎有吾

ジョン・ディクスン・カー著『髑髏城』は、パリの予審判事アンリ・バンコランが活躍するシリーズの第三長編です。初期の作品ながら、不可能興味にオカルティズム、喜劇的な一幕にトリッキーな真相と、カーのエッセンスがふんだんに盛り込まれた雄編といえます。

見どころとしてまず挙げられるのは、凝りに凝った舞台設定でしょう。一作目『夜歩く』ではパリを、二作目『絞首台の謎』ではロンドンを舞台に冒険したバンコランとジェフ・マールのコンビですが、今回の事件では都市部に別れを告げ、ドイツの片田舎に赴きます（どこかシャーロック・ホームズの第三長編『バスカヴィル家の犬』を踏襲したような展開です。カーは後にドイルの評伝を書いたほどのドイルファンでもありました）。

そうして二人がやって来たのは、ライン川とモーゼル川が出合う街・コブレンツ近郊。嵐の河畔にそびえるは頭蓋骨を模した古城、その名もずばり髑髏城。待ち受ける謎は過去の消失事件と現在の殺人事件。走行中の列車内から忽然と消えた大魔術師に、全身を炎に包まれ城から転落した名俳優――。冒頭からカーの十八番である怪奇趣味が炸裂しています。古城を取り巻《ま》く謎めいたシチュエーションは現代においても国内のミステリ作家たちを魅了してやまず、二階堂黎人《かいどうれいと》氏『人狼城の恐怖』や加賀美雅之《かがみまさゆき》氏『双月城の惨劇』には、本書の影響が色濃く表れています。

『髑髏城』はこの豪奢な設定を出オチで終わらせず、ミステリとしてもかなり密度の高い作品に仕上がっています。二つの謎と二人の探偵、二段構えの解決編という、二種類の事件が組み合わさったような構造を取っているのです。

バンコランのライバル役として登場するもう一人の探偵は、ベルリン警察の主任捜査官ジークムント・フォン・アルンハイム男爵。彼はシリーズキャラクターというわけではありませんが、バンコランとはかつてヨーロッパの半分を股にかけ「諜報戦」を繰り広げたという、なかなか強烈な経歴の持ち主です。因縁の二人の対決は、確かに単なる推理勝負というよりも、互いに手の内を読み合う諜報戦の趣が強いでしょうか。謎解きのスタイルにもそれぞれの個性が光っていて、解決編である第十八章「フォン・アルンハイムは笑う」と第十九章「バンコランは笑う」では、両者の対比を楽しむことができます。

ところでカーは、この「二人の探偵」と「二段構えの解決」の裏に、一つのトリックを仕掛けていました。

アンリ・バンコランはどちらかというと直感タイプの探偵です。彼は自分の思考法を語る際に「想像力」や「インスピレーション」といった単語を使い、二作目『絞首台の謎』では登場人物の一人からも「きみのお得意は帰納推理だ。一つか二つの事実を真実であると仮定して、それから犯人はこうしたに違いないと推理し、その後でそれを証拠立てようとする」と指摘されています。

もっとも、彼の推理が常に直感頼りかというと微妙なところで、そういった描写や台詞は冷笑家バンコランの（もしくは当時新人作家だったカーの）一種の謙遜とも取れますが……。どちらにせよ『髑髏城』においては、メインとなる事件の片方が十七年前に起きていて、手がかりが限定されている関係上、どうしても帰納推理に頼らないと捜査を進められない部分があります。もちろん証拠を見つけることで仮定の裏付けは可能なわけですが、推理としてはやや危ういものにならざるをえません。そして危うい推理は、メフィストフェレスたるバンコランの絶対性を鈍らせるリスクを孕んでいます。

では、どうするか？　カーはもう一人の探偵役を利用することで、この問題を巧みに処理しているのです。簡単にいえば、アルンハイム男爵に推理の危なっかしい部分を押しつけちゃう、ということになるでしょうか。

まずアルンハイム男爵が帰納推理によって事件の前半部分を解決し、同時に一つの証拠を提示。次いでバンコランがその証拠を前提とした演繹推理を展開し、真犯人を導き出す――という流れです。バンコランの推理はある程度アルンハイム男爵とかぶっているのですが、バンコランの口からは間接的にしか語られない上、その時点では男爵が示した証拠によって精度が補完済みなので、私たちにはバンコランの推理のほうがずっと堅実に見えるわけです。結果的に

『髑髏城』の解決編はバンコランの絶対性を鈍らせず、むしろより輝かせるものとして機能しています。

以上の点や、それに呼応するような形で描かれる二人の探偵の対比、明かされる真相自体の面白さも相まって、本書の解決編は数あるカー作品の中でも指折りの完成度を誇っているといえるでしょう。

謎解きに関連してもう一つ触れておくなら、伏線の見事さも見過ごせません。大胆な場所に手がかりを仕込むのがカーの得意技です。バンコランシリーズにおいてその手腕が最も発揮されているのは四作目『蠟人形館の殺人』だと思いますが、もちろん本書も負けてはいません。特に二六三ページで語られる「火を見るより明らかな決め手となる事実」と、そこから展開する推理には、思わず口笛を吹いてしまうほどです。

豪奢な設定と作り込まれた謎解きで、外側にも内側にもディクスン・カーの魅力が凝縮された『髑髏城』。現在、彼の読者が増えているのか減っているのかはわかりませんが、「当たり外れが激しい」ともよくいわれるカーのこと、「読みたいけどどれから手をつければいいのやら」と迷っておられる若い方も多いのではないでしょうか。新訳で手に取りやすい有名作としては『三つの棺』や『皇帝のかぎ煙草入れ』、『ユダの窓』などが挙げられますが、実はこの『髑髏城』こそ、入門編として最適かもしれません。

編集　藤原編集室

訳者紹介　英米文学翻訳家。慶應義塾大学文学部中退。訳書にカー「夜歩く」「蠟人形館の殺人」，ヒューリック〈狄《ディー》判事〉シリーズ，ドハティ「教会の悪魔」，サキ「クローヴィス物語」など多数。

検印
廃止

髑髏城

2015年11月27日　初版

著者　ジョン・ディクスン・カー

訳者　和《わ》爾《に》桃《もも》子《こ》

発行所　(株)東京創元社
代表者　長谷川晋一

162-0814/東京都新宿区新小川町1-5
電話　03・3268・8231-営業部
03・3268・8204-編集部
URL　http://www.tsogen.co.jp
振替　00160-9-1565
工友会印刷・本間製本

ISBN978-4-488-11839-6　C0197

Ellery Queen

エラリー・クイーン（米　リー　一九〇五—一九七一　ダネイ　一九〇五—一九八二）

マンフレッド・リーとフレデリック・ダネイのいとこ同士の合同ペンネーム。一九二九年**『ローマ帽子の謎』**で、作者と同名の名探偵**エラリー・クイーン**を創造してデビュー。三二年からはバーナビー・ロス名義で、引退したシェークスピア俳優**ドルリー・レーン**の**『Xの悲劇』**をはじめとする四部作を発表。二人二役を演じた。謎解き推理小説を確立した本格派の雄。

Xの悲劇
エラリー・クイーン
鮎川信夫 訳
ドルリー・レーン・シリーズ
〈本格ミステリ〉

ニューヨークの電車の中で起きた奇怪な殺人事件。恐るべきニコチン毒針を無数にさしたコルク玉という凶器が使われたのだ。この密室犯罪の容疑者は大勢いるが、聾者の探偵、かつての名優ドルリー・レーンの捜査は、着々とあざやかに進められる。「読者よ、すべての手がかりは与えられた。犯人は誰か？」と有名な挑戦をする本格中の本格。

10401-6

Yの悲劇
エラリー・クイーン
鮎川信夫 訳
ドルリー・レーン・シリーズ
〈本格ミステリ〉

行方不明をつたえられた富豪ヨーク・ハッターの死体がニューヨークの湾口に揚がった。死因は毒物死で、その後、一族のあいだに、目をおおう惨劇がくり返される。名探偵ドルリー・レーンの推理では、あり得ない人物が犯人なのだが……。ロス名義で発表した四部作の中でも、周到な伏線と、明晰な解明の論理が読者を魅了する古典的名作。

10402-3

Zの悲劇
エラリー・クイーン
鮎川信夫 訳
ドルリー・レーン・シリーズ
〈本格ミステリ〉

政界のボスとして著名な上院議員の、まだ生温かい死体には、ナイフが柄まで刺さっていた。被害者のまわりには多くの政敵と怪しげな人物がひしめき、所有物の中から出てきた一通の手紙には、恐ろしい脅迫の言葉と、謎のZの文字が並べてあった。錯綜した二つの事件の渦中へとび込むのは、サム警部の美しい娘のパティとレーンの名コンビ。

10403-0

レーン最後の事件

エラリー・クイーン
鮎川信夫 訳

ドルリー・レーン・シリーズ

〈本格ミステリ〉

サム警部のもとに現われた七色のひげの男が預けていった手紙の謎は？　シェークスピアの古文書をめぐる学者たちの争いは、やがて発展して、美人のペーシェンスを窮地に陥れ、聾者の名探偵レーンをまきこむ。謎また謎の不思議な事件続き。失踪した警官の運命は？　ロス名義の名作四編の最後をかざる、ドルリー・レーン最後の名推理。

10404-7

ローマ帽子の謎

エラリー・クイーン
中村有希 訳

エラリー・クイーン／国名シリーズ

〈本格ミステリ〉

新作劇〈ピストル騒動〉上演中のローマ劇場で、弁護士のフィールド氏が毒殺された。現場から被害者のシルクハットが消えていたことを手がかりに、ニューヨーク市警きっての腕ききリチャード警視と、推理小説作家エラリーのクイーン父子が難事件に挑む！　巨匠のデビュー作にして、〝読者への挑戦状〟を掲げた〈国名シリーズ〉第一弾。

10436-8

フランス白粉《おしろい》の謎

エラリー・クイーン
中村有希 訳

エラリー・クイーン／国名シリーズ

〈本格ミステリ〉

五番街にある〈フレンチズ・デパート〉のウィンドウに展示された寝台から、死体が転がり出た。被害者はデパートの取締役会長の後妻。遺体のくちびるには紅が塗りかけで、所持していた別の口紅からは謎の白い粉が発見される……。この怪事件から犯人を導き出す、エラリーの名推理。巨匠の地位を不動のものとした〈国名シリーズ〉第二弾。

10437-5

オランダ靴の謎

エラリー・クイーン
中村有希 訳

エラリー・クイーン／国名シリーズ

〈本格ミステリ〉

アメリカ東部でも屈指の医療施設〈オランダ記念病院〉の創設者である大富豪の老婦人が、手術の直前に絞殺された。偶然病院に居合わせたエラリーが初動捜査の指揮を執るが、手術服を着た犯人の正体は不明のまま……。純粋論理による解決編が読む者を感嘆させる、犯人当てミステリの最高峰。ミステリ史に名を刻む〈国名シリーズ〉第三弾。

10438-2

ギリシャ棺の謎

エラリー・クイーン
中村有希 訳

エラリー・クイーン／国名シリーズ

〈本格ミステリ〉

盲目のギリシャ人美術商の葬儀がおこなわれた直後、遺言書をおさめた鋼の箱が屋敷の金庫から消えた。警察による捜索が難航する中、クイーン警視の息子エラリーが意外なありかを推理する。だが、捜査陣がそこで見つけたのは、身元不明の腐乱死体だった。〈国名シリーズ〉第四弾は、若き名探偵が挑む〝最初の難事件〟にして歴史に残る傑作。

10439-9

エジプト十字架の謎

エラリー・クイーン
井上　勇　訳
エラリー・クイーン／国名シリーズ

〈本格ミステリ〉

ウェスト・ヴァージニアの田舎町で発生した殺人事件は、不気味なTに満ちていた。T字路のT字形の道標にはりつけにされた、首なし死体の外貌もT。エラリーは現地へ赴くが、真相は不明のまま。それから半年後、類似の奇怪な事件を知らせる電報がエラリーのもとに届いた……。スリリングな犯人追跡劇も名高き、本格ミステリの金字塔！

10434-4

アメリカ銃の謎

エラリー・クイーン
井上　勇　訳
エラリー・クイーン／国名シリーズ

〈本格ミステリ〉

四十人の騎手を従え、二万人の観衆の歓声を浴びて、颯爽とおどり出たロデオのスター、たちまち起こる銃声と硝煙の乱舞の中で、煙と共に消えた生命。ありあまる凶器の中から、真の凶器が発見されない謎を、エラリーはいかにして解くのだろうか。ニューヨークのど真ん中に西部劇を持ちこんだ非凡な着想に、読者は魅了されることだろう。

10410-8

シャム双子の謎

エラリー・クイーン
井上　勇　訳
エラリー・クイーン／国名シリーズ

〈本格ミステリ〉

古いインディアン部落を背景に、異様な境遇をもったふたりの人物を登場させて、怪奇な殺人物語が展開される。エラリーの長い犯罪捜査の経験の中でも、官憲の手を借りず、独力快刀乱麻を断った最初の事件であり、刑事も指紋係も検屍官も登場しない。エラリーの国名連作の中でも珍重すべき一編である。意外なあと味の良さも定評がある。

10411-5

チャイナ橙《だいだい》の謎

エラリー・クイーン
井上　勇　訳
エラリー・クイーン／国名シリーズ

〈本格ミステリ〉

宝石と切手の収集家として著名な出版業者の待合室で殺された、身元不明の男。被害者の着衣をはじめ、あらゆるものが、〝さかさま〟の謎。〈ニューヨーク・タイムズ〉がクイーンの最大傑作と激賞したが、読者の判定はどうか？　クイーンが作りあげた密室殺人事件の卓抜な着想は、数ある作品中でも特異の地位を占めるものとして人気がある。

10412-2

スペイン岬の謎

エラリー・クイーン
井上　勇　訳
エラリー・クイーン／国名シリーズ

〈本格ミステリ〉

スペイン岬と呼ばれる花崗岩塊の突端にある別荘の海辺で発見されたジゴロの裸の死体。この家には、いずれも一癖ある客が招待され、三人の未知の人物が加わっていたらしい。被害者はなぜ裸になっていたのか？　魅惑的で、常軌を逸していて、不可解な謎だらけの事件――と作者が自讃するこの難事件に挑むエラリーの精緻きわまる名推理！

10413-9

エラリー・クイーン
井上　勇　訳

ニッポン樫鳥《かしどり》の謎

エラリー・クイーン／国名シリーズ

〈本格ミステリ〉

東京帝国大学教授の令嬢ふたりが、時を同じくして不可解な「自殺」をとげた。しかも妹は流行の花形作家。ニューヨークの心臓部に近い日本庭園のなかをかけめぐる「かしどり」はどんな秘密をついばんでいたのか？　ノーベル賞受賞の医学者とエラリーがしのぎをけずる知恵くらべは、犯罪の背景が東京であるだけに日本の読者向きである。

10414-6

エラリー・クイーン
井上　勇　訳

エラリー・クイーンの冒険

エラリー・クイーン・シリーズ

〈本格ミステリ〉

長編の名手エラリー・クイーンは、同時に短編の名手でもある。「アフリカ旅商人の冒険」「首つりアクロバットの冒険」「一ペニイ黒切手の冒険」「ひげのある女の冒険」「三人のびっこの男の冒険」「見えない恋人の冒険」「チークのたばこ入れの冒険」「双頭の犬の冒険」「ガラスの丸天井付き時計の冒険」「七匹の黒猫の冒険」の全十編を収録。

10415-3

エラリー・クイーン
井上　勇　訳

エラリー・クイーンの新冒険

エラリー・クイーン・シリーズ

〈本格ミステリ〉

堂々たる大邸宅が忽然と消失するという大トリックの中編「神の灯」をはじめとして、「宝捜しの冒険」「がらんどう竜の冒険」「暗黒の家の冒険」「血をふく肖像画の冒険」「人間が犬をかむ」「大穴」「正気にかえる」「トロイヤの馬」の全九編を収める。好青年エラリーの活躍譚は、ポオやドイルの伝統を受け継ぐ、本格短編の一大宝庫である。

10416-0

エラリー・クイーン
井上　勇　訳

中途の家

エラリー・クイーン・シリーズ

〈本格ミステリ〉

ニューヨークとフィラデルフィアの中間にあるあばら家で、正体不明の男が殺されていた。男は、いったいどっちの町の誰として殺されたのか？　二つの町には、それぞれ殺人の動機と機会を持った容疑者がいる。フィラデルフィアの若妻とニューヨークの人妻をまきこんだ旋風の中に颯爽と登場するエラリー。巨匠が自選ベスト3に選ぶ迫力編。

10417-7

エラリー・クイーン
青田　勝　訳

ハートの4

エラリー・クイーン・シリーズ

〈本格ミステリ〉

エラリー・クイーンは映画脚本執筆のためハリウッドへとやって来たが、陽気な結婚騒ぎが冷酷きわまる二重殺人に転じるや、頭脳をフル回転させなくてはならない羽目となる。銀幕の名優、スクリーンの美女、気ちがいじみた宣伝部長や天才的プロデューサーなど多彩な映画王国の面々がひしめくなか、エラリーが指摘した意外な真犯人とは？

10419-1

エラリー・クイーン
宇野利泰 訳

ドラゴンの歯

エラリー・クイーン・シリーズ

〈本格ミステリ〉

エラリー・クイーンはボー・ランメルという青年探偵と私立探偵社を経営することになった。そこへ現われた億万長者は、事件を依頼するとともに多額の契約金を払っていったが、ヨット上で謎の死をとげた。残された問題は二人の娘とその相続権であったが、巨万の富をめぐってまきおこる怪事件とは……。エラリーの推理が冴える謎ときの佳編。

10420-7

エラリー・クイーン
井上 勇 訳

靴に棲《す》む老婆

エラリー・クイーン・シリーズ

〈本格ミステリ〉

靴作りで巨億の財をなして《靴の家》に住む、老婆と六人の子供たち。この一家に時代錯誤な決闘騒ぎが勃発、エラリーらの策も虚しく、事態は奇妙な殺人劇へと発展する。〝むかし、ばあさんおったとさ、靴のお家に住んでいた〟――マザーグースの童謡のままに展開する異様な物語！ ナンセンスな着想と精妙な論理が輝く、風変りな名作長編。

10431-3

エラリー・クイーン
青田 勝 訳

エラリー・クイーンの事件簿1

エラリー・クイーン・シリーズ

〈本格ミステリ〉

エラリー・クイーンと推理作家志望のニッキー・ポーターの名推理。殺された〈健康の家〉の主人の死体がいつのまにか石膏の像に変わっていた不思議な事件「消えた死体」と、中国帰りの腹話術師が殺され、イカサマ賭博師や怪しげな中国人、現場に残された謎のカード、宝石の行方と小道具を揃えた本格「ペントハウスの謎」を収録。本邦初訳。

10422-1

エラリー・クイーン
青田 勝 訳

エラリー・クイーンの事件簿2

エラリー・クイーン・シリーズ

〈本格ミステリ〉

株で失敗した相場師のピストル自殺。その現場を見たという目撃者がいるにもかかわらず、検死医はそれを殺人と断定した……。アリバイの明確な六人の容疑者たち。おなじみエラリーとニッキーのコンビが「完全犯罪」の謎に取り組む。他に「〈生き残りクラブ〉《ラスト・マン》の冒険」「殺された百万長者の冒険」を収録し、本格ミステリ・ファンに挑戦する。

10423-8

エラリー・クイーン 編
中村・吉田・永井・深町 訳

ミニ・ミステリ傑作選

〈アンソロジー〉

いつでも、どこでも、どこから読んでも楽しめる六十七編のショート・ショートを収めた、まさしくクイーン・サイズの一大パッケージ。クイーンをはじめ、ブロック、ダンセイニ、サキ、セルヴァンテス、ディケンズ、デュマ、モーパッサン、ヴォルテール、カー、クェンティン、スタウト、バウチャー等、粒ぞろいのミニ・ミステリ大集成！

10424-5

犯罪文学傑作選

エラリー・クイーン 編
龍口直太郎 訳

〈アンソロジー〉

スタインベック、フォークナー、パール・バック、ディケンズ、ハックスレー……ほとんどすべての世界的に有名な作家は犯罪文学に貢献してきました。つまり著名な作家、当代えりぬきの巨匠たちは、誰もがミステリ作家なのであります。本書はそのことを二十一回も繰り返して証明するためにエラリー・クイーンがあなたに贈る短編集です。

10425-2

犯罪の中のレディたち 上下
女性の名探偵と大犯罪者

エラリー・クイーン 編
厚木 淳 訳

〈アンソロジー〉

偉大な女性の名探偵と大犯罪者たちの絢爛たる業績を収めた全二巻のコレクションは、アンソロジストとしても名高いクイーンが編集したものである。名探偵編と大犯罪者編をさらにアメリカ編・イギリス編に分類し、上巻にはエバーハート、ギャリコ、ラインハート他九編、下巻にはオルツィ、ウォーレス、G・ミッチェル他十五編を収録する。

10426-9/10427-6

完全犯罪大百科 上下
悪党見本市

エラリー・クイーン 編
厚木 淳 訳

〈アンソロジー〉

完全犯罪――それはプロ・アマを問わず全ての犯罪者の夢である。全二巻の本書は犯罪者を殺人者・泥棒・詐欺師・悪徳弁護士・各種悪党の五つのタイプに分類し、それぞれの巧妙な手口を披露するユニークなアンソロジー。上巻にはセイヤーズ、J・D・カー、ヴィカーズ等十三編、下巻にはポースト、フリーマン、クイーン等の十四編を収録。

10428-3/10429-0

エラリー・クイーンの国際事件簿

エラリー・クイーン
飯城勇三 訳

エラリー・クイーン・シリーズ 〈犯罪小説〉

美味なる犯罪を求めて世界を周遊する推理作家兼名探偵エラリー・クイーン。カジノの完全犯罪や論理的とも言える豪州の死、はたまたアルジェで解けた上海の殺人……行く先々で供される珍事件難事件に舌鼓を打つ『エラリー・クイーンの国際事件簿』に、作品集『事件の中の女』と二短編「テイラー事件」「あるドン・ファンの死」を配する。

10432-0

間違いの悲劇

エラリー・クイーン
飯城勇三 訳

エラリー・クイーン・シリーズ 〈本格ミステリ〉

大女優の怪死に始まる謎また謎の事件に翻弄され、シェークスピアの呪縛に苦悩する名探偵エラリー・クイーン――巨匠が遺した長編シノプシス『間違いの悲劇』に単行本未収録の七編を併せ収める。収録作品＝動機／結婚記念日／オーストラリアから来たおじさん／トナカイの手がかり／三人の学生／仲間はずれ／正直な詐欺師／間違いの悲劇

10433-7

H·M卿、敗色濃厚の裁判に挑む

THE JUDAS WINDOW◆Carter Dickson

ユダの窓

カーター・ディクスン

高沢 治 訳 創元推理文庫

◆

ジェームズ・アンズウェルは結婚の許しを乞うため
恋人メアリの父親を訪ね、書斎に通された。
話の途中で気を失ったアンズウェルが目を覚ましたとき、
密室内にいたのは胸に矢を突き立てられて事切れた
未来の義父と自分だけだった――。
殺人の被疑者となったアンズウェルは
中央刑事裁判所で裁かれることとなり、
ヘンリ・メリヴェール卿が弁護に当たる。
被告人の立場は圧倒的に不利、十数年ぶりの
法廷に立つH・M卿に勝算はあるのか。
不可能状況と巧みなストーリー展開、
法廷ものとして謎解きとして
間然するところのない本格ミステリの絶品。